쿠나이 하루토

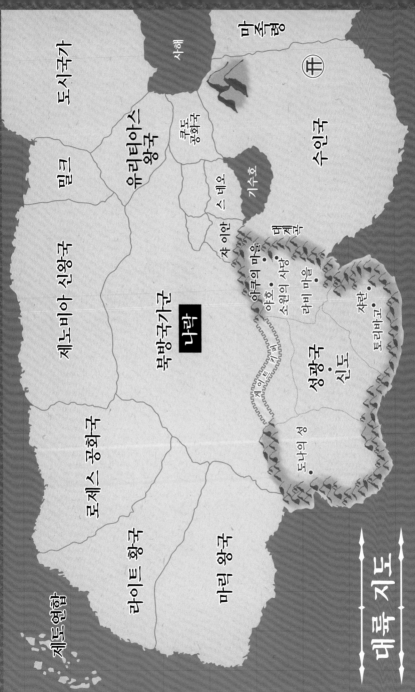

Maousama Retry!

마왕님,
리트라이!

칸자키 쿠로네
Kurone Kanzaki

[ill] 이이노 마코토
Makoto Iino

마왕님,리트라이! 7

Maousama
Retry!

마왕님,
리트라이!

9장

불타는 왕도

황금시대 구름의 저편

———199X년, 모일———

INFINITY GAME이 시동하기 전.

그곳에는 평화로운 시간이 흐르고 있었다.

그 채팅방에 두 명이 모여서 변함없는 대화를 하고 있다. 두 사람은 이 무렵 아직 알게 된 지 얼마 지나지 않은 사이였으나, 묘하게 죽이 잘 맞는 모양이다.

"나 이 세계를 되게 좋아하거든. 그렇지만 뭔가 부족해."

"부족한 건 네 머리고."

"너무하지 않아? 사람이 모처럼 조언해주려고 하는데."

"내 세계에 남의 의견 같은 건 필요 없어."

아키라의 대답은 칼 같았다.

이 시기의 아키라는 아직 젊고 날이 서 있었다. 남의 의견 같은 건 필요로 하지 않으며, 자신의 재주 하나로 모든 것을 개척할 수 있다는 자신감으로 넘쳐났다.

딱히 이건 아키라만 그런 게 아니라, 다들 이런 시기는 거치는 건지도 모른다.

"뭐라고 하지, 너무 딱딱하게 굴었단 말이야~. 뭔가 부드러운 부분이 필요하다고 봐. 이대로면 유저 풀이 좁아질걸."

"…………딱딱하다고."

그건 아키라도 어렴풋하게 느끼고 있던 바이기도 하기에 생각에 잠겼다.

실제로 유저는 대부분 남성이고, 여성은 거의 없는 상황이었다.

이래서는 건전한 인터넷 게임이라고 할 수 없다.

"적나라하게 말하자면, 여자가 모이는 곳에는 자연스럽게 남자도 모이는 법이거든. 아키라의 세계에는 그런 유연성이라고 해야 하나, 여유가 없어."

"잘난 듯이 말하고 말이야. 그렇게까지 말하는 이상 뭔가 아이디어가 있는 거지?"

말하는 건 간단하다.

그야말로 누구든, 어린아이라도 할 수 있다.

아키라는 그런, 자신은 아무것도 이루지 못하는 주제에 불평만 거창하게 늘어놓는 녀석들이 아주 싫었다.

하지만 XX가 입력한 문장은 뜻밖의 것이었다.

"──'마법'이야, 아키라."

그 단어에 아키라의 머리가 몇 초간 굳었다.

현재 운영하는 게임에는 너무나도 위화감이 느껴지는 단어였기 때문이다.

────극동도시 마도────

그것은 여기와는 다른, 먼 미래의 지구를 무대로 삼은 게임.

핵전쟁 후의, 쇠퇴한 사이버펑크 세계에 '마법' 같은 걸 집어넣었다간 세계관이 엉망이 되어버린다.

"너 말이다, 아무리 오컬트네 흑마법 같은 걸 좋아한다고 해도…………"

"아무튼 들어봐. 먼저 마법이라는 건——."

아무래도 XX는 적당히 생각난 걸 말한 게 아니라 진지하게 생각했던 모양이다.

처음에는 무관심하다는 표정으로 흘려듣던 아키라였으나 그 치밀하고도 견고한 마법 이론 구조에는 눈이 휘둥그레질 수밖에 없었다.

그 내용은 오컬트 같은 걸 넘어서 거의 수학 방정식처럼 완성된, 아름다움까지 느껴질 정도였다.

어느새 아키라도 빨려 들어가듯 그 이야기에 빠져들었다.

"제1마법부터 제10마법. 여기에 각 속성과 상위 속성이라······. 확실히 재미있을지도."

"그렇지~? 정리해서 메일로 보낼 테니까 전부 만들어줘."

"잠깐, 그걸 전부 프로그래밍하라니 얼마나 힘든 일인지 아는 거야?!"

"뭐? 그런 건 내가 알 바 아니거든? 그건 아키라의 역할이잖아. 일해."

"일할 사람은 너다, 대머리야! 내일 일어나면 머리털이 몽땅 뽑혀있을걸!"

"잠깐······! 웃을 수 없는 저주는 금지야!"

——XXX가 입실했습니다.

"변함없이 소란스럽네요."

"내 잘못 아니거든. 아키라가~."

채팅방 이력을 본 XXX가 고개를 끄덕였다.

그리고는 정중한 문장을 입력했다.

"오오노 씨, 이건 상당히 손이 많이 갈 것 같으니까 괜찮다면 돕겠습니다."

"돕겠다니…………. 게임을 제작해본 경험이라도 있습니까?"

"네, 어느 정도는요."

그 대답에 아키라는 생각에 잠겼다.

말할 것도 없이 그 얼굴에는 '자신의 세계에 타인을 개입시킬 것인가.'라는 불만이 크게 적혀 있다. 하지만 그걸 처음부터 알아차린 건지 XXX가 이어서 문장을 입력했다.

"이쪽에서 초안을 만들고 샘플을 그쪽에 보내겠습니다. 쓸만하다고 생각하면 사용해주세요."

"…………그래."

대단한 자신감이라며 아키라는 내심 신음했다.

동시에 XXX는 어딘가 게임 회사에서 일하는 사람일지도 모른다는 생각이 들었다.

"그리고 오오노 씨. 전투 처리 부분 말인데요, 부하를 경감시키려면──."

"흠, 그렇게 하면 처리가 가벼워지는 건가……."

두 사람은 그대로 프로그래밍이며 그래픽, 서버 이야기에 빠져들었다. XX는 그게 마음에 안 들었던 건지 무의미한 문장을 채팅에 띄우기 시작했다.

"ㅁㄴㅇㄹ호ㅓㅏㅣ."

"야야, 갑자기 버그 나지 말라고."

"내버려 두면 됩니다. XX는 어린애니까요."

"개국해주세요오오~~."

"뭐야, 이 녀석은······. 이번엔 페리 제독 흉내를 시작했는데."

"방치해 두면 됩니다. XX는 환자니까요."

세 사람의 채팅방은 화제가 여기저기로 튀긴 하지만 참으로 떠들썩했다.

보통은 신경을 곤두세우고 있을 때가 많은 아키라도 여기서는 편안하게 쉴 수 있기에, 바쁘게 키보드를 두드리면서도 웃고 있다.

"그래, 그렇게 짜면 부담도 파격적으로 줄어든다는 건가······."

"네, 저라도 괜찮다면 힘이 되겠습니다. 뭐든 물어봐 주세요."

"아아! 그러고 보면 나 카운터 밟았는데!"

탁, 탁, 탁, 탁.

채팅 소리가 울려 퍼진다.

"축하."

"잠깐, 그게 다야?! 반응이 짜지 않아?"

"XX니까, 어차피 새로 고침이라도 연타해서 억지로 밟은 거겠죠. 쓰레기군요."

"유죄 판결 떴네. 내일부터 취직 상담소 가라."

"──움직이지 않음이 산과 같도다. 이거 내 좌우명이야."

"홈런급 바보잖아."

세 명의 채팅방은 계속해서 이어진다.

그것은 '마법'으로 감싸인── 머나먼 황금시대.

모든 고민도, 아픔도, 비행기구름 저편에.
레몬 사탕처럼 녹아서 사라진다.

와해

───────대륙 동남부, 마족령───────

내란 상태에도 일종의 균형을 유지하고 있던 마족령이었으나, 현재는 극심한 혼란에 뒤덮여 있었다. 원인은 당연히 그 마왕이 저지른 짓이었다.

벨페고르의 영지에서 살아남은 마물도 많았다. 그들이 일련의 전말을 이야기하자 혼란에 박차를 가했다.

그들은 입을 모아 말했다── 되살아난 마왕이 수인을 이끌고 침공했다고.

개중에는 마인과 인간도 섞여 있었다고 증언하는 자도 많았다. 당초에는 웃었으나, 실제로 벨페고르의 영지가 괴멸적인 피해를 입은 것을 알자 점점 벌집을 쑤신 것처럼 소란스러워졌다.

다들 진위를 가리며 의심에 휩싸이는 가운데 재빠르게 움직인 자들이 있었다.

───────마족령의 모처───────

한 명의 흡혈귀와 위대한 대악마가 대치하고 있다.

한쪽은 귀족과도 같은 우아한 모습이고, 다른 한쪽은 전신에서 피를 흘리고 있다.

"당신의 용감한 싸움을 칭송합니다. 오만한 자, 루키페르이여."

"닥쳐라……. 흡혈귀 따위에게, 이, 내가…………."

루키페르는 사자의 머리를 지녔으며 팔이 6개나 달린 대악마이다. 그 머리에는 거대한 두 개의 뿔이 있었으나, 이미 한쪽 뿔은 부러져서 대악마로 보이지 않을 만큼 처참한 모습이었다.

위용을 자랑하던 6개의 팔도 2개 정도 부족했다.

그 모습으로 보아 승부는 일방적인 전개였으리라.

"여기까지 와서도 '오만'한 모습을 무너트리지 않다니, 무시무시하군요."

"타인의 피에 의존하는 하등종 주제에………… 네놈에게 내 영지는 넘겨줄 수 없다!"

"딱히 영지를 원하는 건 아닙니다. 그저 당신의 오만한 파워를 갖고 싶은 것뿐이죠."

"오루이트, 네놈은 뭘 생각하는 거지…………? 싸움에 참가하지도 않고, 겁먹고 저택에 틀어박혀 있던 주제에 이제 와서 무슨 생각이냐!"

그 말을 듣고 오루이트는 차갑게 비웃었다. 딱히 겁을 먹은 게 아니라, 영지라는 무의미한 것을 둘러싼 싸움에 관심이 없었을 뿐이니까.

"저는 순연한 '투쟁'을 원합니다. 당신들의 땅따먹기 따위는 불순할 뿐이죠."

"모기나 거머리 같은 종족 주제에 뭘 잘났다는 듯이 말하는가!"

그 거체에는 어울리지 않는 속도로 질주한 대악마가 오루이트를 향해 4개의 무기를 종횡무진으로 휘둘렀다.

대검, 곤봉, 도끼, 창. 각자 어마어마한 속도로 흡혈귀를 베고 육체를 흠씬 두들겼으나, 오루이트를 감싸는 일곱 색의 빛이 즉시 상처를 치유해버렸다.

"마치 폭풍과도 같은 난격(亂擊)이군요. 일방적으로 두드려서 상대방은 얼굴도 들지 못하게 만들죠. 참으로 당신답게 '오만'한 방식입니다."

"네놈…………!"

여유롭게 말하는 태도에 사자의 갈기가 분노로 떨렸다. 조금 전부터 아무리 공격을 퍼부어도 순식간에 치유해버리고 만다.

혼자서 씨름하는 듯한 모양새는 그저 굴욕일 뿐이었다.

"거슬렸다면 실례. 이래 봬도 저는 당신을 다른 녀석들보다는 높게 평가하고 있습니다. **몇십 년 전**에도 하계에 가서 투쟁을 즐겼다지요?"

그런 오루이트의 말에 사자 대악마는 마침내 들고 있던 무기를 내렸다. 어떤 술수를 쓴 건지는 알 수 없으나, 이대로 공격을 계속해봤자 무의미했다.

"흥…………. 거대한 적과 싸우는 것도 좋지만, 개미를 짓밟는 쾌감도 버리기 어려우니 말이다."

"네, 그 점에 관해서는 완전히 같은 의견입니다."

오루이트는 싸늘하게 비웃으며 눈을 휘었다.

사자 대악마도 주변을 둘러보며 그 참상을 망막에 각인했다. 장엄하던 궁전은 처참하게 파괴되었고, 여기저기에서 검은 연기가 피어오르고 있었다.

셀 수 없이 많은 시체가 바닥을 뒤덮은 그곳은 마치 지옥과도 같았다.

"…………이 정도의 힘을 어디에서 손에 넣었지?"

"대답할 필요는 없네요. 당신은 이 투쟁의 패배자이니."

"그래. 네놈의 말대로다."

사자 대악마는 무기를 던지고 오루이트를 향해 조용히 걸어갔다.

승부를 포기한 모습이었다.

"하나만 묻겠다. 내 피를 얻고, 네놈은 무엇과 싸울 생각이지?"

"——'용'이라고 대답한다면?"

"크하하! 재미있군! 이 피, 다 마실 수 있다면 어디 마셔 보아라!"

오루이트는 재빨리 목을 깨물었지만, 사자 대악마 또한 흡혈귀의 목을 물어뜯을 듯한 기세로 깨물었다.

"기억해라, 오루이트. 나는 패배한 게 아니다. 네놈 안에 깃들어서 안쪽에서 먹어 치워주마!"

서로의 목에 이빨을 세우는 모습은 그저 기이했다.

하지만 이것이야말로 악마의 투쟁일 것이다.

피만이 아니라 영혼마저 빨아 마시는 듯한 흡혈이 이어지자 대악마의 육체가 미라처럼 바싹 말라붙더니, 끝내 검은 입자가 되어 사라졌다.

"마지막 순간까지 오만하다니……. 아주 조금, 용을 닮았군요."

오루이트는 냉혹한 미소를 지으며 몸속을 맴도는 뜨거운 피에 만족한 듯 눈을 휘었다.

여태까지 자신에게는 없었던, 넘쳐날 듯한 '힘'을 느꼈기 때문이다.

"야만적이긴 하지만, 그 용을 죽이려면 파워도 필요하죠……."

붕괴한 궁전에 한 번 시선을 준 오루이트는 높이 날아올랐다. 그 육체에 어느새 검은 박쥐가 모여들더니 거대한 비행형으로 변화했다.

흉악한 박쥐는 다음 사냥감을 찾는 건지, 으스스한 날갯짓 소리를 남기고 궁전에서 사라졌다.

————그 무렵, 마족령의 모처————

여기에서도 또 하나의 투쟁이 끝나려 하고 있었다.

아니, 그건 투쟁이라고 부르기보다는 무시무시한 식사라고 불러야 했다.

"힘, 넘친다! 나, 더 강해진다!"

"그래그래, 맛있는 고기는 남기지 말고 먹자~♪ 일부는 까맣게 타버렸지만!"

커다란 낫을 든 악마가 공중에 둥실둥실 떠서 깔깔 웃었다.

천진한 잔혹함을 그대로 그려낸 듯한 악마, 케일이었다.

"하지만, 네가 준 보물도 있다. 나도, 조금 배가 부르다……."

"뭘 싱거운 소릴 하는 거야~, 폭식이라는 이름이 울겠다~. 자, 화이팅♡ 화이팅♡"

"으으, 으……!"

"보물창고에서 훔쳐온 것도 남기면 안 돼~. 고생했단 말이야~~."

　케일이 부추기고 있는 건 '폭식'의 이름을 지닌 대악마 벨제부브였다. 고장난 프랑켄슈타인 같은 모습을 하고 있는데, 두드러진 특징은 그 입의 숫자다.

　양쪽 손바닥과 배에도 수많은 이빨을 지닌 커다란 입이 달려 있었다.

　본래의 입으로도 먹고, 손으로도 먹고, 배로도 먹는 바쁜(?) 식사 중이었다.

　"이야~ '분노'의 하사탄이라는 거창한 이름을 지녔는데, 벨 군 앞에선 별거 아니었네~. 앗, 벨 군이라고 부르면 나태랑 겹치잖아! 하지만 뭐, 이미 죽었으니 상관없나♪"

　천연덕스러운 얼굴로 케일이 웃었다.

　폭식 주변에는 벨페고르의 성에서 훔쳐 온 보물이 가득했다. 그것들도 분주히 벨제부브의 배 속으로 들어가고 있었다.

　"나태, 죽었어? 나, 처음 듣는다."

　"신경 쓰지 않아도 돼~, 오늘부터 네가 2대 벨 군이니까! 축하해!"

　"2대? 나, 잘 몰라…………. 하지만, 먹는다! 먹는다!"

　금은보화며 유명한 무구, 값을 매길 수도 없을 법한 미술품까지 전부 꿀꿀이죽이라도 되는 것처럼 거칠게 폭식의 위로 처박혔다.

　"케일………… 네, 놈………… 뭘, 꾸미는 거냐…………."

　복부의 입에 하반신을 잡아먹히던 하사탄이 목소리를 쥐어짰다. 그 모습은 참으로 비참하기 그지없었으나, 본래는 늑대의 형상을 한 아름다운 대악마였다.

분노의 이름을 지닌 자답게 한번 분노가 폭발하면 손을 댈 수 없는 존재이기도 했다.

하지만 지금은 잡아먹히는 걸 기다릴 뿐인 가엾은 '식량'에 불과했다.

"어라? 하 군 아직 살아 있었어? 빨리 죽어버려. 싹둑♪"

케일은 심술궂은 미소를 지으며 머리를 향해 낫을 휘둘렀다.

제아무리 분노라고 해도 그로 인해 숨이 끊어진 건지 조용해졌다.

"앗, 기왕이면 산 채로 먹이는 게 재미있었는데! 아~, 또 저질렀어!"

"…………? 재밌어도, 배는 안 부르다. 나, 똑똑하니까 안다."

"아하하! 어떻게 보면 벨 군이 제일 재미있어!"

그런 대화를 하는 사이에도 하사탄의 육체는 잡아먹히고, 주위에 있던 보물도 점점 사라졌다.

그때마다 폭식의 몸에는 힘이 넘쳐 흘렀다. 그 사이즈도 커진 것 같았다.

"자자, 2대 벨 군! 지금처럼 팍팍 먹으러 가는 거야♪"

"먹는 건 좋다. 하지만, 이제 움직이는 거 귀찮다."

케일이 재촉했지만, 폭식은 움직이는 데 지친 건지 무성의한 대답을 돌려줬다. 그는 일곱 개의 대죄라고 불리는 대악마 중에서도 특출한 힘을 지닌 존재였다.

먹을 수 있는 건 뭐든 먹고, 그 힘은 한도 없이 커진다. 그 식욕 앞에 적도 아군도 삼켜져 끝내 그 자신의 영지마저 먹어 치웠다. 먹을 수 있는 게 사라지자 완전히 초토화된 영지에 폭식만이 홀로 우두커니 남아버렸다.

움직이는 게 귀찮아진 건지, 공복으로 인해 에너지가 떨어진 건지 폭식은 쇠약해져 갔다. 그대로 두었다면 알아서 소멸했을 것이다.

"벨 군, 죽어가던 널 구한 게 누구지?"

"으으……, 너………….."

"그렇지? 내가 힘이 강한 보물을 잔뜩 줬으니까 살았지? 그럼 내 말대로 잔뜩 죽여서 잔뜩 먹고 힘을 키워야지!"

케일은 생글생글 웃으면서 무시무시한 내용을 말했다.

하지만 그 말을 듣는 폭식도 차원이 다른 힘을 지닌 대악마였다.

"지금의 나, 배부르다. 힘, 되찾았다. 나, 너보다 강하다."

폭식은 그렇게 말하더니 대충 팔을 들어 올려 그대로 케일을 향해 휘둘렀다!

케일은 허둥지둥 뒤로 물러났으나, 어마어마한 폭풍에 휘말려 날아갔다.

"나, 강하다. 너, 약하다. 네 말, 안 들어도 된다."

"젠장! 이래서 멍청이는 싫다니까~. 왜 내가 이런 저능한 자식을………….."

"멍청이? 너, 지금, 나를 멍청이라고 했어?!"

"아니야, 아니야! 멍하니 앉아있는 녀석이라고 한 거야. 자자, 주먹 내리고~."

케일은 귀찮다는 듯 옷에 묻은 먼지를 털어낸 뒤 비장의 아이템을 꺼냈다.

그것은 어른이 쏙 들어갈 수 있을 만한 전신 갑옷이었다.

"내 말을 들으면 이걸 먹게 해줄게♪"

"반짝반짝⋯⋯⋯⋯. 그거, 좋다! 나, 먹고 싶다!"

"굉장히 길이 잘 든 갑옷인데, 이건 먼 옛날에 발키리가 입었던 거라고 해."

철도 강철도 마물 전리품도 아닌, 신비로운 광택을 지닌 갑옷이었다.

케일은 이걸 입수하기 위해 일부러 하계에 다녀왔다.

"갖고 싶다! 먹고 싶다! 먹을래!"

"그래, 먹고 싶구나? 그럼 알고 있지?"

케일은 히죽히죽 웃으며 전신 갑옷을 던졌다.

폭식은 크게 기뻐하며 달려들었는데, 그 순간 오른쪽 눈에 어마어마한 격통이 퍼졌다. 어느새 케일의 낫이 폭식의 오른쪽 눈에 깊이 박혀 있었다.

"으악! 누, 눈, 아아아아파!"

"그야 너와 정면으로 싸우면 나라고 해도 힘들지. 하지만 내가 널 상대로 정면승부를 하겠어? 너무 얕보지 마, 뚱땡이. 알겠냐?"

케일은 안구를 낫으로 후벼 파듯이 움직이며 오싹해지는 목소리로 재잘거렸다.

폭식은 전의를 잃어버린 건지 허둥지둥 고개를 끄덕였다.

"아, 알았다! 나, 네 말 듣는다! 지금은!"

"지금은…… 하아~, 2대 벨 군은 진짜 너무 솔직하네……."

케일은 질린다는 듯 한숨을 쉬며 낫을 거뒀다. 지금은 따르겠다는 말은 말 그대로의 진실로, 앞으로도 영원히 따를 마음은 조금도 없는 모양이다.

그래도 다소는 빈말을 하는 게 어른인 법이지만 폭식은 좋게도 나쁘게도 솔직했다.

"그럼 배도 불렀으니 다음 먹이를 찾으러 출발~~ ♪"

"나, 너 싫다! 절대 죽인다! 내일 먹는다!"

"좀~! 내일이라니, 아무리 그래도 너무 빠르잖아…………."

케일은 투덜거리면서 옥좌의 방을 떠났고, 폭식도 그 뒤를 따라갔다. 남은 건 싸늘할 정도의 적막과 잡아먹히고 남은 잔해뿐.

내란 상태에서도 일종의 균형을 유지하고 있던 마족령이었으나, **나태**의 이름을 지닌 대악마가 쓰러지자 그 힘의 균형은 무너졌다.

한 장의 기와가 떨어지면서 그 여파로 모든 기와를 무너트리는 것과도 같은 광경. 말 그대로 **와해**(瓦解)라고 불러야 할 것이다.

그 여파는 이윽고 인류의 생활영역에도 도달할 게 틀림없다.

지극히 위험한 징조였다.

Maousama
Retry!

마
왕
님,
리
트
라
이
!

'특별함'과 '평범함'

———— 북방국가군, 모처 ————

한 캐러밴이 가도를 나아가고 있다.

주변에는 호위 기사들이 따라와 제법 규모가 상당했다.

가도에는 유랑민이 득시글거렸다. 그중에는 과거 밤손님이었던 자들도 많았다. 그들이 수상쩍은 눈빛으로 캐러밴을 쳐다보았으나, 기사들이 무기를 거칠게 휘두르며 쫓아냈다.

"길을 열어라! 그 이상 다가오지 마!"

"거렁뱅이 놈들이……. 다가오지 말라고 하지 않았느냐!"

이런 장소에서 멈췄다간 유랑민에게 둘러싸여 약탈당하게 된다. 그런 만큼 기사들도 필사적이었다.

중앙을 달리는 마차 안에서 그 광경을 지켜보던 아카네는 쓸쓸하다는 듯 말했다.

"뭔가, 고생이 많은 세계네…………."

"남 일처럼 말하지 마. 당신은 이 유랑민 무리 속을 혼자 지나가려고 했잖아. 나 원, 무슨 교육을 받은 건지…………."

마차 안에 있는 건 아카네와 체격이 좋은 여성이었다.

무슨 의도인 건지 여성은 전신이 새카만, 상복 같은 옷을 입고 있다.

그 머리에는 토크 모자라고 불리는 모자를 쓰고 검은 베일로 얼굴을 가리고 있었다.

한눈에 봐도 주변과는 다른 분위기를 두른 이질적인 존재였다.

"유랑민이라……. 집이 사라지는 건 괴롭지."

"슬슬 당신의 집안을 가르쳐줘. 어느 귀족 집 아가씨야?"

"나는 귀족이 아니야. 잡초처럼 태어나 잡초처럼 살아온 아이돌이지!"

"또 영문을 알 수 없는 말을……. 이래서 세상 물정 모르는 귀족이란……."

상복을 입은 여성은 골치가 아프다는 듯 이마를 짚고 한숨을 쉬었다. 아카네가 가도를 혼자 태평히 걷고 있던 걸 보고 서둘러 태운 사람이었다.

아카네가 입은 옷은 이 세계에서는 아주 특이한 디자인이지만, 상당히 고급스러운 옷감으로 만들었다는 걸 한눈에 알 수 있다.

매끈매끈한 손도 그렇고, 윤기가 흐르는 머리카락이며 햇볕에 탄 적 없는 하얀 피부까지 어지간히 잘 사는 귀족 자녀로 보이는 외모였다.

"있지, 마미. 저 사람들은 앞으로 어떻게 되는 거야?"

"남 걱정보다 자기 걱정부터 해."

마미라고 불린 여성은 딱 잘라 말했다. 그 목소리는 참으로 강인하며, 여성치고는 체격도 좋지만 숨길 수 없는 색기를 지닌 여자였다.

"환담 중에 실례합니다. 빅 마미, 보고드릴 일이 있습니다."

"뭔데? 신경 쓰지 말고 창문 열어."

호위 기사의 말에 마미가 대답했다. 그 목소리마저 단호하고 우렁찬 것이, 상복만 입지 않았다면 산적 두목으로 보일 정도였다.

"이 앞에 있는 길에도 마담의 캐러밴이 이미 와 있는 모양입니다."

"나 참, 민폐라니까……. 여기 있는 녀석들에겐 대환영이겠지만."

"경로를 바꾸시겠습니까?"

"이카로스로 돌아가겠어. 이대로는 어딜 가도 헛수고가 될 것 같아."

이런 곳에도 마담의 영향이 나와 있었다.

싹쓸이 구매단이라고밖에 표현할 길이 없는 대형 캐러밴이 여기저기에서 물건을 사들이는 바람에 어느 도시도 마을도 상품을 들이고자 필사적이었다.

상품을 파는 사람에게는 말 그대로 가뭄 끝의 단비일 것이다.

반대로 상품을 사려는 사람에게는 **민폐의 극치**였다. 갑자기 눈앞에 커다란 고래가 나타나 전부 삼켜버린 셈이기 때문이다.

한쪽 측면에서 보면 찬란한 빛이어도 반대쪽에서 보면 어둠.

세상이란 때때로 그렇게 구성되는 모양이다.

"성광국의 나비라……. 싫어하는 건 아니지만 정도라는 걸 알아야지."

"오, 성광국이면 하쿠토가 있는 곳이잖아. 또 뭔가 꿍꿍이가 있나보네~. 히히히."

구김살 없이 웃는 아카네를 보며 마미가 고개를 들었다.

이 아이는 성광국에서 왔구나.

"당신 성광국 출신이야? 그곳은 유복한 귀족에겐 풍족한 곳인데, 넌 뭐가 불만이라 뛰쳐나왔어?"

"뛰쳐나왔다고 해야 할까, 나만 할 수 있는 일을 하려고 한달까, 으음……."

"나만 할 수 있는 일이라………. 고생해본 적 없는 아가씨다운 말이네."

아카네의 대답을 듣고 마미는 건조한 웃음을 흘렸다.

젊을 때는 누구나, 어쩌면 자신도 그랬을지도 모르지만, 나는 특별한 인간이며 나만 할 수 있는 특별한 역할이 있다고 믿곤 한다.

당연히 그런 특별한 인간은 한 줌이다.

사회를 알고 세간에 익숙해지고 점점 누구나 '특별함'이 아니라 '평범함'을 추구하는 안정적인 생활을 원하게 된다. 그게 어른이 되는 과정이라고 할 수 있을지도 모른다.

"아카네라고 했던가? 당신도 곧 세간이라는 걸 알고 자신에 대해서도 알게 될 거야."

"으음, 어려운 이야기는 잘 모르지만 나는 언제나 나야."

"하핫, 아직 때 묻지 않은 귀족은 태평하구나……."

"그보다 마미에 대해 들려줘. 무슨 일을 하는 사람이야? 왜 상복이야? 이 마차는 어디로 가는 거야? 아까 말한 이카로스는 맛있어? 아까 보인 마을도."

"아, 좀! 정신없는 아가씨네…… 한꺼번에 물어보지 마!"

시끄러운 아카네의 질문 폭탄에 마미는 질렸다는 듯 외쳤다.

그런데도 신기하게 이 아이에게는 뭐든 가르쳐주고 싶어진다.

이것이 바로 아카네가 지닌 '특별'한 능력, 《비밀 첩보원》의 힘이었다.

어째서인지 온갖 정보를 말해주고 싶어지는, 가르쳐주고 싶어지는 반칙 같은 능력이다. 때로는 정보 쪽에서 알아서 찾아오는 케이스도 많다.

과거 회장에서는 온갖 은폐 타입의 스킬을 약체화시키며 발견율과 선제공격률을 대폭으로 올려주는 등 다양한 방면에 적용되는 능력이었다.

마미도 예외 없이 자연스럽게 입을 열었다.

"이카로스는 '악의 도시'라고도 불리는, 북방의 쓰레기들이 모이는 도시야."

"악의 도시?! 좀 멋있는데!"

"하핫, 순진한 것도 이 정도까지 오면 굉장한데. 나는 그곳에서 창부들을 관리하고 있어. 빚을 지고 추락한 여자도 있고, 돈을 벌려고 몸을 파는 여자도 있지. 유괴하다시피 데려온 여자도 있고, 당신처럼 귀족 출신도 득시글해."

"오오, 그런 흉악해 보이는 곳의 보스가 마미라는 거야? 대단한데!"

이카로스나 자신의 일을 설명해도 태연자약한 아카네를 보고 마미는 검은 베일 너머 눈썹을 몰래 찡그렸다. 고생해본 적 없고, 세상 물정 모르는 귀족 자녀라면 산더미처럼 봤다.

울부짖는 자, 분노하는 자, 자해하려는 자, 그런 자들을 기초부터 교육하여 어엿한 창부로 길러내는 것도 마미의 일 중 하나이다.

이카로스로 추락한 이상 아무리 한탄해봤자 무의미하다. 난리를 부려봤자 우락부락한 남자들에게 얻어맞기만 할 뿐 아무런 의미가 없다. 당연히 도망친 곳에도 내일은 오지 않는다.

"당신은 그 무서운 도시의 '얼굴 담당' 중 한 명에게 잡혔어. 이 상황을 이해한 거야?"

"덕분에 마차를 타서 편하네♪ 앗, 하지만 나는 택시비 없는데."

"……이해할 수 없는 아이네."

천진난만하기 짝이 없는 아카네의 미소를 본 마미는 기가 막힌다는 듯 입술을 구겼다.

특이한 타입의 여자다.

"마미는 좋은 사람 같으니까, 나도 그 이카로스라는 곳까지 같이 갈게."

"바보 같은 소릴……. 당신 같은 아가씨가 발을 들여놔도 되는 도시가 아니야. 창부가 되고 싶은 거라면 사정이 달라지지만."

"으음, 나는 순결한 아이돌이니까 베개 영업은 NG야."

"무슨 말을 하는 건지 통 모르겠네. 그나저나 순결이라……."

오랜만에 그런 단어를 들은 건지, 마미는 턱에 손을 짚고 창밖으로 시선을 던졌다. 수심에 잠긴 마미의 옆얼굴을 보고 아카네가 서둘러 입을 열었다.

"앗, 오해하지 말아줘. 나는 딱히 그런 장사를 부정하는 게 아니고."

"이런 썩어빠진 세계. 여자는 몸이든 뭐든 걸면서 살 수밖에 없어."

"…………그렇구나."

고아라는 환경에서 성녀까지 올라간 루나, 빈민 출신이면서도 모험가로서 실력을 쌓은 유키카제와 미캉.

이들은 '특별'한 사례라고 해도 될 것이다.

그렇지 않은 '평범'한 여자는 그야말로 뭐든 해서 먹고 살 수밖에 없다.

아카네도 대제국이 지배하는 궁극의 계급사회 출신이다. 그 세계에서 인간은 '신민'과 '국민'이라는 두 종류로 분류된다.

태평하고 낙천적으로 보이지만 아카네는 세상의 어둠을 잘 알고 있다.

웃음을 거둔 아카네를 보고 마미는 가벼운 어조로 웃었다.

"아카네라고 했지……. 착각하지 마. 우리는 남자를 이용해서, 그 물러터진 정신을 농락하며 사는 거야. 어떤 신분을 지녔든 마음에 든 여자와 둘만 있으면 놀랄 정도로 어린애가 되지. 참 귀여워."

마미의 호방한 말을 듣자마자 아카네의 눈이 반짝였다.

무언가 마음을 끄는 구석이 있었던 모양이다.

"오, 오오…… 그거 연상의 남자도 그래? 응? 예를 들어 45살의 중후한 타입이어도?"

"이것 참 상당히 구체적인 예시인데……."

"나는 제대로 된 연애 경험이 없으니까, 연륜이라는 걸 자세히 알고 싶어!"

"누가 연륜이야! 나는 아직 그 정도로 늙지 않았어!"

마차가 떠들썩하게 나아가던 도중, 앞서 보낸 기사가 정황을 살피고 돌아왔다.

기사는 심하게 당황한 모습이었다.

"빅 마미, 보고드립니다. 이 앞에 수많은 시체가 굴러다니고 있습니다."

"…………수는?"

"자세히는……. 다만 100명 가까이 되는 것 같습니다."

"이 앞에 **전장**이 될 법한 장소는 없었을 텐데."

마미의 눈이 스윽 가늘어지며 분위기가 휙 바뀌었다. 2~3명의 시체라면 모를까, 100명 가까운 시체라니 상당히 대규모 충돌이 있었다고 추측하는 게 자연스럽다.

기사도 긴장한 얼굴로 대답했다.

"이 가도는 이카로스로도 이어지는 길. 아무리 어리석은 자라고 해도 싸움은 피할 터입니다."

"어리석은 말괄량이의 짓인 걸까……."

악의 도시 이카로스──.

그곳에서는 비합법 약물, 인신매매, 밀조주부터 다양한 무기 유출, 성매매, 투기장, 위험한 도박 등이 백주 대낮에 당당히 이뤄지고 있는, 말 그대로 악의 구렁텅이이다.

그런 만큼 각국의 VIP와 비밀스러운 커넥션이 단단하다. 대외적으로는 성인군자처럼 행동하면서도 이곳에서는 본성을 드러내는 자도 많다.

이곳을 거점으로 삼은 용병단도 많다. 그런 의미로도 이카로스와 대놓고 분쟁을 일으키려는 세력은 대륙 전체를 둘러봐도 존재하지 않을 것이다.

마차를 타고 나아가자 그곳에는 보고받은 대로 처참한 광경이 펼쳐져 있었다. 마미는 잠시 말없이 그 광경을 보았으나, 이윽고 호위 기사들에게 조용히 명령했다.

"당신들은 여기에 있어."

"하, 하지만 혼자 가시는 건 위험합니다!"

마미는 쉿쉿 개라도 쫓아내듯 손을 휘저은 후 시체 밭으로 걸어갔다.

그 등을 아카네가 말없이 따라갔다.

"아가씨, 당신도 얌전히 기다려."

"사건 현장을 앞에 두고 명탐정 아카네가 가만히 있을 수 없지!"

"……태평하기는. 시체를 보고 토하지나 마."

돋보기 같은 것을 눈에 가져다 대고 가슴을 두드리는 아카네를 본 마미는 기가 막힌 듯 고개를 저었다.

바보에겐 무슨 말을 해도 소용없다고 포기한 모양이다.

"그나저나 인간의 짓으로 보이진 않네……."

토막 난 시체들을 본 마미는 얼굴을 찌푸렸다. 무언가 대형 마수라도 공격한 듯한 몰골이었다. 모든 시체가 갑옷째 예리한 무언가로 썰려 있었다.

아카네도 그 광경을 보고 상대가 상당한 실력자임을 인식했다.

"대박 크리피하네. 완전 고어 영화적 모먼트……."

"무슨 말을 하는 거야, 당신."

의미불명의 혼잣말에 마미는 어깨를 으쓱했지만, 아카네는 그 자리에 남은 미약한 **잔향**을 맡았다.

희미한 신음이 들리는 쪽으로 시선을 돌리자, 그곳에는 아름다운 여성 기사가 마지막 순간을 맞으려 하고 있었다.

호화로운 금발에 남자와 비슷할 만큼 큰 키.

다른 세상이었다면 모델로 활약할 수 있었을 훌륭한 보디라인을 지녔다.

마미는 말없이 그녀에게 다가가 가만히 물었다.

"**전장의 괴물**이라는 말까지 듣던 당신이 당하다니. 상대는 마수야?"

"꼴사나운 모습을 보이는군. 상대는 커다란 낫을 든 악마였어……."

"…………그래. 무언가 유언이라도 있다면 들을까?"

기사는 어깨에서 옆구리까지 길게 베였고, 왼쪽 다리도 무릎 아래가 없다.

아카네가 보았을 때 이미 **사망 판정**이 떨어졌고 지금은 생명의 흔적이 남아있을 뿐이었다. 어떤 아이템을 사용하든, 이 자리에 유우기 있다고 한들 완전히 늦어버렸다.

"동료에게 전해다오……. 뮤몬 지케를 빼앗겼다고……."

"그래, 그래서 당신이 갑옷을 입지 않은 건가……."

아카네는 두 사람의 대화를 들으며 머리를 굴렸다. 희미한 향기, 큰 낫을 든 악마, 기묘한 이름의 갑옷, 흩어져 있던 점이 하나로 이어졌다.

"알았다! 거기 너, 갑옷이라면 이거 아니야? 혹은 비슷한 다른 거!"

그렇게 말하며 아카네는 예비 가방에서 벨페고르가 입었던 갑옷을 꺼냈다. 거칠게 꺼낸 그것을 본 기사와 마미의 눈이 휘둥그레졌다.

색은 달랐지만, 조형이 거의 같았기 때문이다.

"이건 **졸업 시험**이라고 해. 그럼 네 건 **입학 시험**인 거 아닐까? 응?"

"놀랍군……. 뮤몬 지케는 두 개 존재했던 건가…………."

기사는 그렇게 중얼거리며 입꼬리를 올렸다. 아카네의 말은 이해할 수 없었으나, 왠지 유쾌한 기분이 들었기 때문이다.

"하, 하하…… 꼴, 좋다………… 그 악마 자식…………."

"호박을 쓰는 이상한 악마라면 내가 반드시 죽여줄게. 안심하고 자."

아카네는 그렇게 말하며 기사의 뺨을 다정하게 쓰다듬었다.

거기에는 타고난 상냥함을 살짝 엿볼 수 있었지만, 생명을 대하는 냉정한 판단에서 일종의 드라이함도 느껴졌다.

"재미있는 녀석이군. 가져가라…… 약간의 재산은 있으니…….

마미, 잘 부탁해."

기사는 품에서 인식표로 보이는 물건을 꺼내 마법을 담아 아카네에게 건넸다.

그대로 아무런 미련도 없다는 듯 눈을 감고 절명했다.

"…………이 애마저 가버렸구나. 가혹한 세상이야."

"마미와 아는 사이야?"

"아는 용병이지. 주변에서 얕본다며 늘 전신 갑옷을 입고 남자로 살았어. 이카로스에는 이런 **사연** 있는 여자가 득시글해."

"그렇구나…………."

기사가 준 인식표에 시선을 내리자 적나라한 피가 끈적하게 빛났다. 전사라고 해도 그 형태는 제각각이므로, 신원을 확인할 수 없을 만큼 훼손이 심한 시체도 있다.

따라서 기사단에 소속된 기사도 용병도 이런 인식표를 지니는 자가 많다.

하다못해 매장될 때는 자신이 누구였는지 상대에게 알려주고 싶다는 작은 바람인 건지도 모른다.

"저기, 마미. 이 인식표 같은 거에서 빛이 나는데?"

"…………재산을 맡긴 증거야. 용병 중에는 언제 죽어도 괜찮도록 다들 죽은 뒤의 일까지 생각하며 살거든."

마미는 그렇게만 말한 후 기사의 명복을 빌듯 작게 기도했다.

그렇게 깔끔하게 마음을 정리한 건지 자신이 데려온 기사에게 시체를 매장하라고 지시한 뒤, 아무 일도 없었다는 듯 등을 돌리고 걸어갔다.

"흥. 그럼 가자. 당신에겐 그 아이의 유산을 받을 자격이 있어."

"어? 난 그런 거 필요 없어."

"그 애가 주겠다고 했는걸. 내가 들은 이상 **없었던 일**로 만들진 못해."

빅 마미가 뼛속까지 싸늘해질 듯한 시선을 던지자 아카네도 무심코 고개를 끄덕였다. 이 태평한 아카네도 그렇게 할 수밖에 없는 기묘한 압력이었다.

"아카네, 당신에 대해선 잘 모르겠지만 한가지 안 게 있어."

"…………흐응, 그게 뭔데?"

어딘가 불만이 있는 듯한 표정으로 아카네가 말했다.

이 상복을 입은 기묘한 여자에게 조금 소름을 느낀 게 분했던 모양이다. 그건 전투 능력과는 다른, 연장자의 관록이라는 부분인 건지도 모른다.

사실 마미가 본 아카네는 그 정체가 어떻든 단순한 어린애에 불과할 것이다.

"당신은 터무니없이 **운이 좋다**는 거야. 내가 주운 것도 포함해서."

"나는 행운을 부르는 여자니까. 운이 좋은 건 마미 쪽이야."

"흥, 그 태평함이 언제까지 계속될지…………."

마미는 코웃음을 치면서 마차로 돌아갔다. 아카네도 그 뒤를 쫓아가며 한 번 더 인식표로 시선을 주었다.

그곳에는 '천옥(天獄)'이라는 위엄 있는 글자와, 'KING'이라는 화려한 글자가 새겨져 있었다.

잿빛 달

───────성광국, 성궁───────

아무도 없는 성궁 복도를 성녀 화이트와 타천사의 모습을 한 마왕이 걸어갔다.

소란을 일으키지 않으려는 의도인지 마왕은 《은밀자세》로 모습을 숨기고 있기 때문에 옆에서 보면 화이트가 혼자 걷는 것처럼 보인다.

카지노 옥상에 있던 두 사람이 왜 성궁의 복도를 걷고 있는가.

사건의 발단은 이러했다──.

"성녀 화이트, 당신의 방에 안내해주시길."

"…………네?"

"성궁에는 당신의 방이 있지 않나?"

"바, 바바바바바방이라고요?!"

이러한 경위로 두 사람은 말없이 복도를 걷고 있었다. 앞서가는 화이트의 얼굴은 새빨갛게 물들었지만 마왕은 자기와는 상관없는 일이라는 듯 태연했다.

"저, 저기…… 루시퍼 님은, 제 방에 어떤 용건으로…………."

"아마도 놀라게 될 테지만, 결코 소란을 피우지 말도록."

"…………으읏."

마왕의 말에 화이트의 몸이 흔들렸다.

아무리 생각해도 그렇고 그런 걸 상상하게 만드는 멘트였다.

이윽고 화이트는 방 앞에 멈추더니 각오를 다진 듯 심호흡했다.

"여, 여기가………… 제 방입니다."

"흠. 그리 남의 눈에 띄고 싶지 않군. 안으로."

"…………네, 넵."

문을 열자 잘 정리된 방이 시야에 들어왔다. 고지식한 화이트답게 아기자기한 느낌보다는 실용적인 집무실이란 분위기였다.

마왕은 그걸 가볍게 일별한 후 무언가를 음미하듯 턱을 문질렀다.

"잘 정리된 깨끗한 방이 아닌가. 어수선하면 정신 사나우니 좋군."

"그, 그런가요…………?"

마왕의 말은 그렇다 치고, 화이트는 도무지 침착할 수 없는 상황이었다. 조금 전에는 과감하게 껴안아 버렸지만 이렇게까지 단숨에 진도를 나갈 줄은 생각하지 못했다.

화이트는 눈을 감고 이후의 전개를 상상하자 눈앞이 어질어질해졌다.

'서, 설마, 루시퍼 님과 오늘 밤………… 꺄아아아악!'

기쁜 건지 당혹스러운 건지, 화이트 본인도 아직 알 수 없었다.

눈을 뜨자 마왕은 등을 보인 채 품에서 두루마리 같은 것을 꺼내고 있었다.

"화이트, 놀라지 말도록."

"네, 네헴!"

대체 뭘 할 생각인 걸까.

동침에 관한 무언가, 혹은 신화시대엔 방식도 다른 걸까 등 화이트는 쓸모없는 생각을 이어갔다. 하지만 마왕은 예상을 아득하게 넘어선 엉뚱한 행동을 했다.

놀랍게도 두루마리에서 회색의 거대한 슬라임을 꺼낸 것이다!

어째서인지 커다란 거울을 감싸고 있는 듯한 외견으로, 점액과 거울이라고 하면 보기에 따라서는 음탕한 것으로 보이지 않는 것도 아니었다.

'싫어어어어————————!! 설마 저런 것을 사용…………!'

"조금 크군. 너 사이즈는 바꿀 수 없나?"

마왕이 그렇게 말하자 회색 슬라임은 손 같은 것을 꺼내더니 주먹에서 엄지를 척 세운 포즈를 취했다.

그리고는 순식간에 인간이 사용하는 화장대만한 크기가 되었다.

"흠, 이거라면 문제없겠군. 여기와 라비 마을을 연결할 수 있나?"

마왕의 말에 대답하듯 거울 중앙에 글자가 떠올랐다.

《재확인. 라비 마을로 도약. 소비 기력 10. YES/NO》

"우리와 다르게 이 세계의 인간은 기력이 적은 것 같던데. 그건 0으로 바꿀 수 있나?"

《창조주의 설정 변경 지시 확인. 소비 기력 0으로 설정.》

"흠! 제법 융통성이 있군."

회색 슬라임은 손 같은 것을 꺼내 쑥스러운 듯 머리(?)를 긁적였다.

그런 일련의 움직임을 보고 화이트는 말없이 굳었다. 뭘 하는 건지는 모르지만 자신은 커다란 착각을 해버린 모양이었다.

"저, 저기…… 루시퍼 님, 그 슬라임은………."

"최근에 주웠다. 걱정하지 마라, 해는 없으니."

그 말에 화이트는 새삼 회색 슬라임을 보았다.

겉보기는 마물 같지만 실제로는 다른 생물인 듯했다. 만약 마물이라면 성궁 안에서 태연할 수가 없다.

곧바로 '빛속성'과 '성속성'의 파동에 타버릴 것이다.

"이건 전이동 같은 워프…… 아니, 순간이동이라고 해야 하나……? 여하간, 멀리 떨어진 장소에 순식간에 도착할 수 있는 마도구다."

"이 슬라임이 '치천사의 도약'을………?!"

"…………뭐, 비슷한 거지."

마왕은 적당한 말로 설명을 끝냈다.

상대가 알아서 이해했다면 그게 제일 낫다는 태도였다.

"조금 전에도 이야기했듯 내 마을은 크게 성장할 것이다. 그 변화는 좋든 나쁘든 주변에 영향을 미치게 되겠지."

"네…… 하지만 이 슬라임과 무슨 관계가 있죠?"

"네가 오해하지 않도록, 언제든 마을을 찾아와 시찰해도 괜찮다는 뜻이다."

이것이야말로 마왕이 하고 싶었던 말이다. 과거 화이트가 적대시하며 위험한 존재로 여겼던 걸 이 남자는 잊지 않았다.

국가 권력자, 심지어 그 정점에 가까운 존재가 경계하고 위험시하는 건 피하고 싶었다.

"거듭 반복하지만, 나의 약진은 당신의 권력, 그 기반 강화로
도 이어진다."

현재 성당교회의 권위는 쇠퇴하여, 성녀라고 해도 적당한 상
징이 된 지 오래되었다. 성광국의 동서남북은 이미 독립된 세력
이 할거했으며 중앙은 각 파벌 세력의 각축장이다.

여기에 마왕은 '영지를 헌상'하겠다고 말하는 것이다. 본래대
로라면 무언가 꿍꿍이가 있는 이야기라며 화이트도 숙고했을
게 틀림없다. 경우에 따라서는 거부했을 것이다.

하지만 이번은 상대가 상대였다.

'루시퍼 님의 힘은 전부 진짜…………. 신화 속 '기적'으로 가
득해.'

까마득한 옛날, '밤의 지배자'라고 불리던 존재의 힘을 몇 번
이나 목격한 화이트로서는 이걸 거부하는 건 상상할 수 없었다.

그런 상식을 초월한 존재로부터 《천사의 고리》를 받고, 심지
어 '기대하고 있다'는 말까지 들었으니 화이트의 심경도 추측할
수 있으리라.

그녀는 세계를 적으로 돌린다 해도 '타천사 루시퍼'를 옹호할
것이다.

"설령 앞으로 어떠한 일이 일어난다 한들………… 저는 당신
의 아군입니다."

"…………음."

화이트의 결의에 찬 모습을 본 마왕이 살짝 전율했다. 단순히

손해 보지 않게 해주겠다는 거래의 감각이었는데 무언가 완전히 다른 이야기가 되어 버린 것 같았기 때문이다.

"여하간, 미심쩍은 점이 있다면 언제든 마을에 와라. 연락도 확인도 못 한 채 마지막엔 의심에 사로잡히고, 그 결과 커다란 프로젝트가 무너지기도 하지."

아무리 계획해도, 커다란 프로젝트여도 인간이 굴리는 이상 그걸 무너트리는 것 또한 인간이라는 사회인다운 발언이었다.

정확하게는 '오오노 아키라'가 연락 실수로 몇 번 고생한 적이 있기 때문이다.

"그럼 이만. 마을에 왔을 때, 돌아가고 싶으면 타하라에게 말하도록."

"…………앗, 네."

그 말을 끝으로 마왕이 슬라임이 품은 거울 앞에 서자 그 모습이 사라졌다. 화이트는 잠시 말없이 서 있었으나, 담백한 이별에 아쉬워지기라도 한 것인지.

마왕의 뒤를 쫓아가듯 부리나케 거울 앞에 섰다.

순식간에 몸이 빨려 들어가고, 어느새 화이트는 라비 마을 입구에 서 있었다. 당연히 눈앞에는 놀란 얼굴의 마왕이 있었다.

"죄, 죄송합니다…………! 그, 와, 와버렸, 습니다…………? 에헤헤…………."

'에헤헤는 무슨! 너무 빨리 왔잖아!'

이렇게 마왕은 다시 화이트를 성궁에 바래다주게 되었다.

두 사람이 쓸데없이 왔다 갔다 하고 있을 때, 온천여관에서는 또 다른 '마무리'가 지어지려 하고 있었다.

이날 온천여관에는 아무도 없이 마담이 혼자 독점한 상태였다. 이 도원향을 한 명이라도 많은 여성에게 알리려고 움직이던 그녀로서는 이질적인 행동이었다.

마담은 노천탕에 솟은 바위에 걸터앉아 말없이 밤하늘에 뜬 달을 올려다보고 있었다.

"이렇게 평온한 밤을 맞는 날이 올 줄이야…………."

마담은 들고 있던 잔을 기울여 극상의 와인을 목구멍 속으로 흘려보냈다. 그 모습은 마치 달을 녹여 빚은 듯 아름다웠고, 다른 사람이 다가가기 어려운 기품으로 가득했다.

그런 마담의 귀에 익숙한 목소리가 들렸다.

온갖 생물을 목소리만으로 죽일 수 있을 것 같은, 인간이 아닌 자의 목소리였다.

"벌써 이겼다고 생각하는 거야? 변함없이 어리석은 여자구나."

"어머, 오늘은 비명을 안 지르네? **꼬맹이**————?"

그런 마담의 목소리에 화가 난 건지 검은 입자가 뭉치더니 이윽고 악마의 형상을 만들었다.

버터플라이 일족에 저주를 내린 고대 악마였다.

"…………나에게는 라임마리라는 아름다운 이름이 있거든."

라임마리라고 이름을 댄 악마는 허공에 뜬 채로 머리카락을 쓸어올리며 마담을 내려다보았다. 실제로 이름만이 아니라 외모도 절세의 미소년이었으나, 여자처럼 보이기도 했다.

그 긴 머리카락은 달을 반사하듯 은색으로 빛나고, 눈동자는 보석이 떠오르는 파란색이었다. 대륙의 어떤 여자가 봐도 한눈에 마음을 빼앗길 법한 용모였다.

"이제 와서 자기소개라니, 가정교육이 엉망이네."

눈앞에 악마가 나타났는데도 마담은 전혀 기죽지 않고 잔을 기울였다.

그 모습은 악마가 처음에 말한 대로 '승자'의 여유였다.

"요즘 귀여운 비명이 들리지 않아서 걱정했거든."

마담은 조용히 눈을 감고 상대방을 염려하는 말까지 건넸다. 이렇게 되자 누가 악마고 누가 인간인지 알 수 없었다.

실제로 아츠와 화해한 뒤로 악마가 지르던 비명이 뚝 멈췄다. 마담은 슬슬 **끝**이 가까워졌음을 확신했다.

지금은 전신의 구석구석까지 살이 빠지며 여분의 지방은 전부 사라졌다. 환골탈태를 넘어 유전자 자체가 변했다고 해도 될 정도다.

"착각하지 마. 나는 언제든 널 죽일 수 있어."

"불가능한 걸 입에 담는 건 삼가는 게 좋아. 더욱 **하찮아** 보이거든——."

그런 신랄한 말에 악마는 이를 갈았다. 실제로 라임마리에게 그런 힘은 남아있지 않고, 존재 그 자체가 소멸 위기였다.

"…………그런 건방진 구석까지 **초대**(初代)와 똑같아."

"어머, 초대라니 재미있는 소릴 하네."

"그 여자는 진짜 건방졌어…………. 이 아름다운 내가 눈길을 주었는데! 인간 주제에 내 구혼을 거절하고, 심지어 어디에나 굴러다니는 평범한 남자를 선택하다니!"

라임마리는 쌓였던 울분을 터트리듯 소리쳤다. 마담도 그제야 얼굴을 들었다.

그 눈에는 요사스러울 정도로 색기가 넘쳤다.

"그래, 선조님은 보는 눈이 있었구나."

"웃기지 마! 누구보다 아름답고 거대한 힘을 지닌 내가 아니라 평범한 인간 남자를 선택했어. 그 녀석은 대륙 최고로 어리석은 여자야!"

"그래서 앙심을 품었다는 거지……. 정말 옹졸해서 당신과 잘 어울리네."

마담이 피식 웃자 그 모습에 악마의 분노는 한층 커졌다.

옛날의 그녀였다면 저주를 건 악마가 눈앞에 나타났다면 이성을 잃고 사납게 욕을 퍼부었을 것이다. 하지만 지금은 그런 기색조차 보이지 않았다.

마담 안에서 이미 승패는 갈렸기에 패자를 연민하는 여유마저 있었다.

"…………내 저주에 고통스러워하며 엉엉 울던 네게 듣고 싶지 않아."

"좋아하는 여자에게 차여서 구질구질하게 저주해온 결과가 오늘이라는 거구나. 기분이 어때?"

혀에 칼이 실린 듯한 한마디에 악마의 얼굴이 살짝 일그러졌다.

이 결말에, 자신의 추태에 부끄러움을 느낀 모양이다.

"⋯⋯⋯나는 누구보다 강하고 아름다웠어. 그런 평범한 인간에게, 어째서⋯⋯⋯."

끝이 가까운 걸 느낀 건지 악마는 의기소침한 듯 고개를 숙였다. 그는 고대 악마로 분류되는 존재로, 그 힘과 마력은 어마어마하다.

아름다운 외모도, 풍부한 재산도, 전부 차원이 달랐다.

이 세상의 모든 것을 원하는 대로 손에 넣었는데, 딱 한 번뿐이었던 실연이 그의 인생을 전부 바꿔놓았다.

"나도 선조님에 대해서는 잘 몰라. 천 년도 더 전의 일이니까."

그 시대의 기록은 전승이나 풍문 수준일 뿐, 확실한 건 아무것도 없다. 지금 대륙에 대부호로 명성이 자자한 버터플라이 가문이지만 그건 마찬가지였다.

마담이 간신히 아는 것이라고는 소소히 구전된 전설뿐이다.

"당신이 평범하다고 칭한 남자는 악마에게 오염된 남쪽 땅을 열심히 경작했지만, 보람도 없이 많은 동료를 데리고 황폐한 산에 가야만 했다고 들었어."

그건 버터플라이 가에 전해지는 역사이자 옛날이야기 중 하나.

평범한 남자와 **초대**는 절망하는 동료들을 어떻게든 다독여서 부득이하게 평지보다 한층 험준한 산속 생활을 하게 되었다. 동료는 차례차례 병으로 쓰러지고, 물을 찾아 착란을 일으키고, 만족스럽게 먹지도 못하는 환경에서 굶어 죽는 자가 끊이지 않았다고 한다.

"맞아. 날 선택하지 않았으니까 그런 생고생을 하게 된 거라고."

악마는 그동안 초대를 얼마나 많이 유혹했는지.

물도 식량도 재산도, 뭣하면 오염된 대지도 원래대로 돌려놓겠다고. 그 무렵엔 물로 씻지도 못하게 된 초대는 꾀죄죄하고 헝클어진 머리카락에 뺨은 홀쭉하게 들어가서 차마 눈 뜨고 봐줄 수 없을 정도였다.

하지만 그녀는 악마의 유혹엔 절대 귀를 기울이지 않고, 평범한 남자의 손을 잡은 채 놓지 않았다.

그런 그녀를 안쓰럽게 여긴 건지, 아니면 천사의 인도였는지 기회가 찾아왔다.

"선조님 앞에 한 마리의 나비가 나타났다지."

어린 시절 자장가처럼 들었던 이야기이기도 하기에 마담은 재미있다는 듯 웃었다.

이 악마의 반응을 보아하니 완전히 거짓말도 아니었던 모양이다.

나풀나풀 나는 나비의 뒤를 따라 남자와 초대는 산속 깊은 곳으로 들어가, 그곳에서 대지를 되살릴 수 있는 대량의 '흙의 마석'을 발견했다.

일행은 기뻐하며 산에서 내려가 오염된 대지에 '재도전'하기로 했다.

고난의 역사는 그 후에도 계속 이어졌지만, 점점 소문을 들은 민중이 모이면서 몇 년, 몇십 년에 걸쳐 대지는 힘차게 되살아나고 강이 태어났다. 황량하던 산에도 조금씩 늪과 계곡물이 흐르고 남부 대지는 풀과 꽃이 가득한 풍요로운 대지로 변모를 이루었다──.

이것이 성광국 남부에 전해지는 옛날이야기이자 버터플라이가의 유래이기도 하다.

"나는 화려한 걸 좋아하지만, 이 흙냄새 나는 이야기는 싫지 않아."

귀족 가문에는 진위는 불명이나 크든 작든 용감한 전설이 남아 있지만, 마담의 가문에 전해지는 건 참으로 심심한 내용이었다.

그래도 그녀가 이 전설을 마음에 들어 하는 건, 고독하게 저주와 싸워온 자신을 오염된 대지와 싸워온 선조에 겹쳐보기 때문이다.

시선을 떨군 채 마담의 이야기를 듣던 악마는 이해할 수 없다며 고개를 저었다.

"역시 바보야…… 그 여자는. 나에게 부탁하면 그런 고생은 하지 않았을 텐데."

"저런……. 꼬맹이는 아직 모르겠어?"

"…………뭐가."

"선조님의 눈에 당신은 **의지할 만한 남자**가 아니었다는 거야."

그런 굴욕적인 수사에 악마는 격분할 뻔했으나, 마담은 천연덕스러운 얼굴로 잔에 와인을 따르고 우아하게 추가 공격을 날렸다.

"남부의 대지를 봐 봐. 지금은 녹음과 꽃으로 넘쳐나고, 풍부한 논밭이 펼쳐져 있고, 광산에서 채굴하는 흙의 마석은 오늘에 이르기까지 많은 백성을 살리고 있지."

"…………무슨 말을 하고 싶은데?"

"꼬맹이가 있어도 없어도 결과는 달라지지 않았어. **필요 없었던 거야**, 당신은. 의지하기에 부족한 남자. 이 의미를 알겠어?"

마담이 결정적인 말을 쏘자 악마는 굴욕에 전신을 부들거렸다.

결과를 보면 그렇다. 버터플라이 가문의 초대는 말 그대로 의지할 만한 남자를 훌륭하게 손에 넣어, 후에 대부호가 되는 가문을 한 세대 만에 일궈냈다.

누구의 그릇이 크고 누구의 그릇이 작았는지는 말할 것도 없다.

악마는 고개를 숙인 채 잠시 파르르 떨더니, 별안간 큰 소리를 내며 웃었다.

"하하, 아하하————! 그래, 네 말이 맞아! 그 인간은 늘 그녀를 웃게 해주고, 이렇게 거대한 힘을 지닌 나를 무시하고 그 여자를 행복하게 만들었어!"

고대 악마, 라임마리는 그것을 원망하며 자신의 존재를 거대한 저주로 바꿔 일족에 영원한 저주를 내렸다. 그녀의 일족이 결코 아름다워지지 못하도록.

하지만 그런 거대한 저주도 '오오노 아키라의 세계'에 철저하게 박살 났다. 고대 악마의 힘으로도 저항할 수 없는 절대적인 힘으로.

"겁쟁이…………. 다시는 마음을 빼앗기고 싶지 않았구나."

언젠가 그녀의 자손에게도 마음을 빼앗긴다.

라임마리는 무의식중에 그런 두려움을 품은 것이다. 그렇게 되기 전에, 처음부터 그 가능성을 짓밟았다.

"⋯⋯⋯⋯⋯⋯싫다. 감이 좋은 것까지 초대와 똑같다니."

"남자운도 지지 않을 것 같은데?"

"하하, 초대도 그렇고 너도 그렇고⋯⋯. 웃기는 남자만 골라⋯⋯."

악마는 체념한 듯 웃더니, 그 몸이 검은 입자로 바스러졌다.

오랜 세월에 걸친 싸움이 조용히 끝나려 하고 있었다.

"마지막으로 묻고 싶은데, 선조님과 나 둘 중 누가 더 **아름다워**──?"

"⋯⋯⋯⋯자만하지 마. 너는 아직 그녀의 발끝에도 못 미쳐."

"그래, 좋은 목표가 생겼네."

"아하핫! 일족의 마지막에 이런 여자까지 나오다니⋯⋯. 나는 끝까지 그녀에게 이기지 못했구나⋯⋯."

라임마리의 육체가 검은 입자가 되어 소멸하더니 바람에 실려 달을 향해 날아갔다.

마담의 귀에 의미심장한 말을 남기고.

"내 이름은 라임마리. 고귀한 후예여, 이 잔혹한 GAME의 승자가 되어라────!"

어느새 마담의 손에 한 장의 검은 메달이 남아있었다.

명백히 마(魔)의 기척이 느껴지는 물건이었으나, 신기하게도 혐오감이 치밀지 않았다. 마담은 그걸 달을 향해 비췄다. 동전에는 승자를 칭송하듯 나비 그림이 각인되어 있었다.

"마지막 순간에 아주 조금 좋은 남자가 되었나 보네."

마담은 메달에 살짝 입 맞추며 고대 악마를 배웅했다.

이리하여 오랜 세월에 걸친 싸움은 하나의 결말을 맞았고, 일족을 뒤덮던 저주는 사라졌다.

물론 이건 마담만이 아니라 그 동생에게도 영향을 주었다. 그것이 또 다른 소동을 부르게 되지만…… 아직 마왕은 알지 못하는 이야기이다.

상사의 하루, 부하의 하루

라비 마을 구석에 설치된 풀장에서 마왕과 아쿠가 라디오 체조를 하고 있었다.

이미 타천사 모드를 해제한 그 모습은 평소와 다를 게 없었다. 마왕은 무릎까지 내려가는 남자 교사용 수영복을 입었고 아쿠는 초등학생이 입는 학교 수영복을 입었다.

"자, 제대로 준비운동을 해놓아야지."

"네, 넵."

마왕의 움직임을 흉내 내며 아쿠도 팔다리와 관절을 풀었다.

시선 끝에는 물이 가득 고여있는, 풀장이라 불리는 것이 있었다.

"마왕님…… 저, 정말로 이 안에 들어가는 거예요?"

"처음에는 어색할 테지만, 큰 목욕탕이라고 생각하면 된다. 어린아이일 때부터 물에 익숙해져야지. 만에 하나 수난사고를 당했을 때도 대처하기 쉬워져."

마왕은 팔을 쭉쭉 뻗으면서 변함없이 엉뚱한 소리를 했다.

당연히 아쿠가 묻고 싶었던 건 그게 아니었다.

"왠지, 그…… 굉장히 아까운, 데요…………."

아쿠의 의견은 타당했다.

이 세계에 사는 주민에게 물은 귀중한 식수다.

그 귀한 물로 밥을 짓는 것도 아니고, 몸을 씻는 것도 아니고,

농작물을 기르는 것도 아니고, 단순히 안에 들어가서 논다니 배덕감마저 느껴졌다.

"더운 날은 풀장에서 수영하는 게 최고지. 기분 좋다."

"저, 정말 이런 사치를 부려도 되는 걸까요…………."

아쿠는 사치라고 칭했지만, 그 말이 딱 맞아떨어졌다. 아무리 수영한들 한 때의 즐거움을 얻을 뿐, 거기에는 아무런 생산성도 없다.

사치란 즉 돈을 써서 불필요한 짓을 한다는 '낭비'이다.

"마, 마왕님! 이 물을 밭에…………."

"자, 가자~~!"

"잠깐, 만요!"

마왕은 아쿠를 두 손으로 들어 올린 뒤 그대로 풀장을 향해 요란하게 뛰어들었다!

즉시 두 사람은 머리까지 물속에 잠겨 흠뻑 젖었다.

"푸핫! 너, 너무하세요 마왕님!"

"아하하! 하지만 기분 좋지?"

하늘을 올려다보자 땅을 태울 듯 태양이 내리쬐고 있지만, 이 장소만큼은 달랐다.

시원한 바람이 불며 시야 가득 펼쳐진 수면이 찰랑거렸다.

이유도 없이 함성을 지르고 싶은, 어른스럽지 못하게 환호하고 싶은, 신기한 고양감이 차오르는 장소였다.

"자, 처음은 손을 잡아주마. 천천히 발을 들어봐."

"이, 이렇게요……? 아푸."

"흐하하! 힘은 주지 않아도 돼. 뜬다는 느낌으로 상상해 봐라."

마왕은 아쿠의 두 손을 당기면서 천천히 뒷걸음질했다.

아쿠는 시키는 대로 힘을 빼고 부력에 몸을 맡겼다. 몸이 가라앉지 않고 물 위를 쾌적하게 미끄러지는 듯한 자세가 되었다.

"떠, 떠 있어요……! 제 몸이!"

"물속에선 대체로 체중이 10분의 일이 되니까. 옛날에는 목욕탕 가서도 자주 헤엄치곤 했지."

마왕은 웃으면서 손을 잡아당겨 구석까지 도착한 뒤 재빠르게 턴했다.

"우선은 발장구 연습부터. 다리를 위아래로 움직여서 물을 차 봐라."

"이, 이렇게요? 에잇!"

"음. 발등으로 물을 뒤로 밀어낸다는 느낌으로 움직여봐."

"물을, 뒤로, 밀어라."

"오? 잘하는데! 금방 헤엄칠 수 있게 되겠어."

"정말이에요?!"

마왕은 아쿠의 손을 당기며 때로는 호들갑스럽게 칭찬을 섞으며 수영을 가르쳤다.

아쿠가 순순히 받아들이는 덕분에 습득도 빠른 모양이었다.

"만약을 위해 튜브를 쓰고, 다음엔 킥보드도 써 볼까."

마왕은 아쿠를 풀 사이드에 앉힌 뒤 풀장에 딸린 창고에 가서 다양한 수영 도구를 들고 돌아왔다. 튜브, 킥보드만이 아니라 고글, 발에 차는 오리발, 워터 해먹 등이었다.

"이만큼 있으면 반나절은 놀 수 있겠지."

마왕은 흡족하게 웃으며 아쿠의 몸에 튜브를 끼우고 자신도 고글을 썼다.

이 풀장은 초등학교에 있었던 수영장이 모티브로, 탈의실 말고도 세면대, 지붕이 딸린 작은 벤치 등 어딘가 향수를 불러일으키는 분위기가 감돌았다.

주변의 나무에서 들리는 매미 울음소리까지, 쓸데없이 디테일한 설정을 부여해놓았다.

"반나절이라니……. 일은 괜찮으신 거예요? 마왕님."

마왕이 돌아온 뒤로 라비 마을은 인력과 물자의 움직임이 한층 활발해져서 다들 눈이 돌아갈 만큼 바빴다. 그 중심에 있어야 할 마왕이 '반나절은 놀겠다'라고 호언했으니 그것만으로도 유죄 판결을 받을 법했다.

"아쿠, 유능한 상사란 부하를 믿고 그 재량에 맡기는 법이다. 현장에 나가서 일일이 지적하는 건 삼류에 불과하지."

"그, 그런 건가요……?"

"그래. 무슨 일이 일어났을 때는 책임진다. 상사의 일이란 궁극적으로 그게 다다."

마왕은 여느 때처럼 궤변을 늘어놓았으나, 요컨대 일을 전혀 하지 않겠다고 선언한 셈이었다.

물론 타하라도 감당할 수 없는 사태가 발생한 경우 이 남자가 어떻게 할 수 있을 리 없으니 책임도 질 수 없다. 일도 안 하고 책임도 지지 않는── 그 모습을 단적으로 표현한다면, 날백수였다.

"마왕님은 노는 것처럼 보여도 다양하게 생각하고 계시군요."

"⋯⋯⋯⋯음. 그렇, 지."

"마을에 돌아온 뒤로 계속 술을 마시는 것도⋯⋯⋯⋯."

"자! 슬슬 풀로 돌아갈까! 배워야 할 게 많단다!"

아쿠의 말을 가로막은 마왕은 도망치듯 부리나케 풀에 들어갔다.

튜브를 허리에 낀 아쿠도 허둥지둥 그 뒤를 쫓아갔다.

"그럼 발장구, 평영, 크롤, 버터플라이까지 한 바퀴 돌아볼까."

"버터플라이⋯⋯ 마담과 뭔가 관계가 있는 건가요?"

"없다. 있으면 무섭지."

그 후 아쿠는 마왕의 움직임을 온몸으로 따라 하면서 몸을 움직이는 법을 배웠다. 학습 능력이 좋은 건지 약 한 시간이 지나자 튜브가 없어도 뜰 수 있게 되었다.

지금은 혼자서 발견한 건지 개헤엄을 치면서 물을 가르고 있다.

"마왕님, 봐 주세요! 이렇게 하면 얼굴이 안 젖어요!"

"하핫, 그건 개헤엄이라고 부르는 영법이다."

"네?! 멍멍이도 이렇게 헤엄치나요?!"

마을에서는 점심을 맞이해 여기저기 노점에서 피크 타임을 준비하느라 야단법석이었지만, 이 풀장만큼은 다른 공간에 있는 것처럼 평화로웠다.

"그럼 우리도 슬슬 쉴까."

마왕은 그렇게 말하며 워터 해먹을 풀에 띄웠다. 이건 등받이

와 팔걸이, 음료 걸이까지 달린 커다란 소파 모양의 워터 해먹
이다.

마왕은 익숙한 동작으로 해먹에 올라간 후 아이템 파일에서
맥주를 꺼냈다.

물론 카지노의 냉장 보관실에서 반출한 것이다.

"하나 더 있으니까 그걸 써서 아쿠도 쉬어라."

"저는 마왕님과 같은 거에 타고 싶어요."

"음……? 뭐, 대형이니 두 명이 탈 수 없는 건 아니지만."

마왕이 당황하거나 말거나 아쿠는 날렵하게 해먹에 올라와 등
을 기댔다. 옆에서 보면 완전히 피서 온 부녀였다.

"물 위에 앉아있다니, 왠지 신기한 기분이에요."

학교 수영복을 입은 소녀와 같은 워터 해먹에 탔다는 범죄
적 구도에서 시선을 돌리듯 마왕은 아이템 파일에서 주스를
꺼냈다.

"…………자, 아쿠에겐 오렌지 주스라도 주마."

"감사합니다!"

주류만이 아니라 각종 주스도 반출했기에 그 종류는 쓸데없이
풍부했다.

달달한 맛이 귀한 이 세계에서는 이질적인 음료도 많다.

"어쨌거나, 마실까…………."

"네…… 앗, 마왕님! 이거 굉장히 달아요!!"

"…………그러냐."

그 천진난만한 미소를 보고 마왕은 문득 자신의 과거를 돌아

보았다.

13살 소녀가 풀장에서 놀며 주스를 마시고 활짝 웃는다. 이 남자가 보기엔 당연한 광경이고, 흔한 모습이다.

비슷한 나이일 때 자신도 이렇게 특별할 것 없는 일상을 보냈다고.

'하지만 이 아이는 아니지. 피붙이도 없이 혼자서 고독하게 살았어…………'

필사적으로 일해도 마을의 골칫거리 취급이었고, 산제물로 쫓겨날 만큼 가혹하기 그지없는 어린시절이었다.

부모님은 이미 죽었고, 보통은 의지할 대상인 마을 어른들에게선 돌까지 날아오는 형국. 현 상황에 절망하여 스스로 죽음을 선택해도 이상하지 않은 환경이었다.

'이 아이가 어떤 어른이 될지 모르지만………… 적어도 그때까지는 내가 보호자가 되어줘야지.'

맥주를 들지 않은 반대쪽 손이 자연스럽게 아쿠의 머리로 향했다.

일종의 각오였다.

"…………마왕님?"

"개구쟁이라도 좋다. 튼튼하게만 자라다오."

"네? 갑자기 왜 그러세요…………?"

마왕이 오래된 영양제 광고 카피를 뱉자 아쿠는 갑작스러운 말에 당황했다.

단순히 한번 말해보고 싶었던 것뿐이다.

"그나저나 날씨가 참 좋군."

하늘은 구름 한 점 없이 태양만이 쨍쨍 빛나며 자기주장을 했다. 건조한 공기와 뜨거운 바람, 멀리 보이는 신기루. 그 모든 것이 더운 계절임을 생생하게 알려주었다.

'풀장이라…… 대체 몇 년 만이지…………'

마왕은 초등학생 때를 떠올리려고 했으나, 정작 아예 다른 영상이 떠올랐다.

그곳은 익숙한 모교의 풀장이었지만 시각은 밤이고, 어른이 된 자신이 풀장에 몸을 담그고 있었다. 풀 사이드에는 슈트 재킷과 셔츠, 넥타이가 어지럽게 떨어져 있다.

'잠깐만! 뭐야 이거…… 밤의 풀장에 들어간 기억 없다고!'

풀장에는 자신만이 아니라 몸집이 작은 여성이 한 명 더 있었으나, 그녀는 하얀 와이셔츠를 입고 있었다. 옷을 입은 채 풀장에 들어온 모양이었다.

'뭐지, 이 사람………… 외국인 같은데…………'

그 여성은 금발의 트윈테일이었는데, 얼굴은 검은 매직펜 같은 것으로 마구 칠해놓아 표정을 볼 수는 없었다.

'이거 누구야…… 아니, 밤의 초등학교라니 불법 침입이잖아…………!'

마왕은 떠오른 영상을 허둥지둥 치우고 하늘을 올려다보았다.

그곳에는 조금 전과 마찬가지로 구름 하나 없는 맑은 하늘이 펼쳐져 있었다. 하지만 정체를 알 수 없는 서글픔이 가슴속에 서서히 차올라, 마왕은 시야를 차단하듯 눈을 질끈 감았다.

"…………이, 이 나라는 비와 거리가 먼 것이 좋군."

마왕은 떠오른 영상을 잊어버리듯 그런 말을 했다. 아쿠도 몸을 돌려 전부터 궁금하던 의문을 부딪쳤다.

"마왕님은 비를 싫어하세요?"

"싫어하지. 가능하다면 평생 안 내려도 될 정도로."

"그, 그러면 사람들이 곤란해질 거예요…………."

"곤란하지 않다. 언젠가 전국에 도르래를 설치하면 돼. 비가 내리지 않아도 생활할 수 있지. 전무, 아니, 그 산적도 열심히 일해줘야겠군."

마왕의 발언은 극단적이었지만, 실제로 마르지 않는 물을 만들어낼 수 있으니 진지하게 생각할수록 농담으로 넘길 수 없는 존재이다.

"…………비에 안 좋은 추억이라도 있으신가요?"

"싫은 것에 딱히 이유는 없지."

거짓말이다. 아쿠는 그렇게 생각했으나 현명하게도 추궁하진 않았다. 마왕은 화제를 바꾸려고 한 건지 샴페인을 꺼내 아쿠에게 따라주었다.

이 세계에는 음주 제한 연령 같은 게 없지만, 잔에 따른 샴페인은 도수가 없는 달달한 맛이었다.

"이건 어린이용 샴페인이다. 자, 휴일을 만끽하자."

아쿠는 어느새 '휴일'이라고 말하는 걸 깨달았으나, 그것도 침묵했다.

누가 어른인지 통 알 수 없는 광경이다.

아득한 여름날을 떠올리게 하는 매미 울음소리와 두 사람밖에 없는 풀장.

이따금 부드러운 바람이 불어 워터 해먹을 흔들었다. 마왕은 지금까지 겪은 나날을 떠올리며 이 평화로운 시간을 음미하듯 캔맥주를 기울였다.

"…………마왕님께 여쭤보고 싶은 게 있어요."

"음?"

사실은 비에 대해 더 물어보고 싶었지만, 아쿠는 다른 의문을 꺼냈다.

북쪽으로 출발하기 전에 이것저것 물어봐 두고 싶었던 모양이다.

"그, 마왕님은………… 이 나라의 왕이 되시는 건가요?"

"그런 걸 할 리가. 관심도 없다."

"하, 하지만, 많은 소문이 들려요…………."

"소문은 소문이지. 뭐, 측근들에게는 측근들의 생각이 있겠지만…………."

마왕은 새삼 생각했다── 자유의사를 지니고 행동하는 측근들을.

그 행동이나 사고는 부여된 설정에 기반한 것이긴 하나, 이미 크게 변화를 보이는 부분도 많아서 예상하기 어렵다.

"마왕님은 점점 높으신 분이 되어서…… 왠지 멀리 가버리실 것 같아요."

"그럴 걱정은 필요 없어. 애초에 높으신 분이 되지도 않았고."

"그럼 계속 곁에 있겠다고 말씀해주세요."

아쿠가 몸을 통째로 돌려서 마왕의 눈을 정면으로 바라보았다.

반짝반짝 빛나는 수면 위에서 붉은색과 파란색의 눈동자가 흔들렸다.

'계속이라니. 내 앞날도 보이지 않는데 무책임한 말은 할 수 없잖아………….'

그 신비로운 빛에 밀려버린 듯 마왕은 하늘을 올려다보았다.

아무도 없는 풀장. 매미 울음소리만이 울리는 공간에서 학교 수영복을 입은 소녀에게 그런 말을 듣는다면 아무리 마왕이라고 해도 하늘을 보고 싶어진다.

"음, 생각해보마…………."

"안 돼요. 지금 생각해주세요."

"생각해본다는 걸 직접 알리는 건 반대할 마음이 없다만, 미래에 대한 의제로서 생각하는 걸 고려하며 한층 숙고를 거듭하는 점을 더욱 깊이 생각하고 싶다."

"마왕님, 잘 이해되지 않는 말로 얼버무리지 말아 주세요!"

마왕은 어딘가의 정치가 같은 답변을 반복하며 이 화제를 넘기려고 했다.

실제로 이 남자도 오리무중 속에서 더듬더듬 나아가고 있는 상황이니, 미래에 관한 어떠한 확약은 가볍게 입에 담을 수가 없었다.

이렇게 마왕이 일에서 탈주하여 풀장에서 노는 사이에도 사태는 흘러간다.

이 남자가 도망친 일이란, 타국에서 찾아온 사자와의 절충이었다.

역침공이 발생한 루키, 스 네오의 수도에서 발생한 대규모 전투. 그 뒤처리를 맡은 양국에서 사자가 찾아왔다.

표정이 딱딱한 사자들은 전전긍긍한 심경이었다.

쿠도 공화국에서 보면 역침공이 그대로 진행되었다면 다른 지역에도 막대한 피해가 발생했을 터이고, 스 네오는 아예 수도가 붕괴했을 것이다.

양국을 그런 위기에서 구했음에도 불구하고 그 '마왕을 자칭하는 남자'로부터는 아무런 요구도 연락도 없이 오늘까지 방치가 이어졌다.

양국에서 보기엔 불길한 태도이자, 두려운 '압력'이 느껴지는 침묵이기도 했다.

상대가 침묵하는 이상 이쪽에서 머리를 숙이고 찾아갈 수밖에 없는 상황에 몰리게 되었다.

이걸 '외교'라고 친다면, 이미 양국은 지극히 불리한 입장에 섰다고 볼 수 있다.

라비 마을로 향하는 도중에 마주친 양국의 사자는 잘 됐다며 합류한 후 상대가 제시할 요구를 진지하게 검토했다.

"스 네오의 대신님. 그 남자는 어떠한 것을 요구하리라고 생각하십니까?"

"⋯⋯⋯⋯어찌되든, 상응하는 사례금을 마련해야만 하겠죠."

"상응이라고는 하나⋯⋯ 이러한 사태에는, ㄱ, 전례가⋯⋯."

TV나 영화 속이라면 국가의 위기를 구해놓고도 아무 말도 하지 않고 떠난 사람을 영웅이라고 부를 수 있을지도 모르지만, 현실은 다르다.

그런 존재가 있을 리도 없고, 거기에는 정치와 이해득실이 엮이는 게 필연이다.

"최악의 경우 그가 없었을 경우 상정되는 본래의 피해액을 그대로 요구할 가능성이 있죠."

대신의 말에 공화국의 사자는 펄쩍 뛰어오를 뻔했다.

역침공이 그대로 진행되었다면 공화국 주변 전역에 피해가 미쳤을 것이다. 심지어 스 네오는 그 찬란한 수도가 붕괴한 피해액이라고 계산할 수 있다.

도저히 지불할 수 있는 금액이 아니고, 비현실적인 요구다.

"……대신님. 여기서는 굳게 각오하고 이야기할 필요가 있지 않습니까?"

"맞습니다. 우리는 오랜 친교로 맺어진 인접 국가. 이번에는 서로 등을 지키며 상대의 요구를 조금이라도 줄이도록 공동전선을 펼치는 게 좋겠죠."

다행이라고 해야 할지, 양국의 사자는 뼛속까지 상인이었다.

스 네오는 말할 것도 없으며, 공화국도 현재 원수가 대상회의 수장이라서 그런지 라비 마을에 보낸 사자도 상회의 우두머리였다.

귀족이었다면 체면이나 격이 방해해서 지지부진했을 이야기도 착착 진행했다.

"애초에 우리는 그 남자에게 도움을 요청한 게 아니니까요……."

"네, 그 점을 강하게 주장하고 싶습니다."

"그쪽에서 마음대로 한 일── 그러한 흐름으로 가져갈 수 있다면 좋겠습니다만."

"아뇨, 그렇게 하지 않으면 상대의 요구가 커질 뿐입니다."

양국의 사자는 빈틈을 보이지 않도록 다각도로 대화하며 말을 맞췄다.

실패한다고 해도 그 속에서 어떻게든 이득을 찾아낸다는 상인다운 근성이었다. 하지만 그런 근성도 모래폭풍 저편에서 나타난 '황금의 신전'을 보고 날아가 버렸다.

────온천여관, 집무실────

집무실에는 스 네오의 대신이 교수형을 기다리는 죄인 같은 심경으로 서 있었다.

그 손은 가늘게 떨렸고, 일국의 대신으로 보이지 않을 만큼 얼굴도 창백했다.

'들었던 이야기와는 다르잖아……. 이 마을은 대체 뭐지?!'

스 네오는 특성상 각국의 정보에 귀가 밝다. 그건 이 라비 마을이라고 해도 예외가 아니기에 제대로 정보를 업데이트하고 있었다.

본래대로라면 아인이 사는 궁핍한 한촌 같은 건 누구도 이목을 기울이지 않을 것이다.

하지만 그들은 성녀 루나와 마담의 접촉을 보고 상당히 이른

단계에 성광국의 정보를 은밀히 모아왔다.

남부의 대귀족이 성녀와 손을 잡고 세력 확장을 꾀하고 있다
고——.

'우리의 분석은 틀리지 않았을 텐데⋯⋯⋯⋯.'

그렇기에 마담이 북방에 보낸 캐러밴의 정보도 한발 먼저 파
악한 스 네오는 장사할 기회를 놓치지 않고 거액의 이득을 얻을
수 있었다.

그 후에도 사교파와 무관파의 악수를 보고 가까운 미래에 성
광국에서 지극히 큰 규모의 내전이 발생하리라 예상하고, 그에
따른 준비도 진행하고 있었다.

말 그대로 정보를 제압하는 자가 장사를 제압한다——를 실천
하는 국가였다. 하지만 그런 뛰어난 정보망도, 분석력도 지금은
전부 과거의 것.

마왕이 귀환하자 마을의 대부분을 갈아엎었기 때문이다.

이 땅에는 본래 존재하지도 않았던 숲과 커다란 샘. 덤으로 정
체를 알 수 없는 신전까지 세워졌다. 신이 아닌 인간의 몸으로
이러한 일을 상상할 수 있을 리 없다.

'저 거대한 신전은 무엇을 위해 세운 거지⋯⋯⋯⋯. 왜 이 땅
에 샘이⋯⋯⋯⋯.'

대신의 머리가 핑핑 돌아갔지만, 과다한 정보에 처리 능력이
따라잡지 못했다.

무엇보다 이 집무실에는 보란 듯이 다양한 명화며 저명한 예
술품이 진열되어 있어 도무지 침착할 수가 없었다.

"미안하군, 기다렸지? 나는 타하라. 잘 부탁해."

그곳에 유유자적 담배를 문 타하라가 나타났다. 탄탄한 육체와 빈틈없는 동작. 그 표정은 부드럽지만, 대신은 다시금 긴장했다.

오랜 세월에 걸친 상인의 감이 알리고 있었다── 절대 방심할 수 없는 남자라고.

"자자, 앉아. 딱딱한 이야기를 하기 전에 우선 건배하자고."

"아, 아뇨, 후의는 감사하지만 술은…………."

"어라? 당신 술 좋아한다고 해서 몇 개 준비해놨는데."

그렇게 말하며 타하라는 예비 가방에서 술병들을 꺼내 테이블 위에 쫙 늘어놓았다. 잔만이 아니라 친절하게 얼음이 가득 들어 있는 얼음통도.

"이 술들 손에 넣는다고 고생했거든. 당신도 술 참 좋아하는구나."

가볍게 웃으며 타하라는 집게를 들고 잔에 얼음을 넣었다.

테이블 위의 술병은 전부 대신이 즐겨 마시는 술이었다. 그것만으로도 당황스러웠지만, 그 중에는 1년에 한 번밖에 마시지 않는다고 정해놓은 특별한 술까지 포함되어 있어 얼굴이 새파래졌다.

'이 남자, 날 조사한 건가……. 대체 어디까지 아는 거지……?!'

타하라는 웃으면서 몇 병이나 있는 다른 술병을 무시하듯 특별한 술을 집었다.

대신이 보기엔 마치 심장을 덥석 잡아버린 듯한 심경이었다.

"아무튼 앉아. **같은 전화**를 헤쳐나온 사람끼리 우선 서로 무사한 걸 축하하자고. 응?"

그 말이 이미 협박이나 마찬가지였다.

그 소란을 진압하기 위해 움직였던 건 마왕, 타하라, 루나, 아츠 등 성광국 사람들이고, 대신을 비롯한 스 네오의 사람들은 허둥지둥 성으로 도망쳐서 한 발자국도 밖으로 나오지 않았기 때문이다.

같은 전화를 헤쳐나왔다는 말을 대놓고 들어버리니 고개를 들 수 없는 상황이었다.

"그, 그때는 대단히 폐를 끼쳤습니다. 우리 쪽은 그, 병사의 준비가 늦어져서……."

"신경 쓰지 마. 세상엔 예측하지 못한 사태라는 게 넘쳐나니까. 우리 상사도 머리가 끝내주게 좋아서 참, 고생이 끊이질 않는다니까."

타하라의 붙임성 있는 미소와 말에 대신도 그만 어깨에서 힘이 빠질 뻔했다. 상대에게 어떠한 꿍꿍이가 있든 이렇게까지 말하면 대신도 후의에 응할 수밖에 없다.

호화로운 소파에 앉은 대신은 각오를 굳힌 얼굴로 잔을 받았다.

"타하라 님. 우선은 다시금 지난번──."

"딱딱한 이야기 전에 건배하자고. 당신 덕분에 나도 대낮부터 당당히 술을 마실 수 있거든."

타하라는 호쾌하게 웃은 뒤 잔을 기울였고, 대신도 허둥지둥 잔을 기울였다.

대신은 타하라에 맞춰서 술을 조금 입에 머금었지만 제대로 맛을 느낄 수 없었다. 지금부터 시작하는 교섭에서 얼마나 큰 요구가 날아올지 상상만으로도 위가 뻐근해졌다.

"그런데 타하라 님. 거두절미하고 구체……."

"이봐, 대신님. 당신 우리 마을에 '지점'을 낼 생각 없어——?"

"…………뭣?"

"지점 말이야, 지점. 귀족 마나님들이 당신 나라의 제품을 원하거든. 우리는 손님이 원하는 건 전부 갖춰놓고 싶어서."

"자, 잠시만………… 우리나라는, 지난번의."

"그런 것보다 이쪽 이야기가 중요하다고. 그래서, 어때?"

타하라의 그런 말에 대신은 곤혹스러운 표정을 지었다.

이야기를 그대로 받아들인다면 이 마을에 지점을 내라는 소리가 되지만, 요구할 주체가 반대였다. 어느 나라의 상회도 치열하게 노력하며 타국에 판로를 열려고 하고 있기 때문이다.

거기에는 많은 뇌물과 헌금이 오가고, 대량의 피가 흐르는 일도 드물지 않다. 그런데 타국의 상회를 자발적으로 국내에 끌어들이다니 비상식적인 이야기다.

"도저히 이해할 수 없는 말씀입니다……. 그렇게 하여 귀국에 어떠한 이득이 있는 거죠? 우리나라의 브랜드 물품이 들어간다면 이 나라에서 고급품을 다루는 상인은 폐업하게 될 겁니다."

이 부분만큼은 주눅 들지 않고 당당하게 말할 수 있었다.

그들이 다루는 물건은 옷과 장신구만이 아니라 향수, 화장품,

식기, 가구, 거울, 마구에 이르기까지 셀 수 없을 만큼 다양하다.

스 네오의 브랜드를 걸치고, 파티를 열면 스 네오의 식기로 손님을 대접한다.

유복한 귀족이나 상인들에게 그것이야말로 자신을 뽐내는 무기이자 서로 우위를 점하는 무대이기도 하다.

"이득……? 우리 마을에 오면 위험하게 멀리 가지 않아도 당신네들의 제품을 간편히 살 수 있다. 이건 큰 이득 아니야?"

"아니, 그렇기에 귀국의 상인들이 반발하거나 그들의 이권도…………."

말하면서도 대신은 허무함을 느꼈다.

왜 이쪽에서 상대를 걱정해야만 하는 걸까. 반발을 사서 규탄당하는 건 이 타하라라는 남자다. 대신에게는 알 바 아니었다.

"장사판은 약육강식이지. 고품질의 제품이 남고, 저품질의 제품은 배제된다. 당신네 물건에 밀린다면 그 업자는 거기까지인 거야."

"…………고견 잘 들었습니다."

대신은 내심 황당해하면서도 어떻게든 대답했다. 약육강식은 정론일지도 모르지만, 그로 인해 자국의 상인에게 타격을 줘 버릴 수는 없는 일이다.

"이 마을에 지점을 오픈한다면 **고객의 만족도**는 더 올라가겠지──."

'만족도라고…………?'

타하라가 흘린 한마디에 대신은 은밀히 숨을 삼켰다.

그건 스 네오가 내건 **국시**(國是) 그 자체였기 때문이다.

최고급의 품질을 지향하는 그들은 제품 하나하나에 놀라울 정도로 돈과 정성을 들여서 엄선한 제품만을 판매한다. 당연히 시장에 나오는 수는 지극히 적어서 희소가치도 높다.

한편으로 그 빈틈을 메우듯이 저렴한 제품이 당연히 나오며, 제작 속도라는 관점에서 그때그때 **유행**에는 편승할 수 없다는 단점도 있었다.

'손님의 만족도가 첫 번째. 아픔이 있어도 앞으로 나아가라……'

대대로 국왕이 설파해온 말이 되살아나자 대신은 생각에 잠겼다.

이 타하라라는 남자는 무책임하게 약육강식을 이야기한 게 아니라, 진심으로 고품질의 제품을 요구하는 건지도 모른다.

이때의 대신은 아직 몰랐지만 타하라는 소규모나마 일반구획에서 그것을 실행하고 있었고, 언젠가 대륙 전역에 적용할 예정이었다.

세상을 둘러보면 악질 업자나 날림 공사를 하는 인부, 상한 식량을 팔아치우는 상인 등 질이 떨어지는 자는 셀 수 없이 많다.

타하라는 그걸 조금씩 배제하며 살아남을 수 없는 시스템을 구축할 생각이었다.

"하지만 지점이라고 해도, 어느 정도의 세금을 거둘 수 있을지…………."

교역품에는 당연히 관세가 붙어서 값이 비싸지는 건 이 대륙에서도 마찬가지다.

관세의 수치는 나라에 따라서 다르지만 스 네오의 제품은 원하는 손님이 많기 때문에 바가지에 가까운 금액이 설정되는 일이 많다.

"관세네 뭐네 하는 자잘한 이야기는 건너뛰고. 지점의 매상 1할을 우리에게 주면 돼. 당신들은 특별취급이거든."

"1할, 이라면………… 무슨 농담입니까?"

"비싼 세금을 물려서 당신들이 납품하는 걸 아까워하면 의미가 없잖아."

"아니, 그건………… 뭐, 그렇긴 합니다만…………."

타국에 지점을 내고, 그 세금도 1할이라는 건 좀처럼 믿기 어려운 이야기였다.

하지만 이 이야기가 정말로 실현된다면 거기서 발생할 막대한 이익이 머릿속에 떠오르자 대신의 얼굴이 무심코 풀어질 뻔했다.

"마음 같아서는 그런데, 우리는 조만간 시비에 걸릴 것 같거든."

골치 아픈 이야기가 왔다며 대신은 풀어지려던 얼굴에 긴장감을 되돌렸다. 시비를 거는 상대란 당연히 귀족파이며, 나라를 양분한 극심한 내전이 발발할 것이라고.

"우리가 이기면 다행이지만, 지면 이 이야기는 그림의 떡인거니까——."

"…………그렇, 죠."

"귀족파 녀석들은 당신들의 지점을 절대 인정하지 않겠지? 녀석들에게는 녀석들이 가까이 지내는 상대가 있고."

"…………그야 물론, 오래 알고 지낸 상회나 전속 상인도 있을 테죠."

막대한 헌금을 보내는 상회나 다양한 상인, 거기에 얽힌 이권.

귀족파는 당연히 그들의 편을 들고 보호할 것이다. 신흥세력이나 하물며 타국의 상회가 벌도록 둘 리 없다.

"그 점에서 우리는 **족쇄**가 없거든. 여기만이 아니라 중앙이나 남부, 귀족파의 영지에도 당신들의 지점을 내도 된다고 생각해."

"상당히, 과감한 말씀이군요…………."

대신은 신중하게 대답하면서도 상대방이 들이밀 요구가 두려웠다.

그렇지 않아도 **빚**이 있는 상태에서 이렇게까지 좋은 조건에 걸맞은 요구는 무엇일까.

"당연히 공짜로 해줄 수는 없고…………. 당신들은 대금화 100만 닢 정도 준비해줘야겠어."

"배, 100만 닢?! 아무리 그래도…………!"

대금화는 한 닢에 대략 200만의 가치가 있는 화폐이다. 타하라가 요구한 금액은 현대의 가치로 환산하면 2조 엔을 요구하는 황당무계한 수준이었다.

"걱정하지 마. 실제로 달라는 게 아니니까. 이 방을 보면 알지? 이쪽은 딱히 돈이 궁하지 않아."

"…………즈, 즉 **보여주기**가 필요하다?"

"이해가 빠른데. 당신이라면 이유도 알지?"

"우리의 자본이…… 당신들 뒤에 있다고 선전하기 위해서겠죠……."

대신은 현기증이 나는 걸 느꼈다.

어느새 성광국의 내전 사정에 단단히 휘말리고 말았다.

"실제로는 동화 한 닢도 안 내도 돼. 당신들은 필요한 때, 필요한 상대에게 그걸 보여주기만 하면 되는 거야. **간단하지──?**"

대신은 침을 꿀꺽 삼키며 고개를 끄덕일 수밖에 없었다. 거절하면 보여주기가 아니라 진짜로 그 돈을 요구할 것 같았기 때문이다.

"우리의 자본이 배후에 있다고 하면 적대세력의 약화에 유효한 수단이 되겠죠."

대신이 떠보는 듯한 눈빛으로 말했으나, 타하라는 희미하게 웃으며 담배를 건넸다.

대신은 순간적으로 《천사의 스푼》을 발동시켰으나, 독이나 위험한 약물 반응은 나오지 않았다. 타하라는 익숙한 손놀림으로 저렴한 100엔 라이터를 꺼내 불을 붙여줬다.

"이, 이거, 황송합니다."

"나는 옛날부터 부자와는 친하게 지내고 싶다는 주의거든. 유능한 녀석이라면 더욱."

"그렇군요……. 하지만 이거 참 특이한 궐련입니다…………."

대신은 낯선 궐련에 당황하면서도 향에 홀린 건지 과감하게 들이마셨다. 그 순간, 피로했던 머리가 확 맑아졌다.

더불어 어깨에 쌓였던 피로마저 단숨에 사라지는 듯한 감각을 느꼈다.

"오, 오오…… 이것은………… 참으로…………"

"술친구엔 역시 이 녀석이지."

타하라도 맛있게 연기를 즐기며 잔을 기울였다.

대신도 긴장이 풀린 건지 술을 머금고 입 안에서 굴렸다. 타하라가 상대의 취향을 조사하여 엄선한 술인 만큼 참으로 좋은 기분이 들었다.

"그러고 보면 황국 녀석들이 두고 간 **것**은 어떻게 했어?"

타하라의 질문에 대신은 찬물이라도 뒤집어쓴 듯 등을 꼿꼿이 폈다. 눈앞에 있는 남자는 장사꾼처럼 보이기도 하지만, 정치가이기도 함을 새삼 깨달았다.

"황국에 문의했지만, 그자는 '악마 빙의'이니 황국에서 관여할 일이 아니라는 틀에 박힌 대답이 돌아올 뿐이었습니다……"

"오오, 전형적인 꼬리 자르기잖아. 대신관도 참 불쌍해라."

타하라가 실실 웃었지만 대신은 가볍게 맞장구를 칠 수 있는 내용이 아니기에 침묵을 지켰다. 그러나 다음 말에는 무심코 시선이 흔들렸다.

"대신님. 이번 사건에서 **분실물**을 주울 권리는 누구에게 있다고 봐?"

"그, 그건, 여러분에게 있겠죠……. 황국은 그 권리를 포기했으니……"

"그래? 그래서 그**것**은 어떻게 되었는데——?"

집요하게 물어보는 타하라의 추궁에 대신은 마침내 궁지에 몰렸다.

당연히 예의 그것이란 대량의 트랜스와 마족령에서 가지고 돌아온 '크랙'이라 불리는 몹시 위험한 약물을 말한다.

"……. 재차 여러분에게 사과해야만 하는 일이………."

"흐음. 뭔데?"

"그, 유리티아스에서 잭 상회의 사람이 쳐들어와 우리 쪽의 제지도 듣지 않고 그 물건을 남김없이 가지고 가버렸습니다……."

할 수 있다면 건드리고 싶지 않았던 이야기이다.

스 네오 측에서는 연이은 추태인 셈이니까.

"그렇군―― **장관님도** 이렇게 될 것을 내다봤던 건가."

"네?"

"아니, 혼잣말이야. 신경 쓰지 마."

타하라는 맛있게 연기를 뱉으며 그때의 소동을 돌이켰다.

대신관이 이끄는 일행은 각국을 돌면서 헌상받은 금품을 차곡차곡 모았다. 거래로 입수한 각종 교역품도 무시할 수 있는 금액이 아니었다.

그럼에도 마왕은 그쪽은 거들떠보지도 않고 떠났다.

타하라는 절절히 느꼈다―― **오르골** 때와 같다고.

'변함없이 먹음직스러운 미끼를 달아놓고 달려들게 만드는 게 특기라니까……….'

달려든 쪽은 그게 파멸을 부르는 악랄한 함정이라는 건 상상도 못 할 것이다.

타하라가 본 상사의 모습은 마치 숨 쉬듯이 모략을 그물을 구석구석 펼쳐놓고 '기회'가 오면 한꺼번에 낚으려고 하는 베테랑, 그것도 악랄한 낚시꾼이었다.

당연히 홀랑 낚여버린 생선은 토막 나서 잡아먹히는 엔딩이다.

'다음 먹잇감은 잭 상회, 아니, 유리티아스 그 자체인가……. 그래, 장관님은 그 땅을 **교두보**로 삼으려는 거야. 그럼 이쪽도 서둘러야겠어.'

마왕이 모르는 곳에서 또다시 타하라의 착각이 진행되고 있었지만, 본인이 이걸 알면 슬슬 입에 거품을 물고 쓰러질지도 모른다.

갑자기 침묵한 타하라를 보고 대신은 허둥지둥 변명했다.

"최, 최근 그자들에겐 몇 번이나 뒤통수를 맞아왔습니다. 대금 지불 연장, 강압적인 가격 교섭, 심지어 대금을 트랜스로 내는 등 우리나라에서도 원한이…………."

대신은 변명 아닌 변명을 주절주절 늘어놓았지만 결국은 별것 아니다.

타국의 병사가 국내에 쳐들어와 강도 같은 짓을 했는데도 말도 항의하는 게 고작이었을 뿐이다.

"대량의 트랜스에 희귀한 '크랙'이란 말이지……. 소비자가격으로 얼마가 되었을까?"

'이 남자, 크랙까지…………!'

허술한 마왕과는 다르게 타하라가 짐을 방치할 리 없었다. 관계자를 라비 마을에 보낸 후 상세 내역을 철저하게 조사했다.

그 짐 속에 크랙이라고 불리는 몹시 위험한 약물이 있다는 것도.

'이 흐름은 위험해……. 어떻게든, 어떻게든 수습해야……!'

간신히 원만하게 끝나려던 참이었는데 다음엔 빼앗긴 약물 몫까지 요구한다면 큰일이다. 대신의 얼굴이 새파랗게 질리는 걸 보며 타하라는 다음 포문을 열었다.

"당신들은 차도 판매하고 있는 것 같던데, 그쪽도 품질 관리를 하고 있다지?"

"네? 그건, 네…………."

무슨 말을 하는 건지 대신은 경계하는 눈빛이 되었다.

이 대륙에 사는 귀족이나 상인들은 대부분 차를 좋아하며 생산도 왕성했다.

"엄격한 기준을 충족하지 못하는 찻잎은 전부 버린다고 들었는데."

"…………그렇기에 우리나라의 제품이 사랑받고 신용을 얻는 겁니다."

최고품질의 물건만 판다는 철저한 장사 체계가 많은 귀족에게 사랑받으며 유복한 상인에게도 신뢰받는 기반이 되었다.

타하라는 그 버려지는 찻잎을 조준했다.

"어때? 기왕 버릴 거라면 이쪽으로 넘겨주지 않겠어?"

"네…………?"

천연덕스러운 어조로 타하라가 가볍게 웃었다.

대신은 타하라에게 받은 담배를 뻐끔뻐끔 피우면서 분주히 머리를 굴렸다.

'무슨 소리지……. 여기에서부터 한층 뜯어낼 마음인 건가…….'

본래 수도가 입었을 피해액은 천문학적인 숫자이다. 재건하려면 그에 상응하는 국가 예산을 쏟아부어야만 했을 것이다.

찻잎이라는 태평한 소리를 하고 있을 때가 아니었으리라.

대신의 그런 생각을 뒤로 타하라는 담배를 끄면서 노래하듯 말했다.

"단순히 차라고 해도 종류가 다양하지. 백차, 황차, 녹차, 청차, 홍차, 흑차 등."

"…………잘, 아시는군요."

"이 대륙에선 고품질 홍차만을 칭송하지만, 노동자 녀석들에게도 저렴한 차를 제공해주고 싶거든."

대신은 실내에 진열된 미술품에 시선을 주며 빠르게 머리를 굴렸다. 찻잎 정도로 넘어갈 수 있다면 바로 거기서 타협하고 이런 교섭은 빨리 끝내고 싶었다.

휙휙 바뀌는 대화에 휘둘린 대신의 얼굴은 그야말로 시들시들한 찻잎 같았다.

"당신들은 최고품질의 브랜드 차를 귀족에게 팔아치우고, 이쪽은 노동계급이 마실 저렴한 차를 제공하는 거야. 고객층이 다르니까 싸움이 일어나지도 않겠지. 안 그래?"

"으, 으음, 그렇겠군요…………."

"수요가 일반 서민에게도 확장되면 당신들의 제품을 원하는 손님도 반드시 늘겠지. 버리는 신이 있다면 줍는 신도 있다잖아? 아하하!"

대신은 어떻게든 사교적인 미소를 지으면서도 곤혹을 숨기지 못했다.

타하라가 이야기하는 내용은 이해할 수 있었지만, 동시에 당황스럽기도 했다. 찻잎이 어떻다는 사소한 이야기가 아니라 구체적인 배상액 교섭에 들어가야만 하기 때문이다.

"그럼 교섭도 끝났으니까 잘 부탁해――."

"…………네?!"

"왜 그래? 또 뭔가 **상의하고 싶은 거**라도 있어?"

"아, 아닙니다! 이쪽에서는 아무것도………… 하나도 없고말고요!"

대신의 필사적인 반응에 타하라는 무심코 웃음을 터트릴 뻔했지만, 작은 **덤**을 붙이는 것도 잊지 않았다.

"당신, 이 방에 있는 물건을 열심히 쳐다봤지? 아무거나 하나 가져가도 돼."

"아, 아뇨, 그런 과분한…………."

"이렇게 더운 날씨에 먼 길을 와줬잖아. 선물 하나 없이 돌려보냈다간 내가 무서운 상사에게 혼난다고."

"…………그, 그렇게, 말씀하신다면."

외교 석상에서 선물이란 흔히 있는 이야기이자, 이득 중 하나라고도 할 수 있다. 대신은 조금 전부터 주목하던 한 그림 앞에 서서 신음을 흘렸다.

실내에 있는 미술품은 다들 일급품이자, 성광국의 귀족이 몇백 년이나 되는 시간 동안 소장했던 물건들이었다.

이런 물건이 시장에 나돌 리 없으니 그 가치는 천정부지인 것이 많다.

"이것이 소문이 자자한 《사해의 물결》………… 정말로 실존했다니…………!"

"오, 그게 마음에 들어? 가져가."

"저, 정말 괜찮은 겁니까? 저는 이제 이 그림에서 절대로 손을 떼지 않을 겁니다!"

대신은 그림을 잡고는 제 자식을 지키는 듯한 자세를 취했다.

시각에 따라서는 우스꽝스러운 모습이었지만, 예술을 사랑하는 귀족에게는 그야말로 목숨보다 소중한 것이었다.

실제로 대신은 두 손을 자르기라도 하지 않는 한 그림에서 손을 떼지 않을 것이다.

"우리 상사는 물건에 집착하지 않는 성격이거든. 당신들이 **모든 약정을 이행한 뒤**라면 이 마을에 있는 만덴의 가게에서 쇼핑해도 괜찮아. 분명 마음에 드는 물건이 있을 거야."

"그, 그거 기대되는군요…………."

지점을 내고, 보여 주기용 돈을 마련하고, 폐기하는 찻잎 양도. 이러한 내용을 후에 정식 계약으로서 체결한다는 형태로 협상이 마무리되자 대신은 의기양양하게 집무실을 뒤로했다.

그 마음을 한마디로 표현하자면 안도이다.

얼마나 막대한 금액을 뜯길지 긴장했던 만큼 맥이 풀리는 이야기들이었다.

'설마 마지막엔 찻잎으로 마무리될 줄이야………….'

덤으로 세간에 절대 나돌지 않는 종류의 그림까지 선물로 받았다.

스 네오에서 보면 폐기 찻잎을 넘겨주고, 한 방울의 피도 흘리지 않고 타국에 지점을 낼 수 있다는 뜻밖의 장사 기회가 굴러 들어온 셈이었다.

귀찮은 건 보여 주기용으로 마련해야 하는 100만 닢의 대금화이지만, 이것도 실제로 주는 돈이 아니니 수고스러울 뿐 딱히 손해 보는 이야기는 아니다.

'그 남자는 비장의 미술품과 예술품을 우리나라에 팔 마음이 없나………….'

성광국은 대략 2천 년에 걸쳐 광활한 국토를 지배해온 국가이다. 귀족도 많고, 그들이 숨기고 있는 미술품은 셀 수 없을 정도라는 소문이 자자했다.

'지점이나 찻잎 건도 그렇고, 그 남자는 뜯어내기보다는 우리나라와 거래를 통해 교류할 생각인 것 같던데. 장기적 안목으로 본다면 쌍방에게 이득이긴 하지만………….'

이게 잭 상회나 타국이었다면 어떻게 되었을지 대신은 새삼 생각했다.

당연히 어마어마한 배상금이나 토벌 공적을 전면에 내세워 막대한 금액을 뜯어갈 것이다. 설령 그로 인해 돈을 받는다고 해도 1회성에 불과하다.

물론 스 네오 쪽의 태도는 딱딱해지면서 절대 사라지지 않을 **응어리**가 되었을 것이다.

'참으로 관대한 태도였지…………. 게다가 장사에 대해 잘 이

해하고 있는 듯했어.'

무슨 일이 일어나면 금방 전쟁이라며 씩씩거리는 북방국가군의 야만적인 분위기에 질려있었기도 하지만, 타하라와의 만남은 뜻밖에 만족스러운 내용이었다.

대신은 예상치 못한 결과에 마음이 설렜다. 동시에 성광국에 탄생한 **신흥세력**과 진심으로 장사를 해볼 마음이 들었다. 귀족파의 눈에는 불면 날아가는 수준의 신흥세력과.

'곧 이 나라에는 대규모 내전이 발발하겠지……. 흐름을 잘못 읽지 않도록 폐하께 충고드려야겠군. 그 타하라라는 남자를 보는 한 귀족파라고 해도 쉽게 무너트리진 못할 거다.'

그 타하라를 거느리는 존재일 마왕을 자칭하는 남자에 대해 새삼 떠올렸다. 황국이 소환한 유사 천사를 산산조각으로 박살낸 괴물.

대신은 그 모습을 직접 보지는 못했으나, 남아있던 유사 천사의 잔해를 보기만 해도 등골이 얼어붙는 것 같았다.

'귀족파들과도 적지 않은 교류를 해왔지만, 오래 손을 잡을 수 있을 법한 건…………'

대신은 앞으로 일어날 내전을 예상하며 여관의 로비로 돌아왔다.

그곳에는 불안을 감추지 못하는 또 한 명의 사자가 있었다.

"대, 대신님…………. 회담은 어땠습니까?"

공화국의 사자가 부리나케 달려와 조급한 표정을 지었다. 그 불쌍한 모습에 대신은 약간 동정을 느꼈으나, 자연스럽게 떠오르는 우월감만큼은 어떻게 할 수 없었다.

대신에게는 이미 끝난 이야기이기 때문이다.

"타하라라는 책임자와 만났는데………… 참으로 대화가 통하는 분이었습니다."

"그건…… 과도한 요구는 없었다는 겁니까?"

"심지어 좋은 선물까지 받았죠. 한시라도 빨리 귀국해야겠습니다."

대신의 얼굴에 번진 안도의 표정을 보고 공화국의 사자는 초조해질 수밖에 없었다. 오는 길에 공동전선을 펼친다는 대화가 오갔다는 걸 완전히 잊어버린 듯했기 때문이다.

"대신님, 잊으시면 곤란합니다. 우리는 공동전선을."

"그 이야기는 없었던 걸로 하죠."

"무슨……! 그렇게 마음대로."

"우리나라의 '거래'는 끝── 그저 그뿐입니다."

대신은 소름이 돋는 눈빛으로 사자를 내려다보며 말을 가로막았다. 배가 침몰할 것 같았던 폭풍 속을 간신히 탈출한 참이다.

누가 생판 타인을 위해 다시 폭풍 속으로 돌진하겠는가.

스 네오의 대신은 호인도 뭣도 아니고, 장사에 충실한 똑똑한 남자였다.

괜한 짓을 했다가 기회를 날려버리고 싶지 않았다.

"하지만 이웃 나라의 정이 있으니 충고 정도는 해드리죠."

"…………추, 충고라면?"

"그 책임자는 대화가 통하는 사람이었지만, 통하지 않는 상대에겐 가차 없는 남자일 겁니다."

애초에 교섭 같은 건 필요하지 않다고 대신은 말했다.

사타니스트를 섬멸하고, 그 성령기사단조차 손도 발도 대지 못했던 거대한 악마마저 토벌하고, 중상을 입었다고는 하나 유사 천사마저 쓰러트리는 전력을 지니고 있으니까.

단순히 무력으로 협박하면 웬만한 일은 처리할 수 있다.

"그렇게 하지 않는다는 건, 어지간히 **원대한 무언가**를 고려하고 있기 때문이겠죠."

"원, 대한⋯⋯⋯⋯."

대신은 그 말을 끝으로 뒤도 돌아보지 않고 떠나갔다.

빨리 귀국해서 각종 준비를 갖추려는 모양이었다. 그 등은 어쩐지 들뜬 것처럼 보이기도 했다.

공화국의 사자는 그 등을 원망하듯 바라보며 타하라가 기다리는 집무실로 향했다.

'괘, 괜찮아⋯⋯. 스 네오도 어떻게든 됐으니까⋯⋯⋯⋯.'

사자는 이공간으로밖에 보이지 않는 건물에 위축되면서도 어떻게든 마음을 다독였다.

게다가 대신이 '거래'라고 말한 게 마음에 걸렸다.

'거래를 꺼내 든다면, 우리나라에는 다른 나라에도 통하는 휴양지가 있지.'

쿠도 공화국은 수인국과의 사이에 놓인 쿠션이자 방파제다. 전쟁기에는 타국의 귀족이나 부호들이 우르르 공화국의 문을 두드러 그곳에서 환락의 나날을 보낸다.

전란과는 거리가 먼 땅이자, 온화한 기후에 바다와도 인접했다. 유복한 귀족들은 경쟁이라도 하듯 배를 띄워 화려한 선상 파티를 열곤 했다.

말 그대로 전쟁기의 낙원이자 대형 리조트이다.

'일등지에 대한 우선권이나 어떠한 이권을 인정하라고 요구할지도 모르겠군…………'

전쟁이 커지면 단순히 손님도 늘어난다. 특히 일등지 호텔 등은 쟁탈전이 벌어져서 숙박하는 것조차 힘들어진다. 매년과도 같이 이뤄지는 쟁탈전은 일종의 연례행사가 되었다.

당연히 일등지를 둘러싼 각종 장사가 엮여있으니, 재미를 볼 만한 것도 많다.

'다소 양보는 어쩔 수 없지만…… 잘 처신해야…………'

사자는 집무실의 문을 노크한 뒤 조심조심 문을 열었다.

그곳에서 기다리고 있던 건—— 조금 전과는 다른 사람 같은 눈이 된 타하라였다. 당연히 테이블 위에 있던 술병은 남김없이 사라졌다.

"여기를 맡은 타하라다. 당신이 공화국의 사자인가? 시간 없으니까 앉아."

"시, 실례…………"

"나라를 구해준 은인에게 여태까지 인사 한번 없었다니 게으른 녀석들이군. 그쪽 나라는 다들 낮잠이라도 즐긴 거야?"

"아, 아니, 그런 건…… 이번에는 무례를 사죄하고 감사의 인사를…………"

"얼마 전에 수인국의 난민을 인수한 것도 우리였고. 긴 낮잠에서 깨어났다니 다행이야."

'그건 그쪽이 멋대로 한 일이잖나!'

사자는 그렇게 소리치고 싶었으나 도저히 그런 말을 할 수 있는 분위기가 아니었다. 공화국은 돈만 내고 나머지는 홀리 브레이브에게 억지로 떠넘긴 일이었기 때문이다.

오타메가 어떤 결단을 내렸다고 한들 공화국은 불평할 수 있는 입장이 아니다.

"용사님은 당신들이 너무 인정이 없다고 한탄하더라. 장관님도 그쪽 나라에는 크게 실망하신 건지 그 후로 일절 언급조차 안 하셔."

"우, 우리도 의견 조율에 시간이 걸려서…… 결코, 다른 뜻은…….."

"역침공이 그대로 진행되었다면 그쪽은 의견 조율 같은 태평한 소릴 할 여유는 없었겠지. 사건은 회의실이 아니라 현장에서 일어나니까."

타하라는 어디선가 들어본 적이 있는 것도 같은 말을 뱉고는 담배에 불을 붙였다. 그 모습은 매정하기 그지없어, 타협이나 화목은 손톱만큼도 느껴지지 않았다.

스 네오의 대신과 생글생글 담소하던 모습과는 전혀 달랐다.

"그래서 당신들에게 하나 제안이 있는데. 받아들이든 말든 마음대로 해."

"제, 제안이라면…………?"

사자는 침을 꿀꺽 삼키고 상대의 말을 기다렸다.

각오를 단단히 했다고 생각했으나, 타하라의 입에서 나온 말은 예상 밖의 요구였다.

"감옥 미궁을 포함한 루키 시를 우리에게 넘겨줘──."

"⋯⋯⋯⋯뭐, 뭐라고?!"

"괜한 혼란이 일어나지 않도록 표면상으로는 '공동치안관리'라고 해두면 돼."

"그런 궤변을⋯⋯! 우리에게 도시 하나를 할양하라는 겁니까?!"

너무나도 가혹한 요구에 대신은 무심코 벌떡 일어났다.

아무리 빚이 있다고 해도 도시 하나를 주는 건 논외였다.

"처음에 말했잖아. 받아들이든 말든 마음대로 하라고. 선택하는 건 그쪽이야."

"무슨 농담을! 역침공 때는 신세 졌지만, 아무리 그래도⋯⋯!"

성난 사자와는 반대로 타하라의 표정은 싸늘했다. 상대를 보지도 않고 수조 속을 헤엄치는 열대어에 시선을 주면서 말했다.

"미리 말하지만, 다음에 역침공이 발생한다면 우리는 움직이지 않을 거다. 용사님도 다음엔 글쎄? 황국이 병사를 보낸다고 해도 도착했을 때면 그쪽 나라는 이미 불바다가 되겠지."

"그런 건, 이웃 나라에 원군을⋯⋯⋯⋯."

거기서 사자의 말이 멈췄다. 그렇게 한다면 그야말로 막대한 금액을 요구하고, 경우에 따라서는 영토 할양도 원할 것이다.

물론 영토 할양까지 나온다면 풍요로운 휴양지를 노릴 것이다. 특급 지뢰인 국경 부근이나 최근 역침공이 발생한 도시 같은 걸 원할 리는 없다.

'루키 시를 내놓으라고? 이 남자는 뭘 노리는 거지…………'

사나는 성난 마음을 누르며 소파에 다시 앉았다.

상대의 진의를 가늠하듯 시선을 던졌지만 타하라의 표정은 종잡을 수 없었다.

상식적으로 생각해서 현재 감옥 미궁은 몹시 불안정한 상태이고 시내에는 실직한 모험가가 가득했다. 치안이 악화한 것만이 아니라 부흥 비용도 무시할 수 없다.

생각할수록 현재는 부담스러운 도시이다.

'최악의 경우 일자리를 잃은 불량배들이 폭동을 일으킬 가능성도 있지…………'

지금은 홀리 브레이브가 지휘하여 극도의 혼란에서는 탈피하고 있지만, 오타메가는 계속 루키 시에 머물러 있을 수 있는 입장이 아니기에 언젠가는 떠날 몸이다. 홀리 브레이브가 떠나고 미궁 봉쇄를 해제한 후에 어떻게 될지는 누구도 예상할 수 없다.

"……제안이라고 했는데, 당신들의 요구는 그게 전부입니까?"

"그래. 다른 건 아무것도 안 바라."

그런 타하라의 대답에 사자의 머리는 한층 더 복잡해졌다.

큰 리스크를 짊어지고도 그 도시를 원하는 목적은 무엇일까.

'하지만 생각하기에 따라서는………… 그렇게 손해 보는 건 아닐지도 모르지.'

공화국에 중요한 건 국토 북쪽 지대에 있는 보양지와 바다로 이어지는 동쪽 지대뿐이다.

실제로 공화국을 지배하는 사대 귀족은 국경 요새나 루키 시 따위는 국토에서 격리하여 봉쇄하라는 소리까지 지껄였다. 성광국 측에서 리스크를 대신 짊어지겠다고 하면 쌍수를 들고 환영할지도 모르는 상황이었다.

"그리고 한가지 말하는 걸 잊었는데…… 우리 장관님은 수인들과도 쿵짝이 맞는 사이인 것 같더라고. 당신도 지난번 광경 봤지?"

"그, 건……. ……뭐, 음…………."

타하라의 입에서 나온 말에 사자는 말문이 막혔다.

하필이면 여기서 수인들 이야기를 꺼내다니.

"…………우리를 협박하려는 겁니까?"

"그럴 생각은 없어. 다만 루키가 우리 관리하에 들어온다면 수인국과의 국경은 우리의 국경이나 마찬가지지. 그러면 장관님도 그쪽과 담판을 지을 거야."

"담판이라니……. 녀석들은 우리를 열등종이라며 무시하는 통에 대화조차 성립되지 않는데……."

"그래? 장관님은 유쾌한 녀석들이라고 말씀하시던데."

타하라는 재미있다는 듯 웃으며 담배 연기를 흘렸다.

그 말에 거짓은 없었다. 실제로 마왕은 수인들과의 사이에 인맥을 만들었다.

심지어 그 인맥은 쟁쟁한 인물들이었다.

국내에서 경외 받는 대신주라 불리는 존재, 세상에 '수인장'이라 두려움을 받는 존재 등 보통 사람은 도저히 구축할 수 없는 관계들이다.

아득히 높은 곳에서 대륙을 내려다보는 용도 '내버려 둬라'라고 불가사의한 말을 남겼기에 수인국에서 마왕이란 존재 그 자체가 터부가 되어가고 있었다.

따라서 타하라가 다음에 던진 말도 굳이 다 거짓말이라고 단언할 수 없는 진실성을 띠고 있었다.

"그쪽이 이 제안을 걷어차도 딱히 상관없어. 그 경우 수인국이 앞으로 어떻게 움직이든 우리는 노터치. 당연하지?"

"…………윽."

어딜 보나 협박 같은 발언에 사자는 이를 악물었다.

하지만 타하라는 회유하는 것도 잊지 않았다.

"그렇지만 뭐든 생각하기에 달렸지. 당신들은 도시 하나로 '안전'을 손에 넣을 수 있는 거야."

"안, 전……?"

"우리에게 루키 시를 맡겨준다면 수인들의 위협에서 해방되고 감옥 미궁이 지닌 역침공의 위험에서도 해방된다고. 그쪽 나라는 '안심과 안전'이 밥벌이잖아? 도시 하나로 우리가 그걸 담보해준다는 거다. 어때, 내 제안이 그렇게 손해밖에 없어?"

"아, 아뇨…………."

타하라의 말을 들으며 사자는 점점 의기소침해진 듯 움츠러들었다.

전란과는 거리가 먼 리조트이기 때문에 부유한 사람이 공화국을 찾아왔던 만큼, 역침공이 발생한 이후 손님들의 발걸음은 멀어진 채 돌아오지 않았다.

여기에 수인들이 뒤숭숭한 움직임을 보이는 날에는 공화국을 찾아오는 귀족이나 부유층은 모두 사라질 것이다.

그렇게 되면 공화국은 수입을 잃어버리고 그 끝엔 국고의 파탄이 기다린다.

'도시 하나와 안전이라…………'

사자의 머리에 다양한 이득과 손해가 떠올랐다.

루키 시를 포기하면 먼저 대외적인 체면 문제가 생긴다. 동시에 감옥 미궁에서 얻는 전리품을 잃고, 모험가가 도시에 쓰는 돈이나 그곳에서 장사하는 상인들의 세금도 잃는다.

하지만 그 모든 게 수인국의 위협이나 역침공이 낳는 위험에 비하면 비교 대상조차 되지 않는 사소한 것들이다.

'잘 생각해보면 우리나라가 오랫동안 앓았던 **지병**에서 해방될 좋은 기회가 아닌가……?'

수인국의 위협으로부터 해방되고, 손님의 발걸음을 방해하는 감옥 미궁을 떠넘긴다. 그후 부유층을 상대로 우아한 장사를 계속하면 그만이다.

"…………타하라 님, 몇 가지 확인하고 싶은 게 있습니다."

"오, 표정이 달라졌는데. 생각이 정리됐어?"

"우리에게도 대외적인 체면이라는 게 있습니다……. ……전투 한번 없이 도시를 할양하는 건 주변에서 보기에 너무 좋지 않죠. 실정이 어떻든 명목은 최대한 배려받고 싶습니다."

"아, 그건 우리도 고려하고 있어. 아까도 말한 대로 당장은 '공동치안관리'라는 명목이라도 내걸자고."

타하라는 담배를 비벼 끄면서 경쾌한 어조로 말했다.

타하라가 원하는 건 실질적인 지배다. 명목 같은 장식은 중요하지 않았다.

"…………감옥 미궁에서 나오는 전리품에 대해서도 묻고 싶습니다."

"우리는 지금 원하는 게 많거든. 다만 당신들을 배려해주지 못하는 건 아니야."

"구체적으로는?"

"상품은 우리가 관리하지만, 남은 물건은 넘겨줄 수 있어. **친구 할인가**로. 어때?"

타하라는 가볍게 윙크하며 웃었다.

일방적인 이야기가 아니라, 윈윈의 형태를 취하려는 생각이다. 사자에게도 그 마음이 전해진 건지 팽팽하던 분위기가 살짝 누그러졌다.

"아까도 말했지만 우리는 지금 원하는 게 많아. 이걸 계기로 당신 상회와도 깊은 교류를 맺고 싶어. 사대 귀족이랬던가. 그 녀석들을 상대하는 장사만으로는—— **지루하잖아?**"

"우리의…… 키드 상회의 물건을 성광국에 팔라는 겁니까?"

"장사란 오가는 게 있는 법. 한쪽만 득을 보고 한쪽만 손해 보는 게 아니지."

그렇게 말하며 타하라는 담배를 물고 불을 붙였다.

그러면서 아무렇지도 않게 폭탄을 떨어트렸다.

"당신도 알다시피 성광국에도 부유한 귀족은 득시글하지. 스 네오의 대신에게도 말했지만, 여기에 지점을 내 달라고 했어."

".............뭣?!"

사자는 그 말에 놀라면서 동시에 드디어 이해가 갔다는 표정을 지었다. 침울한 얼굴로 집무실에 들어간 대신이 나올 때는 싱글벙글 웃으며 들뜬 발걸음으로 떠나간 의미를.

"당신들도 부유층을 상대로 오랫동안 장사했잖아? 자신감과 노하우가 있다면 여기에 지점을 내는 것도 괜찮지."

'이, 이 남자는 우리와 스 네오를 경쟁시킬 생각인가……!'

타하라의 교활한 언변에 사자는 분노보다 오히려 호감이 더 앞섰다.

이용할 수 있는 건 뭐든 이용하며 철두철미하게 장삿거리로 삼으려는 마음가짐이라면서.

"스 네오만이 아니라 우리에게도……. 도저히 귀족파에서 수긍할 것 같지 않습니다만……."

사자가 떠보듯이 화제를 던졌으나 타하라는 느긋한 표정으로 담배 연기를 내뿜을 뿐이었다.

오히려 이 이야기를 적극적으로 귀족파에 퍼트릴 생각이기 때문이다.

"녀석들, 기존의 권익을 지키기 위해 목에 핏대를 세우며 화내겠지. 기대되는데."

'이 이야기를 이용해서 상대를 들쑤실 생각인 건가…………. 굉장한 남자군………….'

모든 흐름을 계산에 넣고 계획대로 이 지점에 이끌었음을 알자 사자는 경악하며 타하라를 쳐다보았다. 이런 남자와 싸우는 건 도저히 감당할 수 없다.

'이 남자와는 **이 자리에서** 손을 잡아야 해⋯⋯⋯⋯.'

사자도 각오를 굳힌 건지 바로 실무적인 이야기로 넘어가 급속도로 거래가 진행되었다. 서로 받아들일 수 있는 내용으로 마무리 지은 건지 두 사람은 웃는 얼굴로 악수를 나눴다.

추후 정식으로 문서를 교환하기로 약속한 뒤 공화국의 사자도 빠르게 집무실을 떠났다.

'자, 우선 장관님이 지나온 길을 포장해봤는데⋯⋯⋯⋯.'

공화국에서 발생한 역침공, 스 네오에서 세 개의 세력이 뒤엉킨 수도 결전, 마족령의 벨페고르 영지에서 일으킨 소동. 마왕이 마음대로 행동한 뒤처리를 타하라가 혼자 수습하는 꼴이었다.

그럼에도 불구하고 타하라는 필사적으로 상사의 **뒤를 따라간다**고 믿고 있었다.

'장관님이 노리던 도시는 손에 넣었는데, 지형으로 보아⋯⋯.'

지도에 시선을 떨군 타하라의 두뇌에 하나의 추측, 아니, 결론 같은 것이 떠올랐다.

공화국은 수인국과 직접 국경을 맞댔고, 스 네오는 기수호를 사이에 두고 수인국와 마주 보고 있다. 그렇게 마왕의 족적을 따라가자 흥미로운 구도가 보였다.

'장관님은 **입구**를 강제로 열어젖히려는 거야 ──.'

공화국과 스 네오는 수인들의 진군을 막는 문과 같은 위치이지만, 타하라가 보기에 그 **자물쇠**는 망가졌다.

수인들을 끌어들일 생각인 건지, 경우에 따라서는 반대인 건지. 어쨌거나 터무니없이 규모가 큰 무언가를 생각하는 듯한 발자취였다.

'다음은 그 북쪽에 있는 유리티아스인가. 마치 **직행 코스**라도 깔아놓는 것 같은데?'

타하라는 씩 웃고는 상사의 두려움을 통감하면서 각종 책략을 짜기 시작했다.

사실 마왕이 가장 두려워하는 건 타하라의 착각이라는 걸 생각하면, 이 주종관계는 얼마나 흉악해지든 그저 개그일 뿐이다.

이리하여 상사와 부하의 하루가 끝났다.

한쪽은 풀장에서 신나게 놀고, 한쪽은 대륙에 쐐기를 박으면서. 마왕의 무계획적인 행동은 곧 타하라의 두뇌를 거쳐 예술적인 책략으로 승화될 것이다.

너무 유능한 부하를 둔 게 행운이었는지, 아니면 불행이었는지.

어쨌거나 옆에서 구경만 한다면 유쾌한 주종이었다.

정보의 **일부**가 **공개**되었습니다

▶ 쿠도 공화국

사대 귀족을 필두로 그들과 유착한 키드 상회를 중심으로 한 공화제 국가.
2년마다 원수를 교대하여 권력이 집중되지 않도록 예방한다. 주변국으로부터는 수인국과 인접한 방파제 같은 대우를 받고 있으며, 전란과는 거리가 먼 대형 리조트지로 인기가 높다.

▶ 스 네오 왕국

일국 그 자체가 상회이자 다양한 브랜드 상품을 제작하는 국가.
스 네오의 제품을 애용하는 부유층이 많기에 주변국의 상회는 적대시하고 있다.
전란이 이어져 궁핍해진 국가나 각종 세력에 돈을 빌려주고, 자국에 반항하는 세력이 있다면 그들을 움직여 자신들의 손은 더럽히지 않고 해결한다.

▶ 제도연합

크고 작은 여러 개의 섬이 동맹을 맺고 어업을 중심으로 번영한 국가.
연합이라는 명목을 내세우고 있으나 섬마다 자치권을 지녀 법률도 다르고 분위기도 다르다.
현재 라이트 황국이 '이교도'라며 맹렬하게 침략하고 있다.

사건은 회의실에서

공전의 활기가 이어지고 있다. 무대의 중심은 당연히 라비 마을이다.

건국 이래 화외지역이라며 멸시당한 성광국 동부에 이렇게 많은 인구가 모인 적은 한 번도 없었으리라. 인접 영지의 와단 같은 소규모 영주가 잇달아 땅을 헌상하고 마족령에 잡혀있던 자들이 공화국에서 도착했기 때문이다.

그들도 마을에 막 도착했을 때는 당혹을 감추지 못하는 기색이었으나, 마족령에서 지옥 같은 나날을 경험했기 때문인지 '환경 변화'에 적응하는 속도는 빨랐다.

그런 사람들이 우글우글한 마을 안을 마왕이 이글을 데리고 태평하게 걷고 있었다.

"사람이, 많이 늘었네요…………."

"떠들썩한 건 나쁘지 않지."

이글은 하루하루 변화와 성장을 거듭하는 마을의 모습에 경악했지만, 마왕은 태연했다. 아무래도 현대의 대도시와 비교하기 때문이다.

'이런 건 도쿄나 뉴욕, 상하이, 런던 같은 곳과 비교하면 뭐…….'

초고층 빌딩이 밀집하고 밤이 되면 반짝반짝 빛나는 마천루의 빛이 휘황찬란한 거리. 이 남자가 떠올리는 대도시란 말 그대로

'메가시티'밖에 없다.

두 사람의 모습을 보고 주변에 있던 상인과 노동자들도 부리나케 허리를 숙였다.

마왕은 마을에 좀처럼 녹아들지 못하는 이글이 마음에 걸렸던 모양이다.

지금은 이글을 데리고 매일같이 마을을 순회하는 게 일과가 되었다. 때로는 타하라나 유우, 루나, 마담도 동행하기 때문에 이글은 참으로 견디기 힘들었다.

"저기, 전에도 말씀드렸지만, 저 같은 걸 데리고 다녀도 쓸모는…………."

"그냥 산책이다. 신경 쓰지 마."

신경 쓰지 말라고 해도 주위에서 보내는 시선은 계속해서 늘어나고 있으니, 이글은 딱 죽을 것 같은 기분이었다. 주변에서도 두 사람을 보고 작은 목소리로 수군거렸다.

"마왕님과 수인이라…………."

"저 아인은 성녀님의 종자라고 들었는데?"

"나는 마왕님의 정부라고 들었어…………. 뭔가 분위기도 그런 느낌이 나지 않아?"

"그나저나 예쁘게 생겼지………… 저 어깨를 봐."

"허어어어억!"

그런 주변의 반응을 뒤로 느긋한 산책이 이어졌다.

마왕은 다양한 권력자와 동행시켜서 뿌리 깊은 멸시와 차별을 날려버리려는 모양이었다. 실제로 이 순회는 큰 효과를 만들어내고 있었다.

권력자 옆에 있는 인물에게 굳이 시비를 거는 멍청이는 흔치 않다.

"바니들도 돌아왔군요…………."

"30명 정도 돌아온 것 같더군. 곧 전부 돌아오겠지."

망설임 없는 어조로 마왕이 강하게 선언했다.

자신이 만들어내는 세계야말로 최상이다, 다른 장소에서 산다니 말도 안 된다는 쓸데없는 자신감으로 넘치는 모습이었다.

"당신은 늘 자신감이 넘쳐서 부러워요…………."

"조직의 리더에게 망설임이 있으면 안 되지. 허세든 뭐든 자신만만하게 행동하는 게 이래저래 좋다."

마왕은 태연하게 노골적인 소릴 했다. 측근들과는 다르게 긴장하지 않아도 괜찮아서 그런지 평소보다 어깨에 힘이 빠진 모습이었다.

"바니의 집은 토끼 모양인가……. 저 귀 부분은 무슨 의미가 있는 거지…………."

"수인 중에는 주거에 특별히 신경 쓰는 종도 많다고 들었습니다."

"피뢰침도 못 되잖나. 뭐, **설정**에 충실한 건 나쁜 일은 아니지만…………."

돌아온 그들을 위한 집을 세우기 위해 장인들은 아주 분주했다.

바니만이 아니라 마족령에 잡혀있던 인간들에게도 임시로 거주하는 판잣집 같은 게 잇달아 세워지고 있다. 그 한구석에 꾸

물꾸물 목재를 나르는 남자가 있었다.

기구한 배 여행을 거쳐 마족령에 갔다가 붙잡혀버렸던 해머였다.

휘청거리면서도 열심히 짐을 나르는 해머였으나, 기가 세 보이는 젊은 여자가 그 뒤를 따라다니며 놀리고 있었다.

"아저씨 말이야. 왜 그렇게 가벼운 짐을 들고도 휘청거리는 거야? 비실이?"

"죄, 죄송합니다! 사정이 있어서, 일하는 게 오랜만이라……."

"…………픕! 아저씨, 그 나이에 흥청망청 놀기만 했던 거야? 쓰레기잖아!"

"죄, 죄송합니다……. 아, 앞으로는 열심히 일할 테니까……."

"그 나이에 앞으로는 무슨! 쓰레기~♡ 구제 불능♡ 앞머리 까졌네♡"

조롱하는 여자와 굽신거리는 중년 남자. 창작물에서는 흔히 보는 광경이었으나 막상 현실에서 보자 마왕의 가슴에 짜증이 부글부글 끓어올랐다.

"뭐냐, 저 시건방진 날라리는? **고구마 담당**인 건가?"

"뭐, 뭘 하시려는 건지는 모르지만 잠시만요!"

마왕은 '사이다'를 퍼부을 준비를 했으나 이글의 발언에 발을 멈췄다.

그녀의 입에서 뜻밖의 이름이 나왔기 때문이다.

"저 남자에게서 홀리 브레이브님의 편지를 받았는데요……."

"그 남자의 편지라고?!"

마왕은 이글이 건넨 편지를 펼쳤다. 거기에는 정중한 글씨로 황국의 부족함을 사과하는 내용이 적혀 있었다. 물론 마왕에게 보내는 편지가 아니라 이글에게 쓴 사과였다.

간결한 글귀이긴 했으나, 무언가 곤란한 일이 있다면 사양하지 말고 오뚝이 씨를 통해 자신에게 연락해달라는 진심이 담긴 내용이었다.

'그 남자답군⋯⋯⋯⋯. 조국과 싸울 각오가 있다는 건가.'

재미있다.

동시에 그 홀리 브레이브를 꼭 손에 넣고 싶어졌다. 이 남자는 관심이 생긴 대상에겐 더없이 집요하고 끈질긴 성격이었다.

"저 녀석은 용사의 **관계자**라는 건가⋯⋯⋯⋯."

마왕이 성큼성큼 해머에게 걸어가자 그를 알아차린 날라리는 경악했다. 이 마을에서 가장 큰 권력자가 험상궂은 표정으로 다가왔으니 당하다.

"그, 그럼 구제 불능 아저씨, 나는 간다! 다, 다치진 말고! 추태를 보일 거면 내 앞에서만 보여!"

날라리는 새파랗게 질린 얼굴로 도망쳤다. 뒤에 남은 해머는 마왕의 모습을 보고 다리가 풀렸다.

마족령에서 마주친 어떤 악마보다 무시무시한 존재로 보였기 때문이다.

"네 이름은 뭐지? 왜 네가 용사의 편지를 갖고 있었는데? 그 남자의 관계는?"

마왕이 잇달아 질문을 퍼부었다.

목소리만 들으면 불륜이라도 조사하는 듯한 열정적인 어투였다.

"앗, 그, 저는, 해머라고, 하, 합니, 다…………."

해머는 바싹 말라붙은 목을 쥐어짜며 열심히 자신의 이름을 댔다.

하지만 그게 그게 한층 더 큰 혼란을 부를 줄은 상상도 못 했으리라.

"편지에는 **오뚝이**라고 적혀 있던데. 너는 내 앞에서 가명을 쓰는 건가?"

"다, 당치도 않습니다! 그건 아카네 님이 제 이름을 잘못 아셔서…………!"

"…………아카네라고? 어떻게 된 거지?"

마왕의 표정이 바뀌자 해머는 입을 놀린 걸 후회했다. 열심히 변명했지만 마왕의 표정은 한층 험악해질 뿐이었다.

"즉 뭐냐. 너는 마족령에서 아카네가 **주웠다**는 건가?"

"주웠…… 그, 그게, 구해주셨는데요…………."

어떻게 해야 할지 알 수 없었던 해머는 고개를 숙이며 어째서인지 무릎을 꿇고 정좌했다.

차마 가만히 볼 수 없었던 건지 이글이 옆에서 끼어들었다.

"이 사람은 그, 나쁜 사람이 아니라고 보는데요…………."

"그런 건 안다. 내가 지금 생각하는 건 전혀 다른 일이야."

"다른 일?"

"아카네가 굳이 주워 왔다면, 이 남자는 **보물**의 일종일지도 모르니까."

마왕이 묘한 단어를 입에 담자 이글과 해머는 무심코 서로의 얼굴을 쳐다봤다.

아카네는 《컬렉터》, 《강운》, 《보물찾기》, 《메달 왕》 등 아무튼 **보물**과 관련된 스킬을 풍부하게 소지하고 있다 보니 마왕의 생각이 자꾸 그쪽으로 흘러갔다.

물론 과거 회장에서 '사람을 주운' 적은 없었지만, 이 세계에서는 각 스킬의 효과가 대폭으로 확장된 상태다.

'아카네나 밍크와 우연히 만난 건 그렇다고 쳐. 그게 계기로 용사와도 안면을 트고 지금은 태연하게 내 앞에 앉아있지⋯⋯. 이걸 단순한 우연이라고 치부해도 되나?'

보통은 안면을 트기는커녕 말도 걸 수 없는 면면들이다.

행운이라고 하자면 행운이고, 다른 관점에서 본다면 불행이라고도 부를 수 있을 법했다.

현시점에서 해머는 적어도 오타메가와 개인적인 인맥을 가지고 있으며, 그러한 의미로는 희귀한 인재이다.

"그 남자와는 그 외에 무슨 대화를 했지?"

"⋯⋯⋯⋯그, 그게, 이 마을의 모습을, 편지로 알려달라고 했습니다."

"변함없이 신중한 남자로군. 그만큼 몇 번이나 배신당한 거겠지."

해머는 아무런 대답도 하지 못하고 고통스럽다는 듯 고개를 숙였다. 마왕이 보기에도 그 홀리 브레이브는 나이치고는 지나

치게 노숙했다.

수없이 배신당하고, 실망을 거듭하고, 그럼에도 앞으로 나아가려고 한다면 마음에 갑옷을 겹겹이 두르고 타인을 의심해야만 한다.

홀리 브레이브는 그렇게 지금의 모습이 된 것이리라.

"그럼 이 마을을 있는 그대로, 네가 느낀 대로 적어서 보내도록. 사양할 필요 없다."

"저, 저 같은 녀석에게, 그런 큰 역할은⋯⋯⋯⋯."

"너는 그 남자의 의심을 통과한 것 같더군. 성실한 인간이라고 판단한 거겠지."

"저는 그렇게 훌륭한 인간이 아닙니다⋯⋯. 그저 이 나이까지 아무 책임도 지지 않고 도망치고 또 도망쳤을 뿐이죠⋯⋯."

"도망치고 또 도망쳤다⋯⋯. 딱 좋군. 네 이야기도 조금 들려다오."

이 남자를 통해 홀리 브레이브의 무언가를 파악할 수 있을지도 모른다고 생각한 모양이었다.

마왕은 담배에 불을 붙이고 고개 숙인 해머를 재촉했다.

처음 해머는 우물쭈물 입을 달싹거렸으나, 이윽고 작게 이야기하기 시작했다.

고향 마을이 가난해서 일자리가 없었다. 도시로 나와 다양한 일을 해봤지만 정착하지 못했고 몇 번씩 해고당했다. 크게 마음먹고 모험가를 지망했으나 마물의 공격을 받아 무릎을 다쳤다.

그 후에는 운반책, 포터가 되어 젊은 모험가들에게 부려 먹혔다. 육지에서 자리가 사라지자 바다에 나갔지만 마족령에서 붙잡혀 노예가 되었다.

정말 겉보기 그대로 침울한 이야기의 연속이었다.

행운은커녕 불행의 신 자리를 노릴 수도 있어 보였다.

"저는 책임지지 않고, 미래에서 눈을 돌리고, 그날 일만을 생각하며 비참한 졸개 생활을 했습니다. 그렇게 정신을 차리니 이미 48살이 되었죠……. 저는 구제할 수 없는 쓰레기입니다."

마왕은 그런 토로를 무표정하게 들었으나, 이글은 진지한 표정으로 귀를 기울였다. 마찬가지로 방랑을 거듭한 그녀에게는 무언가 겹쳐 보이는 부분이 있었던 모양이다.

하지만 마왕은 아랑곳하지 않고 직설적으로 말했다.

"확실히 날라리가 매도해도 항의할 수 없는 남자로군. 겉모습도 니시● 토시유키를 닮은 게 영 신통치 않은 녀석이야. 뭐, 그쪽은 나라를 대표하는 명배우다만."

"니, 니시…………?"

"하지만 자신의 부족한 부분을 대놓고 이야기할 수 있는 남자는 잘 없지……."

마왕은 거기까지 말한 후 천천히 담배 연기를 내뿜었다.

"……나도 너처럼 솔직하게, 꾸미지 않고 살 수 있다면 어땠을지 생각할 때도 있다."

뜻밖의 말에 해머가 고개를 들었고, 이글의 표정에도 놀람이 스쳤다. 속임수가 많은 이 남자가 보기에 해머는 완전히 다른 인종으로 보였다.

연기에 연기를 거듭하며 스크린에 허상을 비추며 사는 몸으로서는 온전히 본연의 자신을 드러내는 해머가 부러웠던 건지도 모른다.

"나는 네게 아무런 도움도 주지 않겠지만 방해도 하지 않으마. 이 마을에서 생활하며 느낀 것을 그 남자에게 있는 그대로 보내도록."

"네, 넵…………."

"그리고 너는 계속 도망쳤다며 부끄러워하지만, 인간은 다들 고통을 회피하고 가능하다면 도망치고 싶어 하는 법이다."

마왕은 그 말을 끝으로 등을 돌리더니, 충동적으로 다음 말을 이었다. 왜 이 신통찮은 중년 남자에게 이런 말을 하고 싶어지는 건지―.

자신도 이유를 알지 못한 채, 마음속에 있는 것을 그대로 입에 담았다.

"중간이 얼마나 비참하든, 몇 번을 진다 한들 마지막에 이기면 된다. **자신의 의지**가 있는 한, **재도전**의 기회는 얼마든지 있으니까."

해머는 멍한 표정으로 그 말을 들었다. 이글이 떠나는 마왕의 등을 허둥지둥 쫓아갔다.

이글의 표정에는 그늘이 사라지고, 대신 놀라움이 번져 있었다.

"그, 의외였습니다……. 당신이 그런 이야기를 하다니."

"…………나도 왜 그런 이야기를 한 건지 모르겠다. 아무래도 저건 이상한 남자인가 보군."

계속 걸어가자 주변 노동자와는 다른 독특한 옷을 입은 집단이 눈에 들어왔다. 이글이 살던 제도연합의 사람들이었다.

휴식 중인 그들에게 다가가자 전원이 일제히 일어났다.

"세상에, 마왕님……! 그리고 이글…………."

"좀 어떻지? 이 마을에는 적응했나?"

"네, 넵!"

"지금은 아직 변변찮은 환경이지만 곧 쾌적한 집도 마련해 주마."

"과, 과분한 말씀입니다…………!"

마왕은 변변찮은 환경이라고 했지만 실제로는 아니었다.

여기에는 물도 풍부한 식량도 있고, 일자리도 끊이지 않았다. 더불어 급료까지 당일에 바로 지불해준다.

더군다나 고작 동화 3닢으로 목욕탕이라는 꿈 같은 시설까지 이용할 수 있다.

마왕에게 그런 환경은 지극히 당연하기에 고려할 가치조차 없었지만, 황국의 마수에 시달리는 제도연합 사람들에게 이 땅은 천국이었다.

인간의 생활이 이렇게나 풍요로워질 수 있냐며 하루하루 충격을 받고 있었다.

"그럼 나는 슬슬 일하러 돌아가도록 하지. 이글, 너는 푹 쉬도록 해라."

"…………네."

마왕이 떠난 뒤 긴장되었던 분위기가 누그러들었다.

누가 먼저랄 것 없이 안도의 한숨을 흘렸다.

"이, 이글. 그, 괜찮아…………?"

"네?"

"저기, 뭔가 무서운 일을 당하거나 하진 않아?"

"아, 아뇨! 무척, 잘해주세요."

제도연합 사람들은 이글을 보고 걱정했던 모양이다. 흡사 마피아 보스에게 잡혀서 그 인질 혹은 정부라도 된 건 아니냐면서.

이글에게서 묻어나는 덧없는 분위기가 그 추측에 박차를 가했다.

"그렇다면 다행이고……. 그나저나 여긴 대단하네. 천국이라고 해도 믿을 것 같아."

"그렇, 죠…………."

제도연합은 바다에 둘러싸인 작은 섬의 집합체로, 어업이 번성한 지역이다.

그런 만큼 생사여탈을 모두 바다가 쥐고 있다는 특수한 환경이었다. 최근에는 황국의 침략이 심해져 하루가 끝날 때마다 '어떻게든 오늘도 살아남았구나'라며 안도하는 나날이었다.

"다른 섬 녀석들도 여기 오면 좋을 텐데…………."

"멍청아. 얼마나 멀리 떨어진 줄 아는 거야?"

"그건 알지. 이대로는 전부 전쟁 노예로 끌려갈 거야……."

이글은 그런 목소리를 들으며 마왕이 떠난 방향으로 시선을 던졌다. 여태까지와는 조금 다른, 기대와 불안이 뒤섞인 표정으로.

마왕은 카지노에 돌아온 후 13층에 있는 회의실의 문을 열었다.

그곳에는 측근들이 전원 모여 있었다.

'하아…………. 또 회의인가. 역시 괴로워………….'

'속 시원히 말 잘했어'라고 대꾸해주는 동료도 없이 마왕은 엄숙한 표정으로 의자에 앉았다.

타하라와 유우가 각종 자료를 펼쳐놓자 이번에도 마왕군의 잔인한 회의가 시작되었다. 누구에게 잔인한지는 알 수 없지만, 표정을 보니 마왕은 이미 괴로워하고 있다.

콘도만은 몰래 소형 게임기를 들고 이따금 재빨리 화면을 확인하고 있었다.

병아리를 훌륭한 스모 선수로 키워내는 '병아리 스모'라고 불리는 게임이다.

콘도가 병아리를 화장실에 보내고, 발구르기를 시키고, 창코나베를 먹이는 등 정성스럽게 키우는 사이에도 회의는 엄숙하게 진행되었다.

먼저 의제로 올라온 건 성녀 화이트였다.

"그녀의 '이해'를 구하는 건 성공했다. 모든 안건은 그것을 고려하고 움직이면 돼."

마왕의 발언에 타하라와 유우가 고개를 끄덕였다.

그 무렵 콘도의 화면에선 병아리가 새 샅바를 두르고 있었다.

'성녀 화이트라………….'

마왕의 뇌리에 코스프레까지 해가며 성대한 연기를 했던 장면이 떠올랐다.

동부 일대를 접수해도 화이트가 거부감을 덜 느끼게 하려면 타천사의 모습으로 접촉하는 게 더 효과적이지 않을까. 그런 생각으로 그녀의 착각을 이용하려고 했다.

'이곳 옥상에서도 어마어마했고………….'

머릿속에 떠오르는, 마치 연인들이 포옹하는 듯한 장면——.

마왕의 사기꾼 같은 꿍꿍이를 아득히 넘어서 완전히 의도하지 않은 화학반응이 탄생하는 바람에 그녀의 가련함만이 강하게 남는 결과가 되고 말았다.

'착한 애이긴 한데, 이상한 남자에게 속을 것 같단 말이지…….
아니, 그거 나잖아?!'

마왕이 셀프 태클을 날리는 옆에서 타하라는 화이트보드에 지도를 붙였다.

와단의 영지만이 아니라 주변의 영주가 헌상이라는 이름으로 땅을 바치고 있다. 그 증가세는 가속 중이다.

버스, 아니, 배가 떠나기 전에 타야 한다는 생각인 듯했다. 언젠가 빼앗길 바에야 남보다 먼저 헌상하는 게 좋은 이미지를 줄 수 있다고 판단한 것이 틀림없다.

귀족 중에는 유능하거나 무능하거나 다양한 사람이 있지만, 공통적으로 자기 보신을 위한 감각이 날카롭다. 이것만큼은 신기할 정도로 공통되게 드러나는 모양이었다.

"타하라, 신도를 손에 넣으면 화이트가 소속된 '성당교회'에 헌상해라. 나에겐 그 낡은 도시는 필요 없다."

"……응?"

그 말에 타하라는 무언가 생각에 잠기는 표정을 지었다.

이윽고 어떠한 답에 도달한 건지 말없이 고개를 끄덕였다.

마왕은 화이트를 움직이기 쉬운 환경을 만들어 주변에 설득력을 확장하려는 의도였다.

하지만 당연하게도 타하라의 두뇌는 다른 답을 끌어냈다.

"그렇단 말이지. 나는 장관님이 그리는 최종적인 그림에 딱 하나 마음에 걸리는 게 있었는데, 역시 그런 거였구나."

"글쎄————."

마왕은 의미심장하게 일어난 뒤 창문 너머로 마을을 내려다보았다.

측근들이 본 그 '등'은 이상하리만치 컸다. 말 그대로 대륙을 모두 내려다보는 듯한 위엄으로 가득했다.

물론 이 남자에게 그런 묘략이 있을 리 없다. 단순히 안색을 보여주지 않으려고 피했을 뿐이다.

'잠깐만, 뭔가 불길한 분위기 아니야……? 이거 흐름이 위험한데…………!'

마왕의 위기 감지 능력도 성장한 건지, 등 뒤에서 흐르는 분위기에 심박수가 올라갔다.

하지만 타하라에 이어 유우도 가차 없는 추가 공격을 날렸다.

"저기, 타하라. 그건————."

"그런 거지. 손님은 계속 '유복'해야 하지 않겠어?"

"장관님은 이미 전후의 통치까지 내다보고 계셨구나."

"크하하! 천하삼분지계 아닌 친하오분지계인가? 완전히 기틀을 다져두면 대략 10년 정도는 해볼 수 있겠어."

타하라와 유우가 의미심장한 대화를 나누자 마왕은 등을 보인 채 식은땀을 흘렸다.

이미 '저기 무슨 소린지 모르겠는데요'라는 말을 할 수 있는 상황이 아니다. 이때 콘도의 게임기에서는 병아리가 달걀을 향해 장타(掌打)를 날렸다.

깨진 달걀에서 새 병아리가 탄생했지만, '아씨, 또 커먼이잖아'라는 불길한 중얼거림을 흘리고 있다. 한편 타하라는 귀에 꽂았던 빨간 연필을 빼 들고 지도 위에 선을 그었다.

"성당교회라는 곳은 시끄러운 녀석들 같았지만, 아직 권위는 남아있는 모양이었으니. 신도의 수입을 모조리 헌상하면 얌전해지겠지."

"그래, 풍부한 중앙에는 이쪽으로 넘어온 귀족을 이봉(移封)시키고……."

유우도 일어나 화이트보드 위로 빠르게 펜을 놀렸다. 그곳에는 '손님', '양분'이라는 뒤숭숭한 단어가 적혀 있었다.

"다음은 북쪽인데, 당분간은 여기가 최전선이지. 이대로 아츠 영감님이 지휘해달라고 하자."

타하라도 북부에 '자본 투입', '10만 규모의 군대로 강화' 등 뒤숭숭한 단어를 적었다.

무슨 이야기를 하는 건지 마왕은 전혀 알 수 없었으나, 흥미롭다는 시선만 보내면서 담배에 불을 붙였다.

'뭘 하는 건지 통 모르겠지만, 우선 부하의 논의를 지켜본다는

분위기만은 조성해야지………….'

교활하게도 마왕은 입을 다물고 두 사람의 대화를 묵묵히 바라보았다.

그걸 본 두 사람도 막힘없이 논의를 진행했다.

"공적을 보면 남부는 통째로 버터플라이 휘하에 넣는 게 편할 것 같은데."

"그래, 이의 없어."

남부에도 '여자의 낙원', '미용', '온천후보지' 등의 글자가 적혔다. 아무래도 두 사람은 성광국 전체를 **분할**하는 모양이었다.

"나머지는 문제의 '서쪽'인데——."

"여기는 한 번 **도나** 님에게 반대 세력을 모으게 하자고. 외국에서도 '손님'이 올 법하지만, 그건 내가 하루 만에 처리할 수 있어."

"멍청한 소리 하지 마! 당신에게 **재료**를 맡기면 벌집이 된단 말이야!"

"그게 녀석들도 편히 죽고 극락왕생할 수 있잖아."

"대량의 샘플을 입수하는 게 먼저야. 장관님께 반항하는 적에게는 그에 맞는 지옥을 내려줘야 해. 극락 같은 건 필요 없어."

콘도는 생각했다—— 다행이다, 나는 아무것도 안 해도 되는구나.

마왕은 생각했다—— 도나라는 남자가 아니라, 사실은 내가 정체를 알 수 없는 장소로 끌려가며 **도나 도나**를 부르는 신세인 게 아닐까.

"어쨌거나 서쪽의 '수입'은 상당하다고 하니까. 2천 년이나 되는 세월에 걸쳐 착취해 축적한 재산은 셀 수 없을 만큼 많다더라."

"목숨도 존엄도 재산도, 피 한 방울에 이르기까지 전부 장관 님께 바치게 하겠어."

'이 녀석들 무섭다고! 진짜로 전쟁할 생각이 만만하잖아⋯⋯!'

마왕은 어떻게든 대화를 바꾸기 위해 무겁게 입을 열었다.

얼마 전 양국에서 사자가 온 직후이기도 하니 화제를 돌리기 에는 딱 좋았다.

"미래 이야기도 좋지만, 눈앞의 문제도 해결해야지. 지난번 사자는 어떻게 되었지?"

마왕은 살짝 조마조마한 마음으로 물었다.

특히 스 네오는 배상금을 청구할지도 모르는 건이라 계속 마음에 걸렸다.

"정식으로 정리한 후에 보고할 생각이었는데, 스 네오 쪽은 대금화 100만 닢의 퍼포먼스용 자금하고, 우리 쪽에 지점 진출, 그리고 파기 예정이었던 찻잎으로 해결 봤어."

'무슨 소리인지 하나도 모르겠다! 이거 일본어 맞아?!'

마왕은 그 대답에 전율했지만, 추태를 보일 수도 없기에 말없 이 눈을 감았다. 옆에서 보면 발언 내용을 음미하는 듯한 모습 이었지만 단순히 대답이 궁한 것뿐이었다.

"⋯⋯⋯⋯그래, 그렇단 말이지."

마왕은 입꼬리에서 힘을 풀고 유쾌하다는 표정을 만들었다.

할 말이 아무것도 없었다. 거기에는 그저 새하얘진 머리만이 있을 뿐이었다.

"많이 봐준단 느낌이지만, 지금은 노동자나 장인을 마을에 정착시키려면 녀석들의 가족이나 여자, 아이들에게도 일거리를 주는 게 제일 좋다고 봤거든."

"…………흠."

"여자에게는 찻잎 가공을 시킬 거야. 이쪽은 원재료가 공짜니까 수익이 아주 좋을걸. 애들에게는 샘물과 비누를 써서 빨래 서비스라도 시키려고 해."

이 대륙에서 물은 귀중한 자원이라 매일매일 빨래할 수 없다.

그렇기에 노동자들은 단벌 신사들이 많았다. 목욕탕 덕분에 노동자들의 몸은 청결해졌으나 옷은 여전히 더러운 사람이 적지 않다.

위생적인 환경을 만드는 이야기이기도 하기에 유우도 찬성했다.

콘도는 아무도 이쪽을 보지 않는다고 대담해진 건지 지금은 당당하게 'FAKE 성배 전쟁'의 레벨업 노가다에 돌입했다.

"훌륭하게 교섭한 모양이군. 내가 생각하던 것 이상의 성과다."

마왕은 뻔뻔하게 그런 칭찬을 뱉은 후 배상금 이야기가 없었다는 사실에 안도의 한숨을 내쉬었다.

하지만 타하라의 이야기는 아직 끝난 게 아니었다.

"그리고 장관님이 **두고 온 선물**에 예상대로 그 녀석들이 달려든 것 같던데?"

"…………저런, 제법 성급하군."

마왕은 어깨를 으쓱이며 웃었지만 심경은 비참했다. 타하라의 말이 아예 일본어로 들리지도 않게 되었다.

"나 원, 꿍꿍이를 파악하지 못하는 조루 놈들이 많아서 웃기 다니까?"

'웃기긴 뭐가 웃겨! 부탁이니까 조금은 설명해달라고!'

계속되는 마왕의 혼란에 뜻밖의 방향에서 유우가 도움의 손길을 내밀었다. 타하라가 샘플로 가져온 트랜스와 크랙을 유우에게 분석해달라고 의뢰했기 때문이다.

"장관님, 그 크랙이라고 불리는 약물은 몹시 위험합니다. 뼈까지 녹여버릴 수 있더군요."

"··········약물이라. 발칙하군."

마왕은 반사적으로 그렇게 중얼거렸으나 내용은 전혀 이해하지 못했다.

그 뒤를 따라 덮어버리듯 타하라도 농담을 던졌다.

"진짜 **발칙**하지? 유리티아스의 잭 상회라는 곳은 대신관과 오랜 친구 사이인 것 같더라고."

"황국은 모르쇠로 일관할 생각인 듯하던데. 그래서, 짐의 권리는?"

"만약을 위해 스 네오의 대신에게 확인해봤어. 강탈해간 짐은 **우리 것**이라고."

"··········어머, **장관님의 짐**을 **빼앗다니**, 어떤 식으로 죽고 싶은 걸까?"

"크하핫! 상당한 마조히스트라는 건 확실해!"

타하라와 유우가 비웃고, 마왕은 혼자 얼굴이 창백해졌다. 아무엇도 하지 않았는데 무언가 악랄한 함정을 설치해놓은 셈이 된 모양이었다.

'잘 모르겠지만 이상한 약물이 내 소유물이 되어있었단 거야?! 그런 건 필요 없다고!'

마왕은 그렇게 소리치고 싶었으나 가까스로 대화의 줄기를 파악하는 데 성공했다. 그런 뒤숭숭한 화제에서 탈주하기 위해 자연스럽게 화제를 바꿨다.

"…………그리고, 공화국 쪽은 어땠지?"

"우선 장관님이 노리던 루키 시는 우리에게 양도하기로 했어."

"…………호오. 양도?"

무슨 소리인지 이해하지 못한 마왕은 의미심장한 의문형으로 물어봤으나, 그 뉘앙스에 타하라는 불만을 느낀 모양이었다.

굳이 할 필요가 없는 변명을 시작했다.

"미안해……. 사실은 그쪽에서 자발적으로 헌상하게 만들고 싶었는데, 이번에는 속도를 중시했거든. 하지만 변명 하나쯤은 하게 해줘. 당신이 너무 빨리 움직여서 그래."

'빨리 움직이는 건 너야! 자랑은 아니지만 나는 술을 마시고 잤을 뿐이라고!'

마왕은 그런 쓰레기 같은 생활을 폭로할 뻔했으나 필사적으로 입을 틀어막았다.

몇 번째인지 모를 엇갈림이었다.

마왕은 닥치는 대로, 충동적으로 행동할 뿐이지만 타하라는 그 언동과 행동 모두에 의미를 부여하고 천재적인 두뇌로 모조리 다 깨끗하게 처리해버린다.

그것도 주변에 괜한 풍파가 일어나지 않도록 다방면으로 고려하면서. 하지만 유우는 동료의 실수를 눈감아주는 물렁한 여자가 아니기에 바로 물어뜯었다.

"꼴사나운 변명은 때려치워. 우리가 '양보받는' 약한 입장이라는 거야?"

"말했잖아. 장관님의 움직임이 너무 빠르다고. 이번 일을 내다보고 수인국의 권력자와 파이프를 만들고 마족령 하나를 때려잡으며 착실하게 은혜도 입혀놨다고. 이렇게까지 사전 공작을 철저히 해두면 따라가는 것만으로도 고생이란 말이야!"

"변명이 안 돼. 365일 잠을 자지 않아도 일할 수 있도록 개조해버릴까."

"미쳤냐! 난 로봇이 아니야!"

등 뒤에서 오가는 측근들의 무시무시한 대화에 마왕은 가벼운 현기증을 느꼈다. 1초라도 빨리 여기서 나가고 싶다는 마음에 가까스로 입을 열었다.

"시간이 가깝군. 타하라, 나는 어떻게 움직여야 하지?"

마왕은 좋은 멘트를 날렸다며 회심의 미소를 지었다. 상대방에게 맞춰주는 듯한 분위기를 조성하면서 타하라의 입에서 '답'을 얻을 수 있다고.

"공화국 녀석들은 수인들의 침략을 무서워하지. 국경 요새도 그냥 장식에 불과하고."

"그렇군. 그럼 국경 요새에는 손을 대지 말라고 그쪽에 이야기해두마."

"…………그래. 미안하지만 잘 부탁해."

마왕은 거기까지 말한 뒤 회의실에서 나가기 위해 부리나케 움직였다.

하지만 그 등을 유우가 붙잡았다.

"장관님, 그 아츠라는 노인에게서 귀임 요청이 올라왔습니다."

"그런가. 그렇다면 밖으로 나가는 김에 내가 바래다주지. 콘도, 따라와라."

"네에에에에?! 저도 가야 해요?! 아무런 가치도 없는, 무의미한 방 밖으로?!"

"가치 여부는 내가 정한다. 가자."

마왕은 경악하는 콘도를 끌고 회의실을 뒤로했다. 남은 두 사람은 의미심장한 침묵을 이어갔으나, 이윽고 타하라가 작게 중얼거렸다.

"국경 요새에는…………."

그 외의 다른 장소라면 손을 대도 상관없다고 해석할 수 있는 말이었다.

오히려 그런 의도로 들렸다.

"장관님은 추후 수인들을 써서 공화국에 압박을 가할 생각이겠지."

"그러게. 그러다 무서워져서 국경 요새도 놔 버릴걸."

수인들이 활발하게 움직이면 공화국은 그 위협에 두려워하며 자발적으로 국경 요새나 그 주변을 치워버리듯 이쪽에 떠넘길 것이다.

―――하나가 넘어지면 주변도 같이 넘어진다―――.

마치 성광국 동부에서 발생하는 '헌상 러시'의 복사판 같았다.

항상 주도면밀한 준비와 사전 작업을 하다가 기회가 오면 열화와도 같은 무자비한 침략을 진행하는 마왕의 모습에 타하라는 식은땀을 흘렸고, 유우는 황홀하다는 표정을 지었다.

"세상은 문제로 넘쳐나지만, 저 사람만은 적으로 돌리고 싶지 않아."

"바보 같긴. 당신의 조잡한 뇌로는 사흘도 못 버텨."

"아 싫다……. 수읽기를 너무 잘하는 상사라니."

타하라도 그 말에 반박하지 않고 어깨를 움츠렸다.

실제로는 사흘은커녕 지략으로 싸운다면 타하라의 압승이다. 장기나 체스로 싸운다면 마왕의 패는 전부 빼앗기고 알몸이 되어 밖으로 내쫓길 게 뻔하다.

그런 건 눈곱만큼도 모르는 두 사람의 과대평가, 아니, 과대해석 대화가 이어졌다.

"아까도 한 말인데, 나는 장관님이 최종적으로 그리는 그림이 궁금해. 오늘 이야기로 보아 그런 거려나."

"어머, 흥미로운 말을 하네."

"이 지도를 보라고. 성광국을 지배하기엔 라비 마을은 너무 동쪽에 치우쳐 있어."

타하라가 지적한 대로 라비 마을은 동부, 그것도 변경이다. 일국을 지배할 생각이라면 역시 중앙에 위치한 '신도'가 가장 적합하다.

"장관님은 신도가 필요 없다고 단언하셨지…………."

"그럴 만도 해. 성광국과 수인국을 합쳐서 하나의 나라로 봐 봐."

유우의 입에서 '앗' 하는 짧은 중얼거림이 나왔다. 성광국과 수인국을 하나의 나라로 보았을 때, 그 중앙에 있는 건 다름 아닌── '라비 마을'이었기 때문이다.

그걸 확인했을 때 두 사람의 등을 타고 오싹오싹한 전율이 흘렀다. 지금 자신들이 있는 장소는 변경도 뭣도 아닌, **이미 중앙**이었음을 깨달았기 때문이다.

"전부 처음부터 여기까지 내다보고 움직였다는 거야. 장관님은 미래를 너무 잘 봐서 범인인 우리는 따라가는 것만으로도 벅차다니까."

실제로는 따라갈 필요도 없다. 전부 타하라의 생각대로 흘러가고 있기 때문이다. 이 무시무시한 착각과 과대해석은 대륙 전체를 장악할 때까지 끝나지 않을 것이다.

"장관님의 다음 표적은 유리티아스였지."

"그래, 또 터무니없는 묘기를 보여줄 것 같아."

두 사람은 그렇게 말하며 웃었다. 실제로도 마왕은 묘기를 보여줄 것이다.

책사의 묘기가 아닌, 사기꾼의 묘기를.

마왕님의 국가 만유기

카지노에서 나온 마왕은 빠르게 로비를 빠져나왔다.

그 뒤에는 겁을 먹은 듯한 모습의 콘도가 있었다. 그렇지 않아도 밖으로 나가는 걸 싫어하는데, 마왕과 외출이라니 조마조마할 수밖에 없다.

한편 마왕도 해야 할 일이 너무 많아서 골치가 아팠다.

'젠장, 한꺼번에 일거리가 왔잖아……. 유리티아스랬나? 그곳에도 가야만 하는 것 같고, 아츠 영감님을 배웅하고, 수인들과도 이야기해야 하는 건가………….'

마왕은 문득 발을 멈추고 뒤에서 따라오는 콘도에서 시선을 주었다.

시선을 보내기만 했는데도 콘도는 움찔 어깨를 떨며 공포에 질렸다.

'기왕이면 이 은둔형 외톨이를 데리고 다양한 장소를 보여줄까. 전이동을 쓸 때도 편리하니까……. 이런 기회라도 없다면 이 녀석은 밖에 안 나오겠지.'

콘도를 데려온 건 딱히 특별한 의도가 있었던 건 아니다. 타하라와 유우 옆에 뒀다간 과대해석과 착각이 콘도에게도 전염되는 게 아닐까 무서웠기 때문이다.

"콘도, 너는 조금 전의 회의를 어떻게 봤지?"

"네?! 어, 그게, 다들, 굉장히 어려운 이야기를 하고 있다고……."

계속 게임을 했다고 대답할 수는 없었기에 콘도는 애매모호하게 대꾸했다.

그 반응을 본 마왕은 일종의 안도를 느꼈다. 이 녀석은 아마도 회의 내용조차 제대로 듣지 않았던 모양이다.

2차원 말고는 관심이 없다고 자신이 설정했으니 더욱더.

"앞으로를 고려해 각지를 돌아다닐 거다. 전이동을 위해서도 넓게 관찰해두도록.

"네, 넵!

콘도는 게임을 하며 놀았다는 걸 지적받지 않아 안도의 한숨을 쉰 후, 들뜬 걸음으로 마왕의 뒤를 쫓아갔다.

카지노를 나와 걸어가자 두 사람의 모습을 본 군중들이 바로 소란스러워졌다.

"…………마왕님이다!"

"헐………… 콘도야! 콘도가 걷고 있어!"

"잠깐! 살려줘! 너무 귀여워!"

"오늘도 이상한 셔츠 입었어………… 쏘 큐트."

"꺄아아악! 콘도, 이쪽 봐 줘!"

좀처럼 모습을 보이지 않아서 그런지 콘도는 여성들에게 인기가 굉장하다.

과거 회장에서도 콘도는 일부 여성 플레이어에게 인기를 끌어 각종 창작물에 등장하는 일이 많은 캐릭터였다.

'이상한 셔츠라…………. **그 녀석들**의 영향이지………….'

마왕은 개발팀 멤버들을 떠올리며 질린다는 표정을 지었다.

다국적 팀에서 개발되었기 때문인지, 후반기엔 외국인 특유의 필터가 들어간 기묘한 굿즈가 넘쳐났다.

콘도가 입는 묘한 한자가 적힌 셔츠는 그 전형적인 케이스라고 할 수 있다. 참고로 오늘 입은 셔츠에는 '켄시로', '탈지분유', '일괄 100엔'이라는 글자가 적혀있다.

그걸 보자 아무리 마왕이라도 웃겼는지 놀리듯 말을 걸었다.

"상당히 인기가 많은가 보군, 콘도."

"그, 그러지 마세요……. 3차원의 여자는 귀찮기만 한걸요. 저에게는 수많은 해군 소녀들과 야한 옷을 입힌 영혼도 있고."

'야한 옷을 입은 영혼이라니………… 대체 뭔데………….'

대화가 끝나는 걸 기다렸던 건지 온천여관 앞에는 무릎을 꿇은 아츠의 모습이 있었다. 이래저래 유혹이 많은 이 땅을 떠나 요새로 돌아가기로 결의를 다진 모양이다.

"부하에게 들었다. 요새로 돌아간다고? 내가 바래다 드리지."

"그건…… 참으로 영광이군."

콘도가 시선을 내리며 롱코트를 붙잡고 마왕이 아츠의 어깨에 손을 올린 순간, 풍경이 확 바뀌었다.

그 눈에 비치는 건 북방의 전란에서 성광국을 지키는 대요새, 게이트 키퍼였다.

'여기에 오는 건 오랜만이군. 그때는 유키미캉과 같이 마차를 타고 지나갔던가?'

그리운 나날이 머릿속에 떠올랐다. 마왕은 여기저기로 시선을 주었다.

전에 여기를 지나갔을 때는 초라한 분위기가 흐르고 있었지만 지금은 아니었다. 마담이 수배한 물자가 곳곳에 쌓여있고 그걸 나르는 남자들의 표정도 웃고 있었다.

짐은 식량이나 물의 마석만이 아니라 철, 동, 소금, 기름, 의복 등 다양했다.

이만한 물자가 요새에 쌓이는 일은 오랫동안 없었다.

"예전에 비해 상당히 활기가 넘치는군."

"…………덕분이지."

아츠도 요새에 감도는 밝은 분위기에 눈을 휘었으나, 딱히 마왕이 무언가를 한 건 아니다.

이건 전부 마담의 재력과 결단이 만든 것이다. 콘도는 복잡한 대화에는 관심이 없는 건지, 다각도의 시점에서 요새를 바라보며 들고 있던 태블릿에 어마어마한 속도로 무언가를 적어나갔다.

"이 지역은 기온 차가 심하다고 들었다. 부상이 완쾌된 축하 선물 겸 이 요새에도 온천을 설치하려고 한다만."

"마, 말도 안 되는 소리! 그러한 마성의 시설을 요새에 설치라니…………!"

"…………마성??"

"아, 아니! 그런 호화로운 시설을 세운다면 병사들의 사기가 저하될 우려가…………."

"그렇군……. 그럼 목욕탕을 설치하지. 이 요새에는 병사만이 아니라 여성이나 어린아이도 많다고 들었다. 하루의 피로를 풀어주는 건 역시 뜨거운 물이 최고지."

완전히 친절 강매였지만 온천여관 건설만큼은 저지했다며 아츠는 안도의 한숨을 흘렸다. 철벽같은 의지를 지닌 그조차 그 시설에서 벗어나기 힘들었기 때문이다.

그 온천이 최전선에 설치된다면 엄격한 군규조차 풀어질 것 같았다.

"콘도, 설치에 적합한 장소는?"

"네, 밖에서 눈에 띄지 않는 안전한 장소라면 여기인 것 같습니다."

콘도가 든 **기묘한 판**을 보고 아츠는 깜짝 놀랐다. 그곳에는 게이트 키퍼를 하늘에서 내려다본 듯한 지도가 그려져 있었기 때문이다.

"말도 안 돼…………. 왜 그런 그림이 존재하지?!"

"왜, 왜냐니, 그게, 위에서 본 것뿐인데요…………."

"여러 겹의 방어마법을 쳐둔 이 요새를? 위에서…………?"

아츠는 새삼 암담한 기분이 들었다. 여태까지 초월적인 힘을 다양하게 봤지만, 이건 결정적이었다. 군사기밀이고 뭐도 아무것도 의미가 없어진다.

성을 하늘에서 내려다볼 수 있다면 군대의 움직임도 방어도 전부 다 보여주는 셈이다.

"그럼 바로 설치하지. 오늘은 할 일이 많으니까."

"장관님, 저 이만 돌아가고 싶은데요…………."

"억지 부리지 마라. 타하라는 이 요새를 '최전선'이라고 했다.

앞으로를 위해서도 빠짐없이 전부 파악해둬."

아츠가 망연자실하거나 말거나 또다시 전이동을 사용하자 시야가 휙 바뀌었다.

그곳은 콘도가 지적한, 요새 중앙부에 있는 광장이었다. 갑자기 나타난 세 사람에 주변 사람들은 눈이 휘둥그레졌으나, 그 안에서 아츠의 모습을 발견하고는 저마다 환호했다.

"아츠 님, 돌아오셨군요!"

"보아하니 부상도 완치된 듯하여 다행입니다."

"우리의 맹주께서 돌아오셨어!"

아츠는 그들의 목소리에 어색하게 손을 들어서 대답했지만, 안색은 창백했다.

지금부터 터무니없는 것을 보게 되기 때문이다.

"그럼 거점에 칸다강을 더해서………… 나와라!《목욕탕》."

마왕이 손을 휘두르자 광장 한구석에 어딘가 향수를 자극하는 분위기를 지닌 건물이 탄생했다.

마왕에게는 익숙한 쇼와 시대의 목욕탕이지만 주변 사람들은 경악한 나머지 입을 떡 벌린 채 굳어버렸다.

본인은 아무렇지도 않은 얼굴로 돌아보며 태평한 목소리로 말했다.

"아츠 님은 목욕탕도 몇 번 이용하신 적이 있지?"

"…………그, 그렇지."

"그럼 설명은 맡기고……. 타하라에게 지시가 올 때까지 이 시설에 대해서는 함구령을 부탁하지. 아직 시장에 혼란을 주고 싶지 않으니까."

마왕은 의미심장하게 그런 말을 했지만, 전부 타하라 흉내였다. 이 남자에게 물이란 수도꼭지를 돌리면 나오거나 도르래로 길면 얼마든지 나오는 것일 뿐, 그 이상도 그 이하도 아니다.

이 절망적일 정도로 커다란 가치관의 차이는 앞으로도 줄어들 기척조차 보이지 않았다.

이 남자는 늘 '자신의 세계'를 중심에 두고 그 외의 세계는 인정하지 않으며 전부 덧칠해버릴 생각이니, 물 같은 건 사소한 문제일 뿐이다.

하지만 아츠는 이 시설이 가져올 터무니없는 '축복'을 알고 있다.

"물론이지. 우리를 위한 거듭된 배려를 절대 잊지 않겠네."

아츠는 깊이 머리를 숙여 감사를 표하는 동시에 어떻게 설명해야 할지 식은땀을 흘렸다.

이 건물에는 물이 무한으로 솟아난다고 설명했다간 머리라도 다친 거냐며 다시 입원시킬지도 모른다. 그렇지 않아도 마담이 이끄는 사교파와 화해한 문제도 설명해야만 하니 고생이 두 배였다.

"그럼 다음에 또. 가자, 콘도."

"네, 넵!"

두 사람의 모습이 순식간에 사라지자, 멈췄던 시간이 움직이기 시작한 듯 광장에 술렁거림이 퍼졌다.

갑자기 나타났다가 사라지더니, 어느새 기상천외한 건물이 우뚝 서 있으면 이해할 수 없을 만도 했다.

"아츠 님………. 지금 이건, 대체………."

"뭐야, 이 괴상한 건물은?! 마법인가?"

"저길 봐, 지붕에 있는 관에서 연기가 나와! 이 건물 타는 거 아니야?!"

"다들 놀라는 것도 이해한다. 하나씩, 그, 순서대로 물어보도 록………."

몰려드는 목소리에 아츠는 마음이 위축될 것 같았으나, 다들 무척 꾀죄죄하다는 걸 깨달았다. 그동안은 눈치채지도 못했을 부분이었다.

무관파의 영지에선 거의 내리지 않는 빗물이나 이따금 이 지역을 덮치는 눈보라를 이용해 마실 물을 얻었다. 몸을 씻고 옷을 매일 빨 수는 없다.

라비 마을에서는 하루 한 번씩 목욕과 빨래를 했지만, 다른 지역에선 말도 안 되는 사치다.

'앞으로 물이 부족할 일은 없다고…… 그걸 알면 다들 얼마나 기뻐할까.'

아츠는 어떻게 설명할지 골머리를 싸매면서도, 지금만큼은 해방감에 취하기로 했다.

'그럼 다음 장소에 갈까……….'

요새를 나온 마왕이 전이동으로 날아간 곳은 스 네오였다. 온갖 행동이 과대해석되므로 지금까지 거친 장소를 확인해둘 생각이었다.

'분명 여기는 유키미캉과 밥을 먹었던 가게였는데…………. 상당히 옛날 일 같군.'

눈앞에는 오 프랑스라는 간판이 세워진 여관이 있었다.

식당과 여관을 겸한 인기 가게다.

'여기도 일단 확인해둘까……. 나중에 무언가 지적을 받으면 귀찮아지니까.'

안에 들어가자 마왕의 모습을 본 주인이 펄쩍 뛰어오르듯 주방에서 나왔다. 스 네오는 현재 '수도 소란' 소문이 자자한 상태였다.

그 타이밍에 소문의 중심인물이 왔으니 참을 수 없었다.

"당신, 요즘 소문 난 마왕님이잖아! 유키카제와 미캉은 같이 안 왔어?"

"그래. 지금은 따로 행동하고 있다. 그 후로 별일 없었나?"

타하라가 묘한 곳을 찌르지 않도록 지나간 장소에서 떠볼 생각이었다. 그 모습은 신중하다기보다는 고식적이었다.

"별일이고 뭐고, 당신 덕분에 수도가 파괴되지 않았잖아! 들었어, 황국의 유사 천사를 날려버렸다고! 그거 진짜야?"

주인의 목소리에 주변에 있던 손님들도 잇달아 뭐라고 말을 하며 몰려들었다. 다들 소문의 중심인물에게서 직접 자초지종을 듣고 싶었던 모양이다.

"몇 번이고 말했지만 나는 방해되는 고철 덩어리를 배제했을 뿐이다. 그런 거창한 게 아니야."

이 남자에겐 길 위에서 방해하는 폐기물을 **치웠을** 뿐이라, 그런 걸로 호들갑스러운 칭찬을 들어봤자 반대로 놀림 받는 듯한 기분이었다.

당연히 그런 의도가 전해질 리 없으니 주변의 데시벨은 한층 커졌다.

"그걸 고철이라니…… 당신 미쳤어!"

"젠장, 미캉 녀석! 어느새 이런 실력자와 지인이 된 거야!"

"이봐, 당신! 우리 파티에 들어와 주지 않을래? 크게 벌 수 있는 이야기가 있는데."

몰려드는 목소리에서 도망치듯 고개를 움직이자 그곳에는 아는 얼굴이 있었다.

예전에 여기에서 담배를 피우던 광부들이었다. 마왕이 말없이 다가가자 광부들은 놀란 듯 일어나더니 안쪽에 앉은 거구의 남자를 보호하듯 가로막았다.

"예전에 너희를 우연히 본 적이 있었지. 그 후로 광산에는 돌아갔나?"

그 목소리에 광부들 사이로 동요가 퍼졌다.

저마다 쓰라린 표정을 짓는 가운데 안쪽에 있던 거구의 남자가 굵직한 목소리로 대답했다.

"네놈과 무슨 상관인데. 영웅인지 뭔지 모르지만, 네놈도 그 겁쟁이 왕의 따까리잖냐!"

남자는 키만 큰 게 아니라 몸뚱이도 근육질이어서 현역 프로레슬러 같았다.

마왕은 괜히 말을 걸었나 살짝 후회했지만 이미 늦었다.

"기대에 부응하지 못해서 미안하지만, 나는 이 나라와는 아무런 관련이 없는 남자다."

"아무 관련도 없는 남자가 황국과 목숨을 걸고 싸운다고? 웃기지도 않네."

남자가 눈앞으로 다가오자 마왕은 그 육체적 위압감 앞에 서게 되었지만, 옆에서 중재가 들어왔다. 프로레슬러 같은 남자와는 대조적으로 비쩍 마른 남자였다.

"냉정해지라고, 고다 형님. 이런 녀석에게 손을 댔다간 산을 통째로 빼앗길 가능성도 있잖아."

"…………이대로 가만히 있어봤자 서서히 말라죽을 뿐이지. 그렇지 않냐? 호네카와!"

"그렇다고 왕의 부하를 굳이 자극하는 건 악수잖아!"

두 사람의 대화를 들으며 마왕은 잘못 들은 게 아니었다고 재확인했다. 그 이름이 너무나도 특징적이었기 때문에 기억 속에서 좀처럼 사라져주지 않았기 때문이다.

"아무래도 오해하는 모양인데, 일이 없다면 너희에게 일감을 알선하고 싶어서 말이다."

이건 딱히 거짓말로 얼버무리는 게 아니다.

앞으로 에어리어 설치와 서쪽 광산지대 등을 고려하면 그들은 즉시 전력이 될 수 있을 것 같다고 마왕 나름대로 따져본 결과였다.

이 세계에 아무런 연줄도 없는 이상 아는 사람부터 뒤져보자는 자세다. 일감에 굶주려있었는지 고다도 성난 목소리를 죽이며 의심스럽다는 듯 눈썹을 찡그러트렸다.

"…………일이라고? 어디 산인데."

"성광국이다. 너희의 실력이 진짜라면 **내 산**에 들여줄 수 있다."

"그래, 그 겁쟁이 왕은 우리를 **타국으로** 쫓아내고 싶다는 건가. 이것 봐라!"

"잠깐만, 형님! 성광국의 서쪽과 남쪽에는 커다란 광산지대가 있어. 이야기만이라도 들어봐야 해. 형님 말대로 이대로는 말라죽을 거야."

"호네카와! 너는 나에게 그 겁쟁이 왕의 거짓말에 속아 넘어가라는 거냐?!"

두 사람의 말다툼은 한층 더 치열해지자 마왕은 의자에 앉아 담배를 피우기 시작했다. 콘도는 은밀자세로 기척마저 죽이고 게임에 집중하고 있었다. 고다는 입을 움직이는 것도 지쳤는지 마왕의 반대쪽에 털썩 앉아 어마어마한 안광을 보냈다.

"이것저것 생각하는 건 이제 질렸어. 그 겁쟁이가 우리를 쫓아내고 싶은 거라면 속아줄 수도 있지만, 조건이 있다."

"…………흐음, 뭐지?"

"네놈도 남자라면 근육으로 승부를 보자고. 단순하고 명확하잖아?"

고다가 통나무 같은 팔을 가리키며 도발했다. 길거리에서 느닷없이 프로레슬러에게 시비가 걸린 듯한 상황이라 마왕은 분노가 치밀 뻔했다.

'이 근육 돼지가 미쳤나! 너는 고릴라나 밥 샙 같은 양반이랑 겨루라고!'

마왕의 침묵을 두려움으로 해석한 건지 고다는 육식동물처럼 웃었다.

가혹한 광산에서는 이렇게 근육으로 해결하는 순간이 종종 있다. 힘이야말로 정의. 산에서는 가문이나 핏줄 같은 건 통하지 않는다.

"딱히 주먹질을 하자는 건 아니야. 겁쟁이 왕에 맞춰서 **이쪽** 으로 정해주마."

그렇게 말하며 고다는 테이블 위에 오른손을 올렸다.

예로부터 남자의 급을 나눌 때 자주 쓰였던 '팔씨름' 자세였다. 광부들은 익숙한 광경인 건지 일제히 흥분한 함성을 질렀다.

호네카와만은 질렸다는 듯 고개를 좌우로 도리질했다.

"하지 마, 형님. 또 상대의 팔을 부러트릴 셈이지? 몇 명의 팔을 부러트려야 만족할 건데."

"닥쳐봐. 승자가 패자를 거느린다. 이게 **산의 규칙**이다."

마왕도 귀찮아진 건지 말없이 오른손을 테이블 위에 올렸다.

처음부터 결과가 보이는 승부였다.

"먼저 말하지만 나에게 팔씨름으로 도전한다는 건 무모하기 그지없는 행위다."

"하! 수도를 구한 영웅님이시다? 괴물의 거죽을 벗겨주마, 겁쟁이 부하놈!"

"잡담은 됐고. 와라…………."

"하핫! 후회해도 모른다고——! 흐읍…… ㅇㅇㅇㅇㅇㅇ읍?!"

고다는 가볍게 넘어트리려고 했지만, 마왕의 손은 1밀리미터도 움직이지 않았다. 오히려 왼손에는 담배를 든 채로 여유가 넘치는 모습이었다.

고다의 얼굴이 시뻘겋게 물드는 걸 보고 광부들의 입에서 술렁거림이 퍼졌다.

어떤 난봉꾼도, 훌륭한 기사도, 저명한 용병이라고 해도 고다 형님을 팔씨름으로 이기지 못했다. 그 신화가 지금 무너지려 하고 있었다.

"어떻, 게, 된 거야…… 이 자식, 뭔가 묘한 가호라도……!"

"남자의 팔 힘에 속임수 같은 게 있겠냐. 쩨쩨한 소리 하지 말고——."

마왕은 그렇게 투덜거렸지만, 속임수는 있었다. 최종 보스인 쿠나이에게 어떤 종류의 힘 대결을 시도하든 이길 수 있을 리없으니까.

마왕은 퍼포먼스라도 하려는 건지 손가락을 스르륵 풀더니 검지 하나로 고다의 맹공을 받아내고, 끝내 손가락 하나로 상대의 몸뚱이까지 휙 넘겨버렸다.

주변에 의자와 테이블이 요란하게 굴렀지만 마왕은 아무 일도 없었다는 양 담배를 물고 유유히 담배 연기를 내뿜었다.

그 황당무계한 광경에 고다만이 아니라 주변에 있던 광부들도 조용해졌다.

"너는 조금 전에 규칙을 입에 담았지. 나는 그런 종류의 **설정**에는 까다롭거든. 약속대로 나를 섬겨야겠다. 안심해라, 너희가 실력 좋은 장인이라면 일은 보증하지."

마왕은 어안이 벙벙해진 호네카와에게 한 장의 명함을 건네고 그대로 가게를 떠났다. 콘도는 소동 같은 건 눈에 들어오지도 않았다는 모습으로 게임기를 보며 마왕의 뒤를 쫓아갔다.

종잇조각을 받은 호네카와는 한동안 정신을 차리지 못했다가 거기에 적힌 글자를 보고 안색이 바뀌었다. 그것이 무엇을 의미하는지 전혀 알 수 없었기 때문이다.

'이건 뭐지………… 암호? 아니면 귀족의 풍습…………? 아니, 그 전에!'

멍하니 천장을 올려다보며 굳어있는 형님을 호네카와가 허둥지둥 부축해 일으켰다.

고다는 넋이 나간 듯한, 꿈이라도 꾸는 듯한 얼굴이었다.

"형님, 괜찮아?!"

"졌다…………? 내가…………?? 손가락, 하나에…………?"

"정신 차리라고! 당신에게 무슨 일이 생기면 우리는 길거리에 나 앉는단 말이야!"

고다는 호네카와가 든 종이에 시선을 주더니 거기에 적힌 글자를 작게 중얼거렸다.

거기에는 《국민행복관리위원회 장관 쿠나이 하쿠토》라는 기묘한 글귀가 적혀 있었다.

가게에서 나온 두 사람은 높은 곳에서 스 네오의 수도를 내려다보며 피해 상황을 확인했다. 이미 복구작업이 시작되었지만 고대 악마와 유사 천사가 남긴 상흔은 아직 생생했다.

"여기서 장관님과 타하라 씨가 살육의 끝을 보았던 거군요…….
흉악해라."

"무슨 착각을 하는 거냐. 우리는 문제를 진압한 쪽이다."

콘도가 중얼거린 한마디에 마왕이 즉각 반응했다. 자신을 살육의 대마수로 여기는 말이니 참을 수가 없었다.

"만약을 위해 이 마을도 파악해둬라. 어디가 전장이 될지 알수 없으니."

"네──《파노라마 아이》."

콘도가 특수 능력을 발동해 수도 전역을 시야에 넣었다.

동시에 태블릿 위로 펜을 움직였다. 거의 무의식적인 움직임으로, 수도를 다양한 각도와 시야로 확인하여 데이터로 옮기는 중이다.

마치 수도 전역을 스캔하여 복사하는 것이나 마찬가지다.

"기억했습니다. 나중에 방에서 데이터화할게요."

"음, 잘했다."

콘도의 특수 능력은 시야에 담은 풍경을 마치 카메라로 촬영하듯 기억해서, 머릿속에서 언제든 재현해 끌어낼 수 있다.

그 모습은 걸어 다니는 촬영기기라고 할 수 있다. 마왕의 칭찬에 콘도는 태블릿을 든 손을 등 뒤에서 모으고 기쁘다는 듯 걸었다.

"장관님, 저는 다양한 걸 데이터화하는 걸 좋아해요."

"데이터화라⋯⋯⋯⋯. 요즘 애들다운 발언이군."

말한 뒤에 아저씨 같은 멘트였다며 마왕은 자조했다.

그러나 이어지는 말에 무심코 발을 멈췄다.

"하지만 이 세계는 수치화하고 싶지 않다고⋯⋯ 그런 생각도 들어요."

모든 게 수치화된 세계.

그건 과거 대제국이 지배한 세계를 떠올리게 되기 때문이다.

"⋯⋯그렇게 되진 않는다. 한 번 더 다시 만들어야지. '세계'를."

"아⋯⋯ 으⋯⋯."

마왕은 콘도의 머리에 손을 툭 올린 뒤 그대로 《전이동》을 써서 이동했다. 그곳에는 끝없이 이어지는 대삼림── 그것도 신역에 가까운 숲이 펼쳐져 있었다.

"괴, 굉장한 숲이에요⋯⋯. 혹시 엘프가 사는 숲이라거나?!"

"뭐, 있는 것 같긴 한데⋯⋯⋯⋯ 나는 만난 적이 없군."

"여러모로 클리셰죠. 엘프가 사는 숲에 불을 질러서 노예상이나 오크에게 파는 건가요?"

어째서인지 콘도는 싱글벙글 즐겁게 이야기했다.

상당히 편향적인 지식으로 이야기하는 모양이었다.

"왜 그런 짓을 할 필요가 있는데⋯⋯⋯⋯."

"숨기지 마세요, 장관님. 저도 엘프가 어떤 대우를 받는지는 아니까요. 대체로 성노예가 되거나, 오크나 고블린 같은 마물의 씨받이가 되는 게 일이잖아요. 아니면 장관님의 하렘이 넣으실 건가요? 다크 엘프에겐 음문(淫紋)을 각인하———."

"진정해, 콘도———."

"힉, 죄송합니다! 장관님의 씨받이 엘프 임신 프레스 목장에 참견해서!"

"왜 내가 그런 걸 만들어야 하는 거냐…………."

콘도의 얼토당토않은 발언에 마왕은 얼굴을 덮었다. 조금이라도 오해를 풀고 잔인한 인물상에서 벗어나려 하고 있는데 한층 악화한 듯한 모습이었다.

"이렇게 된 거 내가 디자인한 음문을…… 어라? 이상하네……."

"왜 그러지?"

"뭔가 이상해요. 시야에 왜곡이……. 야겜에 들어가는 모자이크라고 해야 할까, 야애니에서 중요한 장소에 하얀 안개가 낀다거나 부자연스러운 빛줄기로 가리는 듯한…………."

"설명이 너무 편향적이다. 평범하게 말해."

콘도가 이변을 설명하려고 했으나 답은 위에서 돌아왔다.

그것도 머릿속에 직접 울리는 방식으로.

《나의 신사를 엿보려 하다니…………. 자네의 부하는 다들 교육이 안 되어있구나.》

"흐아앗! 장관님, 비치 같은 할망구의 목소리가 머릿속에 직접!"

《정말로 교육을 못 받았군…………. 요 녀석, 인간기둥(과거 일본에서 대규모의 건물을 세울 때 재해를 피하게 해달라고 신에게 기도하며 산제물을 매장, 혹은 수장하던 인신 공양 풍습.)으로 삼아버릴까.》

신역에 사는 대신주의 목소리였다.

마왕도 그 목소리를 듣고 과거 신사가 있던 장소로 걸어갔다.

"마침 잘 됐군. 네게 물어보고 싶은 게 있었다. 콘도, 너는 여기서 대기하도록."

"기다려주세요, 장관님! 저 혼자서는 엘프에게 잡혀서 정액 탱크가 되어버릴 거예요! 그 녀석들의 성욕은 어마어마해서 요즘은 오히려 오크 쪽이 정기를 쪽쪽 빨린다고요!"

"조용히 해. 그리고 가끔은 평범한 책도 읽어라."

마왕이 걸어가자 공간이 일그러지더니 이윽고 장엄한 신사가 나타났다.

얼마 전에 찾아왔던 곳임에도 그곳은 무척이나 그리운 분위기가 흘렀다.

"또 왔냐, 사악한 면상! 어지간히 외로웠나 보네. 친구 없지!"

"우, 우리랑 친구 하려고 해도 그렇게는 안 될 거니까!"

변함없이 얄밉게 입을 놀리는 새끼 여우가 튀쳐나왔지만, 마왕은 어른스러운 태도로 웃었다.

오늘은 해야 할 일이 많기 때문이다.

"교육이 안 된 건 피차일반이군. 너희는 이거라도 먹으면서 얌전히 있어라."

마왕은 기력 회복 아이템 중 하나인 《유부》를 만들어냈다.

과거 회장에 존재했던 에어리어 《육도 신사》에서 주울 수 있는 아이템이다. 개발팀 멤버들은 일본의 신사나 절을 좋아하는 건지 변태같이 디테일을 파고들어 만든 에어리어였다.

"사, 사악한 면상이 주는 것 따윈 안 받아! 이런 것까지 준비하다니, 우리와 간절히 친구가 되고 싶은 모양이잖아……. 허나 거절한다!"

"우리가 뇌물에 넘어갈 줄 알았냐!"

두 사람은 그렇게 말하며 눈에 쌍심지를 켰으나, 꼬리를 붕붕 흔들리고 있었다.

입은 거칠지만 아무래도 좋아하는 음식인 모양이다.

"여우에게 바치는 공물이라면 이거잖아? 먼 옛날에는 쥐를 튀겼다는 모양이지만."

"쥐를 누가 먹어!"

"오라버니! 이 녀석 우리를 무시하는 것 같아요!"

마왕은 상대하지 않고 접시에 담은 유부를 막무가내로 넘겼다. 그 순간 두 명의 눈이 반짝반짝 빛나더니 귀도 연동하듯 쫑긋쫑긋 움직였다.

"흐, 흥…… 뭐, 공양이라고 하니 받아주지 않을 것도 없지……."

"사악한 인간이 준 음식 같은 건 우리의 고급 입맛엔 통하지 않아요!"

"여전히 솔직하지 않은 꼬맹이들이라니까………."

마왕은 쓴웃음을 지으며 신사 안쪽으로 향했다.

몇 개의 문과 토리이를 지나가자 본전(本殿)이 보였지만, 뒤에서 '맛있어!'라는 목소리가 들리자 마왕은 무심코 어깨를 떨었다.

본전 안에는 묘령의 여인이 한 명 앉아있었다.

가슴께가 크게 벌어진 무녀복을 입은 그녀의 모습은 한눈에 봐도 요염했다. 새끼 여우들과 마찬가지로 머리에는 여우 귀가 달렸지만, 꼬리는 보이지 않았다.

"드디어 만났군. 대신주님이랬던가. 새삼스럽지만 자기소개가 필요한가?"

"필요 없다. 마왕을 자칭하는 남자여, 자네에게 고맙다고 말해야겠구나. 케일 건을 비롯하여 그 골칫거리인 벨페고르마저 쓰러트려 주었으니."

마왕은 그걸 듣고 내심 '좋았어' 하고 기뻐했지만 조금도 티를 내지 않았다.

신발을 벗고 본전에 올라간 뒤 익숙한 손길로 방석을 깔고 앉았다.

"고맙다면 실물로 표현해주었으면 하는데."

"호오…………. 실물이라니 흥미롭구나. 자네는 나에게 무엇을 원하지?"

어째서인지 대신주는 눈을 빛내며 물었다. 마왕의 입에서 나오는 말이나 사소한 동작에 이르기까지 모든 것에 관심이 있는 것 같았다.

"너는 이 나라의 권력자인 것 같던데, 국경 요새에는 손을 대지 말라고 명령할 수 있나?"

"음?? 공화국이라는 녀석들의 요새를 말하는 건가?"

"그래. 가능한가?"

"뭐냐, 그건…………. 무슨 말을 하나 했더니, 시시하구나. 자네는 얼굴만 무서운 건가?"

"얼굴은 됐고! 그보다 할 수 있다면 약정이 될만한 걸 써줘야

겠어.”

“하아, 시시해라…… . 그 녀석도 실망하겠지………… .”

“너 말이다, 멋대로 기대받고 멋대로 실망당하는 사람의 마음
도 헤아려보라고………… .”

대신주는 투덜투덜 중얼거리면서도 서약서로 보이는 한지 위
에 붓을 놀린 후 도장을 찍었다.

거기에는 ‘평범한 인간에겐 관심 없습니다. 떠나라’라고 적혀
있었다.

“이제 장난하나! 이게 무슨 약정이 된다는 거야!”

“그래, 그래. 적으면 되지 않으냐. 적으면………… .”

한지에 ‘국경 요새에 손을 대지 말지어다’라는 문장이 추가되
자 그럴싸한 문서가 완성되었다.

본래 화의나 계약에 관한 서류는 복잡하기 그지없지만, 여태
까지 수인들과의 관계를 생각하면 이 한지 한 장을 얻어낸 것만
으로도 뜻밖의 쾌거다.

“그리고 너는 좌천사를 알고 있는 것 같던데, 자세히 들려줘.”

여기서부터가 본론이라는 듯 마왕은 재떨이를 꺼내놓고 담배
에 불을 붙였다. 그걸 본 대신주도 담뱃대에 잎을 담아 느릿느
릿 불을 피웠다.

“자세히고 뭐고, 그것은 항간에서 말하는 대로 타락한 천사이
니라.”

“잘 모르겠다만. 원래는 평범한 천사였다는 건가?”

좌천사도 ‘원래는 하얀 모습이었다.’라고 했던 걸 떠올린 마왕

은 생각에 잠겼다.

그런 모습을 보고 대신주는 몹시 유쾌하다는 듯 깔깔 웃었다.

"자네야말로 대담하게도 루시퍼를 자칭하고 있지 않나. 타락한 천사에 대해 누구보다도 잘 알고 있을 텐데?"

"그건 방편이라고 해야 하나, 이래저래 사정이 있어서…… 아무튼! 나는 그 녀석에게 소환당했다. 그 외에도 알고 있는 게 있다면 가르쳐줘."

"흐음, 소환당했다? 그 녀석은 무슨 생각으로 그러한 일을 하였는지…………."

"아무래도 이 세계에 '혼란과 파멸'을 불러오는 걸 원하는 것 같던데."

마왕은 자신의 손가락에 낀《마왕의 반지(사탄 링)》에 시선을 내렸다. 그곳에 각인된 미터 같은 것은 착실하게 증가하여 이전보다 한층 흉악한 느낌이었다.

"말 그대로 타락한 천사다. ……그 녀석은 약한 인간의 소원을 계속 들어주다가 끝내 제 몸까지 좀먹었지. 한결같고, 순수하고, 어리석은 여자였다."

대신주는 절절히 곱씹듯이 이야기했으나 마왕은 옛날이야기엔 관심이 없었다.

듣고 싶은 건 더 구체적인 정보였다.

"예를 들어 그 소원을 이루면 나는 원래 세계로 돌아갈 수 있는 건가?"

"호오, **원래 세계**라──?"

마왕은 너무 대놓고 말한 걸지도 모른다고 후회했지만, 대신주는 그 단어에 끌린 건지 거리를 바싹 좁혔다. 어느새 입맞춤이라도 나눌 수 있을 법한 거리에 얼굴이 있었다.

"어이, 가깝잖아…………. 떨어져."

"자네는 무엇을 알고 무엇을 모르고 무엇을 기억하고 무엇을 잊어버렸는지? 적어도 자네의 몸에는 또 하나의 가호, 믿기 어려울 정도의 축복…… 아니, **기적**이 느껴지는군."

대신주는 마치 구석구석 핥듯이 마왕의 얼굴을 빤히 쳐다보며 눈을 빛냈다.

심지어 마왕의 어깨에 턱을 올리고 도발적인 시선을 보냈다.

"뭐가 축복이냐. 아쉽지만 나는 신도 부처도 안 믿는다."

마왕은 고개를 휙 돌렸지만 대신주는 놓치지 않겠다는 듯 팔을 붙잡고 그 몸을 강한 힘으로 끌어당겼다. 대신주는 눈을 크게 뜨고 있었다. 기이한 분위기였다.

"게다가 자네에게서는 '세계'가 느껴진다……. 세계 그 자체, 혹은 세계의 일부를 만들어내는 힘. 그리고 '적'의 기적. 어째서인지 자네는 그것을 **이어 받았구나.**"

대신주는 증오와 애정이 뒤섞인 듯한 눈빛으로 마왕을 쓰러트리더니 그 위로 몸을 올렸다. 관능적인 모습이긴 했지만 완전히 강간하려는 자세였다.

"이봐, 무슨 생각이지? …………떨어져!"

"기르고 싶어졌다."

"…………뭐?"

"나와 이 신역에서 천 년을 보내지 않겠는가? 여기에 가둬놓고 길러보고 싶구나. 여태껏 살면서 자네처럼 흥미로운 남자는 처음 보았으니 말이다."

"미쳤나! 나는 장수풍뎅이가 아니라고!"

마왕은 허둥지둥 일어나 본전에서 떠나려고 했다.

하지만 대신주는 가볍게 점프하여 마왕의 등에 매달렸다.

"놓치지 않겠다…… 너만은……."

"히이익!"

마왕은 억지로 대신주를 뿌리친 뒤 뒤도 돌아보지 않고 뛰어 신사를 뒤로했다. 남은 건 화창한 햇살과 태평하게 지저귀는 새소리뿐이었다.

"흐음, 도망쳐버렸구나……. 하지만 좋은 몸이었지."

대신주는 입술을 날름 핥고는 먹이를 놓친 듯한 표정을 지었다. 그런 모습을 비난하듯 투명한 목소리가 본전에 울려 퍼졌다.

이 나라를 다스리는 진짜── 용인의 목소리였다.

"무슨 생각이냐, 구미호. 나에게 쓸데없는 것을 보여주지 마라."

"또 훔쳐본 게냐. 저자가 신경 쓰여서 견딜 수가 없는 모양이로구나, 타츠?"

"닥쳐라. 그래서, 저 남자는 정체가 뭐지?"

용인은 짜증 난 듯 말했지만, 대신주는 아무렇지도 않게 대답했다.

직접 접촉하여 무언가를 감지한 모양이었다.

"저 남자는 좌천시와 치천사의 축복을 받은 첨병, 아니, 침략자다——."

그 말에 타츠는 숨을 삼켰고 대신주도 마왕이 떠난 방향으로 시선을 주었다. 그곳에 마왕의 모습은 이미 없었지만, 짙은 기척만큼은 아직 남아있었다.

이날 대신주는 그 외에도 알아차린 게 있었으나, 그건 가슴속에 담아두었다.

그것을 알렸다간 그야말로 '파멸과 혼돈'을 부른다고 판단했기 때문이다. 대신주의 선택은 옳았던 건지, 틀렸던 건지.

그게 판명되는 건 또 얼마간의 시간이 필요했다.

'미저리냐고! 그 자식, 완전히 날 감금하려고 했어!'

간신히 호랑이굴에서 도망친 마왕은 맹렬한 속도로 신사를 떠나 콘도가 있던 장소로 돌아왔다.

그곳에는 갓 태어난 새끼사슴처럼 다리를 부들부들 떨고 있는 콘도의 모습이 있었다.

"너무하세요, 장관님! 엘프의 숲에 저를 두고 가시다니! 강간이 국가 스포츠인 패턴이었다면 저는 미라가 되었을 거예요!"

'강간당할 뻔한 건 나라고!'

마왕은 그렇게 외치고 싶었지만, 이 자리에서 빨리 떠나는 게 먼저였다. 주위를 확인하고 어쩐지 빨라진 어조로 말했다.

"콘도, 오늘 일은 이걸로 끝이다. 마을로 돌아가도 돼."

"정말이에요?! 만세에에에에! 저는 완전 재택 드리머로 돌아가겠습니다!"

'드리머는 개뿔! 그냥 백수잖아!'

콘도는 신이 나서 경례하고는 즉시 모습을 감췄다.

마왕도 녹초가 되어 초췌한 표정으로 《전이동》을 사용했다. 목적지는 조금 전 회의에도 나왔던 루키 시였다.

홀리 브레이브와 접촉할 필요가 있었기 때문이었으나, 다른 용건도 남아있었다. 역침공을 정리한 후 그대로 따로 행동하게 된 유키미강이 어떻게 지내는지 확인할 생각이었다.

문제의 루키에서는 복구작업 일을 받은 노동자와 거기에서 탈락한 실직자로 혼란스러웠다. 전자도 매일 일을 받을 수 있는 게 아니라 입장은 무척 불안정했다.

"내일은 일이 있을까…………."

"근무태도가 좋은 녀석부터 뽑히니까. 저기 봐, 또 감독이 눈을 빛내고 있잖아."

"저 자식, 자기에게 굽신거리는 녀석들만 뽑고 말이야."

"암담해………… 너무나도…………."

그들의 입에서 나오는 건 현 상황에 대한 불만.

감옥미궁이 봉쇄되자 도시의 경제는 죽은 것이나 마찬가지였다. 미궁에 들어가는 모험가와 그들을 상대하는 장사밖에 안 했기 때문이다.

복구라고 해도 공화국에는 도시를 재건할 열의가 없으니 자금을 내는 것도 소극적이었다.

심지어 공화국은 도시를 버리고 이미 성광국에게 맡기는 방향으로 틀어버렸다. 그걸 알면 주민들은 경악할 것이다.

"유일한 빛은 미캉 뿐이야. 그 애가 있기만 해도 기분이 밝아져."

"게다가 그 갈색 피부! 으으음."

"섹시해………… 너무나도…………."

밝고 건강한 색기를 지닌 미캉은 남녀 불문 호감을 받는 타입이었다. 옆에 있는 유키카제도 남자에게서 열광적인 인기를 누렸다.

"하아…… 유키랑 미궁 들어가고 싶어…………."

"너 정도의 실력으로는 무리야. 그 도자기 같은 피부를 볼 수 있다는 것만으로도 행복이지."

"새하얘………… 너무나도…………."

"너 아까부터 비슷비슷한 말만 하고 있지 않냐?"

화제의 중심인 미캉은 잇달아 잔해를 치우고 주위에도 척척 지시를 내렸다. 유키카제는 지팡이를 들고 주위에 냉기를 뿌렸다.

그녀의 지팡이에는 '녹지 않는 얼음'이라고 불리는 스노우 크리스탈이 박혀 있기 때문에 약간의 기력으로 주변의 온도를 낮춰줄 수 있다.

"…………아저씨를 오랫동안 못 봤어. 힝."

"힝은 무슨. 너도 조금은 일해!"

"…………힝을 넘어서 빼앵."

"이해할 수 없는 소리 그만해!"

멍하니 서 있는 유키카제와 이리저리 바쁘게 움직이는 미캉의 모습은 참으로 대조적이었다.

　말 그대로 정(靜)과 동(動)의 콤비다.

　"더워어어…… 땀으로 푹 젖었어. 유키카제, 《백색광(화이트닝)》 부탁해."

　"…………기력은 한정된 것. 작업이 끝났을 때 해야지."

　"그렇긴 하지만~! 애초에 너는 서 있기만 할 뿐이잖아!"

　"…………섰다? 대낮부터 음담패설을 외치지 말아줘."

　"네 귀는 어떻게 되어 먹은 거야?!"

　그런 두 사람 앞에 마왕이 불쑥 모습을 드러냈다. 그 모습을 보고 유키카제는 즉시 자신에게 《백색광(화이트닝)》을 영창했다.

　"너! 작업 끝났을 때 하겠단 말 어디 갔어!"

　"…………아저씨는 모든 것에 우선해."

　"앞뒤는 맞아야 할 거 아냐!"

　"…………앞도 뒤도 모조리 써서 뭘 삼키려는 거야? 문란해."

　그 말에 미캉은 무심코 주먹을 꽉 쥐었지만, 마왕의 손이 제지했다.

　주위에 있던 노동자들도 마왕의 모습을 보고 수군거렸다. 이 남자가 지난번 역침공을 막았다는 소문의 중심인물이었으니까.

　"저게 성광국에서 온 마왕인가………."

　"저 남자가 히드라를 통구이로 만들었다는 바로 그!"

　"무서워………… 너무나도………."

　마왕이 나타나는 바람에 현장이 완전히 멈춰버렸지만, 감독도 이렇게 하지 못하고 당황하기만 했다.

일을 방해하지 말라고 했다간 자신이 통구이가 될지도 모른다.

그 점에서 겁을 상실한 미캉과 유키카제는 주변에서 조마조마할 정도로 당당했다.

"방해하지 마! 아니, 당신 뭐 하러 온 거야?"

"…………무엇? 그것? 아이, 아저씨도 참."

"너희들은 변한 게 없구나……. 어느 의미 안도가 되는군."

그렇게 말하며 마왕은 품에서 지도를 꺼냈다.

대륙의 대략적인 지도가 그려져 있지만 빠진 부분도 많다. 유키카제는 슬쩍 마왕과 팔짱을 끼면서 지도를 들여다보았다.

"…………아저씨, 신혼여행 상담?"

"만나자마자 헛소리하지 마라."

미캉도 마찬가지로 지도를 들여다보았지만 바로 고개를 저었다.

"이 지도 뭐야? 지명도 제대로 적혀 있지 않은 데다 낡았잖아."

"…………아저씨, 북방은 전쟁 결과에 따라서 국경선도 마구마구 바뀌어."

"그렇군. 그럼 너희들은 이 유리티아스라는 나라를 아나?"

마왕의 말에 두 사람은 서로의 얼굴을 쳐다보며 묘한 표정을 지었다.

그 반응으로 보아 썩 좋은 추억은 없는 모양이었다.

"교역이 왕성하고, 루키 단계를 벗어난 모험가가 목적지로 삼는 곳이야. 다만…………."

"다만?"

"그곳은 이래저래 뒤가 많은 나라거든."

떨떠름한 표정인 미캉을 보고 마왕도 귀찮을 것 같은 나라임을 알아챘다. 하지만 측근과의 회의에서도 화제가 된 나라이니 피해 갈 수 없는 장소였다.

"…………여기에는 별 하나짜리 모험가가 드나드는 '파란 벽돌'이라는 이름의 미궁이 있어. 투기장도 있고 불법 도박도 왕성해. 위험한 약물도 팔고, 노예매매도 당당히 이뤄져."

유키카제가 웬일로 길게 말했다.

미캉도 동조하듯 유리티아스를 헐뜯었다.

"왕도는 막 루키에서 탈출해 들뜬 모험가를 뜯어먹으려는 함정으로 가득해. 범죄조직도 많고."

"골치 아픈 나라인 모양이군. 위에 있는 밀크라는 나라는 평화로워 보인다만."

마왕은 이름만 보고 초등학생 같은 감상을 내놨지만, 미캉은 맹렬하게 도리질했다. 순박해 보이는 나라 이름과는 반대로 여기에 사는 건 사나운 유목민족이기 때문이다.

"무슨 소리야! 이곳 녀석들은 일년내내 타국을 침략해서 닥치는 대로 불을 지르는 놈들이라고. 물건도 훔치고 사람도 납치하고, 쓰레기 집단이야!"

"…………밀크에는 중앙을 가로지르는 산이 있는데, 그걸 두 개의 대초원이 감싸고 있어."

유키카제는 《매직 펜》을 꺼내 지도에 산과 초원을 덧그렸다. 베테랑 모험가답게 각국의 지리에도 자세한 모양이었다.

미캉도 아래쪽 절반을 차지한 초원을 가리켜 여러 개의 부족이 나눠서 지배한다고 설명했다.

"이쪽이 타임라인 대초원. 저곳은 동료 내에서도 영역 전쟁을 벌이고 있어."

"다양한 의미로 풀이 자랄 것 같은 지명(우리나라의 ㅋㅋㅋ에 해당하는 일본의 www를 풀이 자란 모양과 비슷하다고 해서 생긴 표현.)이 군…………."

"뭐? 대초원이니까 당연히 풀이 자라지."

"아니, 그런 의미가 아니라………… 뭐, 됐다. 산 북쪽은?"

"그쪽은 트위터랜드 대초원이야."

"역시 지명이 이상하잖아! 누가 지은 거야!"

"뭐라는 거야? 이상한 건 네 머리고!"

마왕은 무심코 태클을 걸었지만, 이 세계의 주민들에겐 딱히 이상한 지명이 아닌 모양이었다.

미캉의 얼굴에는 '이 자식이 뭐래?'라고 적혀 있었다.

"뭐, 됐다……. 여하간, 우선은 이 유리티아스에 가야겠군."

————이봐, 유리티아스라고?————

마왕이 그렇게 중얼거렸을 때, 인파를 가르고 한 명의 모험가가 나타났다.

과거 감옥미궁에서 만났던 엔조이라는 남자였다. 마왕을 아저씨라고 부르는 바람에 돌멩이에 배를 맞았고, 그 충격에 성대히 방귀를 뀐 남자였다.

"포기해. 그곳은 너 같은 녀석이 살아남을 수 있는 곳이 아니라고."

엔조이는 거만하게 손을 팔랑팔랑 흔들며 업신여기는 표정을 지었다. 그는 미캉에게 마음이 있기 때문에 미캉 앞에서 폼을 잡고 싶은 모양이었다.

하지만 마왕은 떠올리는 것조차 한참이 걸리는 존재였다.

"너는 그러니까………… 방귀남이었던가."

"엔조이다! 이상한 이름으로 부르지 마!"

"내 기억에 남고 싶다면 스컹크로 이름을 바꾸든 해라."

"그렇게 죽고 싶냐……. 지난번에 진 빚도 있지. 여기서 죽여 주마, 아저씨!"

마왕의 도발에 넘어간 엔조이는 공격하기 위해 돌진했으나, 유키카제가 가볍게 지팡이를 휘두르자 나타난 마법의 바람이 엔조이의 몸을 날려버렸다.

"…………사회적 거리 두기. 방귀 회피."

"엔조이라고 했던가. 너는 생명 활동을 자숙해라."

유키카제와 마왕이 마음껏 떠들어대자 엔조이는 얼굴이 시뻘겋게 붉히며 일어났다.

그도 나름대로 실력이 있는 모험가이지만 이번에는 상대가 너무 나빴다.

"빌어먹을…… 이 자식, 유리에 간다고 했었지. 그곳에서 끝장을 내주겠어!"

엔조이는 그렇게 외치더니 울분을 참을 수 없다는 표정으로 달려갔다. 그 모습을 보고 미캉은 절레절레 고개를 저었고 유키카제도 작게 중얼거렸다.

"……쟤는 유리에서 빈털터리가 되어 여기로 돌아왔으면서."

"음, 그랬군. 그래서 이 마을에 계속 머물렀던 건가."

"…………아저씨, 지금 주물렀다고."

"안 했어."

틈만 나면 섹드립을 날리는 유키카제에게 대꾸하며 마왕도 홀리 브레이브를 만나기 위해 이 자리를 떠나기로 했다.

그 소매를 유키카제가 꽉 붙잡았다.

"…………아저씨, 곁잠 자기로 약속한 거 잊지 마."

전에 저녁을 같이 먹기로 약속했다가 깨트리는 바람에 일방적으로 하게 된 약속이었지만, 지금도 이 도시에서 복구작업에 종사하는 걸 생각하면 무시할 수 없는 요청이었다.

"음, 타이밍이 맞…… 으………… 면…………."

"…………문제없어. 타이밍은 맞추는 거야. 갈 때는 함께야."

"무슨 소릴 하는 거냐, 너는."

마왕은 진절머리를 내면서 미캉에게 다가간 뒤 한 장의 동전을 건넸다. 동전을 받은 미캉은 그걸 보고 눈이 휘둥그레졌다.

"잠깐, 이거 대금화잖아!"

"당분간 이 도시의 상태를 지켜봐다오. 그건 심부름 값이다."

"대금화가 심부름 값이라니…………. 당신 뭐야?!"

마왕은 그 말엔 대답하지 않은 채 손을 흔들며 그 자리를 떠났다. 이다음은 홀리 브레이브를 만난다는 큰 일거리가 기다리고 있었다.

하지만 그 등에 유키카제가 추가 공격을 날렸다.

"⋯⋯⋯아저씨."

"뭐냐?"

"⋯⋯⋯사랑에 가석방은 없어."

"내가 언제 체포당했다고!"

마왕이 떠나자 그제야 현장이 조금씩 움직이기 시작했다. 이 장소만이 아니라 복구작업은 도시 전체에 퍼져 있는데, 그중엔 마왕의 목표인 홀리 브레이브의 모습도 있었다.

오타메가는 인부들과 함께 자재를 나르고 때로는 지시를 내렸다. 용사라기보다는 완전히 현장감독이었다.

마왕은 《은밀자세》로 모습을 감추고 질리지도 않고 오타메가의 모습을 시선으로 쫓아갔다.

'기묘한 녀석이군. 왜 타인을 위해 그렇게까지 필사적으로 움직일 수 있는 거지⋯⋯⋯.'

오타메가 휘하에 있는 삼연성도 주변국에 이름을 날린 저명한 기사이지만, 다들 웃통을 벗고 지시를 날리며 불타버린 목재 등을 연신 나르고 있었다.

오타메가 주변에는 늘 활기와 웃음이 넘쳐났다. 지극히 자연스럽게 '밝은 미래'를 퍼트리는 것처럼 느껴졌다.

'여태까지 사회봉사자나 기부금을 모집하는 인간은 썩어날 정도로 봤지만⋯⋯⋯.'

그런 저명인이 호화저택에 살면서 값비싼 외제차를 끌고 다니는 모습을 볼 때마다 이 남자는 흥이 깨져버린 건지 그런 종류의 봉사에 참여한 적이 없다.

일반인에게서 돈을 받기보다는 네가 그 차를 팔면 얼마든지 사람을 구할 수 있지 않겠나. 물론 칭찬받을 만한 사고방식은 아니지만, 비슷한 생각을 하는 사람은 의외로 많을지도 모른다.

'그 점에서 이 녀석은 늘 솔선해서 자신이 움직이고 돈을 내지…………'

타국의 빈민에 너무 관여하는 바람에 자국 내의 입지가 악화하고 있으며 그 기반이 휘청거렸지만, 그래도 오타메가는 봉사 활동을 그만둘 기색조차 없다.

괴짜라고 불리는 인간은 가끔 출현하지만, 자신의 파멸을 걸면서까지 기행을 관철하는 사람은 잘 없는 법이다. 마왕은 '자신의 의사'를 밀고 나가는 이 오타메가라는 남자에게서 이미 눈을 뗄 수 없게 되었다.

"앞으로 조금만 더 하면 휴식입니다. 여러분, 힘냅시다!"

""네!""

지금도 오타메가 주위에는 많은 사람이 모여 서로를 격려하고, 어린아이들까지 뒤를 쫓아다니며 작은 손으로 폐자재를 날랐다.

"용사님, 저도 나를게요!"

"오타메가 님, 봐주세요! 저 이렇게 큰 돌을 나를 수 있답니다!"

"여러분, 굉장하시네요. 이거 저도 질 수 없겠는데요!"

오타메가는 한층 커다란 바위를 들어 올리려고 했다가 실패하더니 난감하다며 웃었다. 물론 어린아이들을 위한 퍼포먼스다.

"이건 저 혼자서는 도저히 못 들겠습니다. 여러분, 힘을 빌려

주실 수 있을까요?"

"와아! 나도 할래!"

"오타메가 님도 참, 덜렁댄다니까."

"오타메가 님에겐 내가 없으면 안 돼."

아이들이 바위에 모여들자 오타메가는 가뿐하게 바위를 들어 올렸다. 그 모습에 아이들만이 아니라 어른들도 환호성을 질렀다.

"우, 우와!"

"용사님 대단해! 나한테도 방법 알려줘!"

"내 덕분에 오타메가 님의 파워가 강해진 거야."

그런 평화로운 광경에 주변 어른들은 함박웃음을 지었다. 피곤했던 마음까지 회복되었다.

파괴된 도시를 앞에 두고도 사람들의 용기를 끌어내는 존재—— 그것은 그림으로 그린 듯한 용사의 모습이라 할 수 있으리라.

이윽고 점심 휴식 시간이 된 건지 교외에 설치된 캠프장에서 갓 만든 음식을 잇달아 가져와 사람들에게 나눠주었다.

빵, 보리로 만든 오트밀, 렌틸콩과 닭고기를 푹 끓인 수프, 양젖 치즈 등 영양적인 측면도 고려한 음식이 많았다.

"여러분, 우선은 식사합시다. 작업도 중요하지만 몸이 가장 중요하니까요!"

""감사합니다!""

노동자들은 무리를 짓듯 빵을 먹고 수프에 들어간 닭고기에 혀를 내둘렀다.

오타메가는 전용 병참대를 자비로 마련해놓고, 전장에 그들을 데려간다. 세간에는 '용장(勇將)', '맹장(猛將)'으로 불리는 인물은 많지만 이런 후방의 눈에 띄지 않는 부분에는 눈길도 주지 않는 사람이 많다.

그 점에서 오타메가는 병참을 누구보다 중시하며, 아무리 가혹한 전장이라고 해도 반드시 식사를 제공하기 때문에 병사가 밥을 굶는 일은 없었다.

이 남자를 따라가면 **먹을 수 있다**——라는 건 가난한 병사에게 가장 중요한 부분이며, 때로는 군사적 재능보다 훨씬 더 갈망하는 능력이었다.

오타메가는 용사라는 입장이면서도 전장을 아는 '명장(名將)'이라고 할 수 있다.

이윽고 용사의 식사가 끝난 것을 본 마왕이 모습을 드러냈다.

"너는 생판 타인을 위해 자신의 인생을 소모할 생각인가——?"

별안간 나타난 마왕의 모습에 주변 사람들이 전율했고, 삼연성이 즉시 오타메가 앞에 섰다.

감탄이 나올 정도의 속도와 충성심이었다. 마왕은 그들을 무시하듯 칠흑의 공간에서 아이템을 꺼내 용사에게 던졌다.

아무리 삼연성이라고 해도 이 남자의 투척 속도에는 반응하지 못했기에 오타메가의 손에 대제국산 아이템이 넘어갔다.

"이건……?"

"스포츠드링크다. 기력이 회복되지."

오타메가가 본 '그것'은 조금 색이 탁한 물이었다.

페트병에 담긴 그것은 《보카리스웨트 대파 소녀 Ver.》으로, 기력이 40 회복되는 뛰어난 아이템이었다. 라벨에는 인기 만점의 대파 소녀가 그려진 게 특징이다.

이 일러스트를 본 오타메가의 몸에 정체를 알 수 없는 '무언가'가 전격처럼 꽂혔지만, 그것을 열심히 억눌렀다.

"오타메가 님. 만약을 위해 그러한 정체를 알 수 없는 것을 입에 대지 않으시는 게."

"맞습니다. 색만 봐도 탁하지 않습니까."

"오타메가 님께는 어떠한 독도 통하지 않는다는 걸 몰랐던 모양이군."

실제로 오타메가에게는 독이 통하지 않는다. 등에 짊어진 상자에서 더러움을 정화하는 빛만이 아니라 장착자를 독으로부터 지키는 빛도 나오기 때문이다.

본래 용사나 영웅이라 불리는 인물은 독살당하는 일이 많지만, 이 상자의 제작자는 그걸 알고 있었던 건지 아닌 건지.

"뚜껑을 비틀면 된다. 쉽게 먹을 수 있지."

"…………감사히 마시겠습니다."

주변의 소란을 뒤로 오타메가가 스포츠드링크를 입에 댔다.

삼연성은 그걸 보고 아우성쳤지만, 용사는 입에 들어온 약한 단맛과 믿어지지 않을 정도의 회복력에 눈을 부릅떴다.

"이것은……! 몸이 이렇게 가볍다니!"

연이은 복구작업으로 여기저기에 지시를 내리는 나날이 이어지다 보니 아무리 오타메가라고 해도 피로가 쌓였는데, 그게 단숨에 회복되는 걸 느꼈다.

삼연성이 한층 더 시끄러워지는 걸 보고 오타메가는 말없이 페트병을 내밀었다.

"독이 아닙니다. 이건 피로를 크게 회복시켜주는 음료인 모양입니다."

삼연성은 그 말에 안도했지만, 바로 다른 긴장감에 휩싸였다. 전장에 있는 듯한 기묘한 기척이 강해지며 세 사람이 말없이 서로를 노려보았다.

대표이자 리더인 카이야가 떨리는 손으로 페트병을 받았으나 거기에 입을 대려고 하면 다른 두 사람이 그 손을 가차 없이 꺾어버릴 것이다.

마왕과 용사가 소란에서 벗어나 둘이서 무언가 이야기하기 시작했지만, 세 사람의 싸움은 지금 막 시작되었다. 그것도 절대로 질 수 없는 싸움이었다.

"내가 받았다. 여기까지는 괜찮지?"

"무슨 소리지? 네가 가장 가까운 장소에 있었을 뿐이다."

"네놈들 같은 더러운 자가 오타메가 님과 간접 키스라니 천부당만부당한 일! 그런 일이 일어났다간 이 대륙은 어둠에 뒤덮일 거야!"

누군가가 움직이면 쟁탈전이 벌어지고 남은 한 명이 어부지리로 승리한다. 그걸 민감하게 알아챈 세 사람 사이에 초조한 긴장감이 퍼졌다.

"공평하게 가위바위보 어때?"

"끄으응……………!"

"끙끙대지 말고! 그런 운에 맡기는 승부는 사양한다!"

석상처럼 움직이지 못하게 된 세 사람을 뒤로 마왕과 용사의 회담은 막힘없이 흘러갔다. 딱히 의도한 건 아니었으나 귀찮은 세 명을 훌륭하게 치워버리는 데 성공한 셈이었다.

"너는 여기에서 나간 후에 어디로 갈 생각이지?"

"…………예정대로 다른 북쪽."

"라비 마을에 와라──!!"

오타메가의 말을 가로막듯 마왕이 강하게 선언했다.

다른 말은 받아들이지 않겠다는 완강한 모습에 아무리 용사라고 해도 말문이 막혔다.

"와서 '내가 만드는 세계'라는 걸 봐라. 후회하지 않게 해주마."

"예전에도 물어보았지만…… 당신은 다시 밤을 지배하고 위대한 빛에 항거할 생각입니까?"

"여신입네 신벌입네 하는 소리는 질리도록 들었지만…… 다음은 **그것**이냐."

오타메가의 말에 마왕이 조소했다.

대신관도 그렇고 오타메가도 그렇고, 이 남자에게는 영문을 알 수 없는 걸 신성한 존재로 숭상하는 것으로밖에 보이지 않았다.

따라서 그 혓바닥은 더없이 날카롭고 신랄했다.

"……위대한 빛이라고? 그런 건 잠꼬대보다 못한 헛소리에 불과하다. 정말로 그런 대단하신 존재가 있다면 네가 열심히 일할 필요가 어디 있지? 그 빛이 만드는 '기적'이란 걸로 지금 당장에라도 빈민을 구원하면 되지 않나!"

"그, 건…………."

"나는 실제로 '기적'을 일으켜주마. 오컬트도 전승도 아닌, 현실에서 그걸 보여주겠다는 소리다."

그건 말 그대로 '마성의 말'이었다.

듣는 사람을 현혹하고, 미치게 하고, 신앙이나 도덕마저 파괴하는, 마왕이라 불리기에 걸맞은 존재.

오타메가 안에서 타천사 루시퍼라는 존재가 드디어 실물이 되어 눈앞에 윤곽을 갖추며 나타나고 말았다.

화이트와 마찬가지로 전승이 전승이 아니게 되어버린 순간이었다.

"현세에 아무런 이득도 주지 않고, 모습도 보여주지 않고 신앙과 돈만 끌어모으는 존재는 내 눈엔 사기꾼이나 도둑일 뿐. 이 세계에 사는 인간에게 해악 그 자체가 아닌가!"

"무슨……! 그건, 아무리 그래도…………!"

마왕의 말에 오타메가 맹렬히 동요했다.

위대한 빛과 타천사 루시퍼가 대립한다는 건 알고 있었으나, 이렇게까지 극단적인 건 상상 이상이었다.

그 모습으로 보아 화해 같은 건 도저히 바랄 수 없다.

위대한 빛이 그 모습을 현현한다면 오타메가는 어떻게든 둘 사이에 서서 중재하고 싶었다.

그건 역사적인 화해가 되며 대륙 전체가 다시 태어나는 계기가 될 수 있으리라고.

"반면 나는 어떻지? 신앙 같은 게 없어도, 누가 부탁하지 않아도 나는 이 세계의 인간에게 실리를 안겨주고 있지 않나."

오타메가를 설득하려는 건지 마왕의 궤변이 시작되었다. 전부 자기 자신을 위해 알아서 했을 뿐이지만, 그 행동이 낳은 결과는 어마어마하다.

따라서 이 남자는 자신의 행동을 멋지게 포장해서 당당히 홍보에 써먹기로 했다.

"나는 신도 습격을 막고, 이 도시에서는 역침공을 분쇄했지. 스 네오에서는 수도를 구했으며 마족령에 잡힌 인간을 구출해 내 영지에 거뒀는데, 이건 빛이라는 자도 할 수 있는 일인가?"

전부 우연이 만든 산물이거나 타하라가 준비한 흐름이었으나, 이 사기꾼은 아랑곳하지 않고 웅변했다.

안타깝게도 표면만 보면 사실이었기 때문에 오타메가도 반론할 수가 없었다.

"나는 자신을 선한 존재라고 말할 생각은 조금도 없다. 하지만 나는 '나의 세계'로 이 세계를 '진전'시키겠노라 약속하지. 어딘가에서 낮잠이나 자는 누군가와는 다르게."

오타메가는 그 말에 아무런 반박도 하지 못하고 말없이 주먹을 움켜쥐었다.

실제로 빛은 그 모습을 감춘 채 기척조차 느껴지지 않기 때문이다.

"그리고 마지막으로 한가지…… . 이 도시는 내 부하가 접수한 모양이디군. 이젠 네가 열심히 일할 필요도 없다."

그 말을 듣고 오타메가의 머리에는 곧바로 '영토 할양'이라는 글자가 떠올랐다. 북방국가군 사이에서는 국경 부근의 소유자가 휙휙 바뀌므로 딱히 특이한 이야기도 아니다.

마왕의 말을 들어도 오타메가는 미동하지 않고 당당히 선언했다.

"소유자가 누가 되든 백성들에게는 구름 위의 이야기. 저는 지금 이 도시에서 생활하는 사람들을 위해 일하고 있습니다. 당신이나 다른 권력자를 위해서가 아닙니다!"

그런 대답에 마왕은 입꼬리가 풀어지는 걸 느꼈다.

많은 드라마나 만화, 영화에 나오는 히어로가 입에 담을 법한 대사다. 현실에서 그런 말을 듣게 되다니, 아예 통쾌할 지경이었다.

"……곤란한 녀석이군. 이런 도시는 내 부하에게 맡기고 너는 빨리 마을에 와라."

마왕은 상대의 대답도 기다리지 않고 그대로 떠나갔다.

참으로 제멋대로인 태도였으나 오타메가는 이렇게까지 당당하게, 그리고 강하게 행동하는 타천사에게 도저히 악의를 품을 수 없었다.

자신의 생각, 자신이 올바름을 온전히 믿는 모습이자 거기에는 망설임 같은 게 없다.

그렇다. 이 두 사람은 정반대의 존재임에도 불구하고——.

어딘가 비슷했다.

미야오우지 렌

오타메가 앞에서 떠난 마왕은 무너진 교회 같은 건물에 발을 옮겼다.

외진 장소에 세워져 있어 주변에도 사람이 없다.

지금부터 실시할 《측근 소환》에는 딱 좋은 건물이었다.

내부는 지난번 역침공으로 인해 여기저기 파괴되었고, 벽이나 천장에도 불에 탄 흔적이 적나라하게 남아있었다. 하지만 교회를 부수는 걸 주저한 건지 아직 방치된 상태였다.

'드디어 이날이 왔나……. 렌은 어떻게 반응할까…….'

이 남자가 만들어낸, '최고'라고 칭하기에 걸맞은 측근.

그게 '미야오우지 렌'이라는 소녀였다.

10년 이상의 시간 동안 운영하면서 맹목적일 정도로 애정을 쏟아부은 존재.

그 집안, 배경이라고도 할 수 있는 사이드 스토리, 스킬, 스테이터스, 그 모든 게 편애 덩어리라고 불러도 어쩔 수 없는 수준이었다.

외모, 집안, 두뇌, 무력. 그녀는 태어난 순간부터 그 모든 것을 갖추고 있다.

'나도 참 터무니없는 캐릭터를 만들었다니까…….'

마왕은 왕년을 떠올린 건지 그녀와 관련된 에피소드가 머리를 스쳤다.

얼음 같은 분위기를 지녔으면서도 누구보다 다정한 소녀.

그녀는 그 집안 때문에 기구한 환경에 놓이고, 사정이 있는 아이가 다니는 상원이라는 이름의 시설에 맡겨졌다. 당사자 입장에선 버려진 거나 마찬가지다.

당시 미야오우지 가는 자식 복이 없어, 정실은 압박감 때문인지 점점 정신상태가 불안정해지더니 주위의 물건이나 사람에게 화풀이하는 히스테릭한 여성으로 변모했다.

그런 상황에서 첩과의 사이에 태어난 아이가── 렌이다.

정실은 분노하며 첩과 배 속의 아이를 죽이려고 했지만, 당주는 재치를 발휘해 어떻게든 손이 닿지 않는 벽지로 도망 보내는데 성공했다.

이윽고 아이가 태어나자 안전을 고려하여 대제국이 관리하는 상원에 맡겨졌다는 복잡한 출생을 짊어지고 있었다.

황실의 핏줄을 이어받은 방계의 자녀이면서도 공식적으로는 존재 그 자체가 말소되었다는 비참한 환경을 지녔는데, 이게 플레이어들에게 동정을 사서 렌이 특출난 인기를 끌어모은 요소 중 하나가 되기도 했다.

'지금 생각해보면 전형적인 막장 드라마 같은 설정이란 말이지⋯⋯⋯⋯. 과하다고⋯⋯⋯⋯.'

마왕은 자신이 부여한 설정에 푸념을 흘렸으나 렌의 수난은 계속 이어진다.

그 후 정실은 집요하게 렌의 어머니를 추적하였고, 끝내 붙잡아 목을 졸라 죽어버렸다. 렌의 존재를 알고 애정을 쏟아주는 유일한 인간마저 잃어버린 셈이다.

상원 졸업식 때도 당연하다는 듯이 참석한 혈연은 아무도 없었지만, 대신 검은 롱코트를 걸친 이질적인 분위기의 남자가 나타났다.

그게 렌과 쿠나이 하쿠토의 만남이었다.

그녀의 재능을 간파하고 스카우트하러 온 쿠나이에게 렌은 얼음을 연상케 하는 목소리로 말했다.

————미야오우지 가의 정실을 죽여 달라고————.

쿠나이는 조용히 고개를 끄덕였고, 그녀의 소원을 이루어주었다.

이 '피의 맹약'을 거쳐 그녀는 국민행복관리위원회의 일원으로 들어오게 되었다. 존재 자체를 말소당한 소녀가 처음으로 무대 위에 등장한 순간이었다.

그녀에게는 이날이야말로 세상에 태어난 날이었을지도 모른다.

플레이어들이 봤을 땐 최악의 적이자 비극의 히로인이기도 했으며, 이런 상반되는 두 개의 감정이 측근들 사이에서도 부동의 인기를 자랑하는 결과를 낳았으리라.

"그날 마지막으로 만난 건 너였지⋯⋯⋯⋯."

마왕은 머나먼 날을 떠올리며 회고하듯 눈을 감았다.

사회현상이 된 MIZI나 거대 SNS의 유행으로 인해 개인 사이트는 탁류에 휩쓸리듯 소멸했다. 물론 오오노 아키라가 만든 세계도 예외가 아니다.

아키라는 렌 앞에서 재기를 맹세했으니 그걸 이루기에는 긴 세월이 필요했다.

'드디어 널 만나는구나………….'

측근들을 소환할 때는 늘 긴장감과 그를 상회하는 고양감을 느낀다.

하지만 이때만큼은 기쁨이 더 앞서나갔다.

무리도 아니다————.

오오노 아키라는 렌에게 15년의 애정, 그것도 익애(溺愛)라고 부를 수 있는 것을 쏟아부었으니까.

그 세월은 연인이나 부부, 가족이라고 해도 어려울지도 모른다.

'렌은 다른 누구보다 쿠나이 옆에 있던 존재…………. 그 점은 한층 주의해야지.'

렌은 쿠나이의 비서이자 보디가드라서 종일 옆에 있다는 설정이었다. 다른 측근들에 비해 함께 보낸 시간은 차원이 달랐다.

사소한 점에서도 차이점을 눈치챌 가능성이 있다.

'하다못해 렌만큼은 친해질 수 있다면 좋겠는데. 아니, 그래야만 해………….'

그녀와의 관계가 앞으로의 향방을 정한다고 해도 과언이 아니다.

마왕은 각오를 다지고 관리 화면을 불러냈다.

그곳에는 그리운 그녀의 이름이 적혀 있었다. 그 이름을 보기만 해도 마왕이 마음은 아주 조금 들뜨며 심장박동이 빨라졌다.

마음의 준비를 마친 건지 마왕은 주변의 기척을 살핀 후 마침내 소환을 개시했다.

"렌, 내 앞에 모습을 드러내라————!"

그 말과 함께 하얀색과 검은색의 거대한 빛이 전방에 나타나더니 그것들이 하나로 겹쳐졌을 때, 익숙한 소녀의 형태가 되었다.

그것은 완벽하다도 칭할 수 있는 존재. 머리카락 한 올마저 특별주문품으로 보일 만큼 윤기가 흐르고, 아담하면서도 늠름한 자세는 타인이 쉽게 다가갈 수 없게 한다.

전통미인 같은 외모와는 반대로 그 표정은 얼음 같았다.

한눈에 보기만 해도 절대 손이 닿지 않는 절벽 위의 꽃임을 알려주는, 이 세상에서 렌만이 지닌 분위기를 두른 신비로운 존재였다.

그 모습을 보고 마왕은 왕년을 떠올린 건지 눈꼬리에 눈물이 맺히는 걸 느꼈다.

그 정도로 이 소녀는 오오노 아키라에게 너무나도 '특별'했다. 과할 정도로 등을 꼿꼿하게 세운 마왕이 힘을 담아 렌을 불렀다.

"잘 왔다, 렌."

"부르셨습니까, 마스터………… 어?"

"왜, 왜 그러지…………?"

렌의 상태가 이상한 것을 보고 마왕의 얼굴이 어두워졌다.

그녀는 '쿠나이'에게 은혜를 느끼고 있지만, 결코 호의를 품었던 건 아니었으며 잔혹한 회장에도 강한 반발감을 느꼈다. 냉정하게 그걸 돌아보면 둘이서 만나는 건 경솔한 선택이었을지도

모른다는 생각에 마왕이 식은땀을 흘렸다.

"렌, 당황하는 것도 이해하지만 여기는 원래의 세계가 아니라——."

"⋯⋯드디어 만났군요. 제 진짜 마스터."

렌의 목소리에 마왕이 침을 꿀꺽 삼켰다.

처음엔 그녀가 무슨 말을 하는 건지 알 수 없었으나, 그 발언의 의미하는 바를 깨닫고 머릿속이 새하얘졌다.

"호, 혼란스러운 모양이지만 하나하나 설명——."

"계속 만나고 싶었습니다—— **오오노 아키라** 씨."

'히이이이이이이익?!'

그 단어에, 자신의 이름에 마왕의 얼굴이 딱딱해졌다.

어떤 상황에 빠지든 타고난 똥배짱과 연기력, 그리고 사기꾼 같은 말재간으로 넘겨왔던 이 남자라고 해도 설마 이런 전개는 상상도 하지 못했다.

'진정하자⋯⋯. 이럴 때는 당황하면 더욱 수렁에 빠진다고⋯⋯.'

하지만 이 남자의 끈질김도 상당했다. 뻣뻣했던 태도를 수습하기 위해 품에서 담배를 꺼내 느릿한 동작으로 불을 붙였다.

"렌, 갑작스러운 일로 혼란스러운 건 안다만 내 이름을 잊은 건가?"

"아뇨, 잊지 않았습니다. 잊을 수 있을 리가⋯⋯ 없으니까요."

그 얼음 같은 표정에, 이쪽을 응시하는 검은 눈동자에 마왕의 머리가 어질어질 흔들렸다.

정면으로 대치하는 것만으로도 고고한 기운에 삼켜진다. 결코, 건드릴 수 없는, 손이 닿지 않는── 팽팽하고도 투명한 분위기.

그 입에서 나오는 목소리조차 강제로 등을 펴버릴 듯한 격조 높은 음성이었고, 잠든 세포까지 눈을 떠버릴 것 같은 기세였다.

"잘 들어라. 한 번만 말해주지. 내 이름은 쿠──."

"그건 다른 이름을 부여받은 다른 사람. 제 진짜 마스터는 '당신'입니다."

"……렌, 언제까지 잠꼬대할 생각이냐. 시간은 유한하다만."

"태어났을 때부터 계속 느끼던 기척, 제 모든 것을 감싸는 거대한 사랑, 저라는 존재 그 자체를 아끼는 크나큰 존재. 그 모든 것이 당신의 전신에서 휘몰아치고 있습니다."

모든 것을 꿰뚫어 보는 듯한 눈동자에 마왕은 견디지 못하고 시선을 돌렸다.

도저히 직시할 수 있는 시선이 아니다.

무슨 구조인지는 모르지만, 명백하게 렌은 눈앞에 서 있는 인물이 '오오노 아키라'임을 확신한 모양이었다.

"확실히 이름을 바꾼 적은 있지. 이유는 말할 필요도 없을 테고."

마왕은 천천히 담배 연기를 내뿜고는 불경하게도 교회 바닥에 재를 떨어트렸다.

실제로 이 '대제국의 마왕'에게는 원래 자신의 이름을 부여했었다. 시간이 흐르고 세계 규모의 회장으로 운영하기 시작했을 때 개명했다는 경위가 있다.

취미 범주를 아득히 넘어서는 바람에, 아무리 그래도 제 이름을 최종 보스의 이름으로 두는 건 여러 가지 의미에서 곤란하다는 상식적인 판단 때문이었다.

그건 현실 세계에서의 경위였지만, 마음만 먹는다면 대제국의 세계에서도 얼마든지 이유를 꼽을 수 있다. 쿠나이 하쿠토만큼 전 세계에 적의와 원한을 산 인물이라면 그 이름을 바꿔도 특이한 게 아니고, 그야말로 얼굴까지 바꿔버려도 이상하지 않다.

아무튼 그는 전 세계의 테러리스트나 플레이어들이 노리는 '대제국의 마왕'으로 불리는 존재였으니까.

"최초의 이름이 사라졌을 때, 커다란 기척이 사라졌습니다. 늘 눈앞에 있던 거대한 사랑도 어느새 머나먼 하늘 저편으로 가버렸죠."

──하지만 당신은 **제 곁으로** 돌아와주셨습니다──.

렌이 한 걸음 한 걸음 마왕에게 다가갔다.

마왕은 말없이 연기를 뱉으며 어떻게 해야 할지 고민했다.

뭘 어떻게 설명하든 들을 것 같지 않은 기색이었고, 어떤 변명을 하든 일축당할 것 같았다. 무엇보다 어째서인지 렌은 강한 확신을 품고 있었다.

"너는 무엇을 어디까지 알고 있지?"

마왕도 각오한 건지 렌의 얼굴을 정면으로 바라보았다.

겸사겸사 먼지를 털고 장의자에 앉은 뒤 또다시 길게 담배 연기를 뿜었다. 그 발언은 상대의 주장을 인정한 것이나 마찬가지였으며 커다란 도박이기도 했다.

"저는 아무것도⋯⋯⋯. 다만 힘든 일이 많은 인생에서도 당신의 애정만이 제가 살아가는 전부였습니다."

렌은 줄 수 있는 건 전부 다 줄 기세로 다방면에서 우대받은 존재였지만, 그 출생이나 처지는 결코 축복받았다고 할 수 없는 비극의 히로인이었다.

창조한 쪽에서 보면 그녀의 개성을 한층 살리기 위한 기반이었다고 하나 비극을 만들고 그녀를 비참한 처지에 둔 건 틀림없이 이 남자이다.

본래 창작자란 그런 법이긴 하지만, 그렇게 만들어낸 상대가 자신의 의자를 지니고 눈앞에 나타난다면?

그건 완전히 별개의 이야기가 되어버린다.

"그 힘든 인생을 전부 내가 만들었다면 어떻게 할 셈이지?"

마왕의 발언은 비겁했다.

그녀의 배경 스토리에는 쿠나이가 밀접하게 엮여 있으니 말 그대로의 의미이기도 하기 때문이다.

실제로 쿠나이 하쿠토가 그녀를 원하지 않는 길로 스카우트하여 그 인생을 피투성이로 바꿔버렸으니까.

하지만 진정한 의미에서 말한다면—— 그녀의 스토리만이 아니라 그 세계 자체를 만들어낸 게 이 남자이다.

좋게든 나쁘게든 모든 원흉이자 모든 원인이기도 하다. 마왕은 나름대로 각오하고 그 말을 꺼냈으나, 렌의 표정은 바뀌지 않았다.

"제게 '전부'란—— 당신입니다."

마침내 렌과의 거리가 손을 뻗으면 닿을 수 있을 만큼 가까워 졌다.

본래 이 상황에서 '그것'은 공포를 동반할 터인데도 어째서인 지 가슴속에 차오르는 건 엉뚱할 정도의 안도감이었다.

렌이 옆에 있다는 것만으로도 뭐든 다 할 수 있다는 감각이 무 턱대고 솟아났다.

마왕은 그 아늑함에 삼켜질 것 같은 감각을 느끼면서도 눈을 굳게 감고 조개가 되어버린 입을 억지로 비틀어 열었다.

"그 이야기는………… 또 다른 기회에 하자. 지금은 이 세계 에 대해 설명해야만 하는 게 많다. 이해해줘."

마왕은 간신히 이 세계에 온 경위와 여태까지 일어난 일을 설 명했다.

여느 때는 당당하게 행동한 이 남자였지만, 이때만큼은 시선 을 먼 곳으로 던지며 눈을 마주치려 하지 않았다.

렌도 맞장구를 치는 것도 아니고 그저 가만히 그걸 듣기만 할 뿐, 딱히 반응을 보이지 않았다.

무너진 교회 안에 마왕의 목소리와 밖에서 들리는 미약한 소 음만이 울렸다. 머리부터 말끝까지 시커먼 남자와 검은 세일러 복을 입은 고귀한 소녀.

그건 옆에서 보면 어떻게 보이는 광경이었을까.

설명 자체는 여러 번 반복했던 것이기도 하기에 막힘없이 술 술 나왔다. 하지만 그 안에는 그녀에게 가장 중요한 게 포함되어 있지 않았다.

즉 '오오노 아키라'라는 현대인의 설명이다.

"마스터는 여태까지 많이 고생하셨던 모양이군요. 하지만 이제 걱정하실 필요 없습니다. 앞으로는 제가 당신의 방패가 되고 창이 되겠습니다."

"…………음."

본래대로라면 이세계에 떨어진다니 경천동지할 사건이다.

하물며 거기에 자신도 휘말렸으니 더욱 놀랄 일이다. 그러나 렌은 조금도 아랑곳하지 않은 건지 곧바로 원래 하던 이야기로 방향을 되돌렸다.

"마스터는 어떤 이유로 '그 사람'인 척을 하시는 거죠? 아니면 진짜 이름을 다른 자가 모르는 것뿐입니까? 혹은 다른 멤버에게 무언가 걸리는 게 있어 정체를 숨기고 계십니까?"

"자, 잠깐………… 렌, 스톱."

연이어 던지는 의문에 마왕은 머리를 부여잡고 싶었지만, 그 두뇌는 드물게도 계속 움직이고 있었다. 아마도 15년이라는 세월에 걸쳐 애정을 한 몸에 받아온 덕분에 그녀는 다른 측근과는 조금 다른 특별한 존재가 된 모양이다.

아무튼 이 남자에게도── 이 소녀는 너무 '특별'하다. 간판 캐릭터이자 히로인이기도 하며 불가침의 존재였으니까.

과거 회장에서 남긴 전적조차── 백전무패.

렌은 단 한 번도 패한 적 없이 서비스 종료를 맞이했다. 불야성이 함락된 2016년 운명의 전투 때도 그녀는 끝까지 무릎을 꿇지 않았다.

어느 의미로는 쿠나이 하쿠토마저 능가하는 존재였다고 할 수 있으리라.

그대로 렌은 표정을 바꾸지 않고 잇달아 말을 던졌다. 그건 확인이라기보다는 자신을 향한 혼잣말 같은 내용이었다.

"확실히 위원회 멤버 중에는 믿을 수 없는 사람도 있습니다. 아니, 명백히 위험한 자도 있죠. 그걸 생각하면 마스터의 우려는 올바르다고 판단합니다."

마왕은 그게 누굴 가리키는 건지 바로 알 수 있었다.

지금은 얌전하지만 유우만 해도 본래 위험하기 그지없는 인물이다. 타하라도 그 두뇌를 적으로 돌리면 어떻게 될지 상상조차 하고 싶지 않은 수준이다.

하지만 그렇지 않아도 사이가 나쁜 렌과 유우가 이 이상 험악한 관계가 되기라도 하면 그건 내부 붕괴로 이어질 수 있다. 마왕은 다급히 변명을 입에 올렸다.

"측근들은 잘해주고 있다. 나에게 해악을 끼치려는 자는 없어."

"그건 당신이—— '진짜 마스터'이기 때문입니다."

그 목소리에 마왕은 마침내 고개를 들고 렌의 얼굴을 정면으로 보았다.

섬세하게 갖춰진 아름다운 얼굴에 빨려 들어갈 것 같은 눈동자. 속눈썹 한 가닥조차 아름다워 황당할 지경인 존재였다. 이런 존재를 만들어낸 것 그 자체가 터무니없이 큰 죄다. 새삼스럽게 마왕의 전신이 떨렸다.

"네게는 언젠가 많은 것을 이야기할 때가 올지도 모르겠군…….
하지만 그때까지 이 이야기는 미루자. 절대 다른 자에게도 발설
하지 말도록."

렌은 그 말에 긴 침묵을 이어갔다. 마왕은 조마조마했지만,
이윽고 무언가를 떠올린 건지 그녀가 깊이 고개를 끄덕였다.

"…………알겠습니다. 대신 둘만 있을 때는 진짜 이름으로 부
르겠습니다."

"뭐?"

뜻밖의 대답에 마왕의 입에서는 어벙한 목소리가 나왔다.

렌은 개의치 않고 자신이 느낀 바를 담담히 늘어놓았다.

"게다가 제가 말하지 않아도 다른 자도 어렴풋하게 무언가를
느끼고 있을 겁니다. 그렇지 않다면 위원회 멤버가 오랫동안 얌
전히 따른다는 게 부자연스럽습니다. 그 사람의 특기는 공포와
무력을 사용한 압도적인 지배이니, 지금 마스터가 추진하는 정
책과는 정반대이니까요."

마왕은 말없이 담배를 비벼 끈 후 곧바로 한 개피를 새로 꺼내
불을 붙였다.

명백한 과다 흡연이었다. 렌은 누구보다 쿠나이 옆에 있었던
만큼 그 분야의 지식은 창조자인 자신과 더 가까운 게 있다고
느꼈기 때문이다.

"본래대로라면 한 번 마을에 돌아가 다른 녀석들에게 소개할
생각이었다만, 이대로 북쪽에 가도록 하지. 너에게 조금 더 이
세계에 대해 설명하고 싶다."

"마스터와 둘이, 바깥 세계로⋯⋯⋯⋯ 마치 꿈만 같습니다."

측근들은 본래 불야성에 상주한다는 설정이 있어 외출 같은 건 어지간한 이유 없이는 허가를 받을 수 없다. 그런 의미에서도 렌에게는 꿈만 같은 이야기였다.

"미리 말하지만 딱히 놀러 가는 건 아니다⋯⋯⋯⋯?"

좀처럼 표정을 바꾸지 않는 렌이 희미하게 미소 짓자 마왕은 무심코 동요했다.

얼버무리듯이 헛기침하면서 일어났으나 렌의 추가 공격이 이어졌다.

놀랍게도 두 팔을 벌리고 무시무시한 말을 입에 담은 것이다.

"부디 이쪽으로── 잘 돌아오셨습니다, **저의** 마스터."

"으, 음⋯⋯⋯⋯."

마왕이 빨려 들어가듯 쭈뼛쭈뼛 걸어가자 렌은 부드러운 손길로 그 두 손을 허리에 감았다. 그 순간 렌의 어깨가 살짝 튀어 올랐지만 기분 좋다는 듯 눈을 감았다.

──언젠가 **제 곁으로** 돌아와 주신다고 믿고 있었습니다──.

렌의 말은 명백하게 '오오노 아키라'를 향한 것.

'어떻게 해야 하냐⋯⋯⋯⋯ 이거⋯⋯⋯⋯!'

그 말을 들은 입장으로서는 어떻게 해야 할지 알 수 없어, 난처한 듯 하늘을 올려다보고는 머리를 거칠게 쥐어뜯었다.

미야오우지 렌
Ren Miyaouji
【종족】인간 【나이】16세

◀ 무기 ▶ 인간무골(人間無骨)

만물을 꿰뚫는 무시무시한 창.
그 날카로움 앞에서는 인간의 뼈 같은 건 없는 것이나 마찬가지.
그녀와 대치한 순간 죽음은 정해져 있다.
무수한 부가효과 포함. 내구력 무한.

◀ 방어구 ▶ 앵화현란(櫻花絢爛)

세일러복에 가까운 생김새이지만 방어력은 어마어마하게 높다.
결전 시에는 그 형태가 바뀐다.
내구력 무한.

◀ 소지품 ▶ 명경지수

고귀한 일족이 미야오우지 가에 하사한 퇴마 국보.
온갖 주술이나 이 세상에 존재하지 않는 것으로부터 몸을 지켜준다.
그녀가 평생 강한 증오를 품었던 아버지가 보냈기에 늘 파괴하고 싶어 했던 물건이
지만 이 세계에서는 말도 안 될 만큼 강한 효력을 발휘한다.
또, 미야오우지 가 사람이 아닌 자는 소지해도 주인으로 인정하지 않아 효과도 없다.

【레벨】1 【체력】20000/20000 【기력】600/600
【공격】88(+50+α) 【방어】94(+50) 【민첩】83 【마력】0
【마방】측정불가(엔들리스 나인)

【속성 스킬】
FIRSTSKILL 일섬
SECONDSKILL 일점돌파(一點突破)
THIRDSKILL 곡명섬(哭鳴閃)
【전투 스킬】탈력 위압 필중 필살 봐주기 외곬 통솔 파퇴(破槌) 고귀
사냥꾼 귀자(鬼子) 리벤지 통한 심려원모 개안 패자(覇者) 분쇄 무쌍
한계돌파 고고 강제돌파
【생존 스킬】기도 감정제어 무표정 붕대 재봉 기미 독중화 회복 투쟁
심 매료 성실 파사(破邪) 요리 의학 저항 명상 용기
【결전 스킬】몰살 선언 백화매(百花魅) 일기당천 전패(天覇)
【특수 능력】법전의 수호자 지수(止水) −?−

최종 보스 접근 중!

마왕은 루키 시에서 대형 마차를 고용한 후 밤의 가도를 달렸다.

이대로 렌을 라비 마을에 데리고 돌아가면 무슨 말을 할지 알 수 없으니 잠시 상태를 살피기로 판단한 모양이다. 대형 마차 주변에는 그 외에도 많은 고급 마차나 정기 마차가 뭉쳐있으며, 그 주변을 호위하듯 모험가들이 말을 타고 달리고 있다.

북방국가군의 가도에는 밤도적이 종종 출몰한다.

최악의 경우 전쟁에서 패주한 병사들이 고스란히 산적이 되기도 하니, 이동할 때는 어느 정도 뭉쳐서 움직이는 게 상식이었다.

부유층이 타는 마차는 물론이고 정기 마차에도 반드시 호위가 붙기 때문에 그들의 등급에 따라 요금도 크게 달라진다.

"마스터, 제가 있으면 호위는 불필요하지 않습니까?"

"그리 말하지 마라. 이 세계를 알기 위해서는 얼핏 낭비처럼 보인다고 해도 한 번은 경험해둬야 한다. 추후 고용을 고려하는 계기가 되기도 하지."

"네, **아키라 씨**가 그렇게 말씀하신다면."

"…………컥."

렌의 말에 마차 안에 거만하게 앉아있던 마왕이 콜록거렸다.

갑작스러운 본명에 허를 찔린 모양이었다.

"렌, 그 이름으로 부르는 것에 무슨 의미가 있지? 완전히 무의미하고 쓸데없는 일이다."

"의미는 있습니다. 쓸데없지도 무의미하지도 않습니다."

그런 단정적인 어조에 아무리 마왕이라고 해도 뒷말을 이을 수 없었다. 렌에게는 무척이나 완고한 일면이 있기에 한 번 정하면 양보하지 않는 성격이다.

좋은 의미로 말하자면 그건 한결같다고 할 수 있고, 순수하다고 할 수도 있을 테지만 동시에 효율을 중심에 두고 움직이는 인물과는 맹렬하게 부딪침을 시사하고 있다.

"그 건에 관해서는 나중에 찬찬히 대화하자…………. 나는 잠시 쉬마."

마침 마차도 휴식에 들어간 건지 바퀴가 멈췄다.

렌을 소환한 뒤로 거듭되는 혼란에 머리가 오버히트했던 건지, 마왕은 겉옷을 벗고 간이침대에 누웠다.

렌도 바로 무릎베개 자세를 잡고 그 무릎으로 부드럽게 유도했다.

"이쪽으로 오십시오. 마스터의 두상은 제가 지키겠습니다."

"두상이라니…………."

렌다운 말에 마왕의 얼굴이 일그러졌다.

하지만 그녀의 눈은 지극히 진지했다. 한번 말을 꺼내면 물러나지 않는다는 걸 누구보다 잘 아는 마왕은 얌전히 그 무릎에 머리를 맡기기로 했다.

"어떻습니까? 마스터."

"뭐, 나쁘지 않군…………."

나쁘지 않은 걸 넘어 극락정토였다. 부드러운 와중에도 탄력이 있고, 만개한 벚꽃을 연상케 하는 공기가 폐부 깊은 곳까지 채워주었다.

그녀가 장비한 방어구── 앵화현란의 효과도 있지만, 렌이라는 존재 자체가 벚꽃을 연상하게 하는 분위기를 머금고 있다.

렌의 손이 머리카락을 부드럽게 쓰다듬으며 때로는 뺨을 문질렀다. 너무나도 기분 좋아 마왕이 졸음마저 느꼈을 때, 창문을 노크하는 소리에 눈썹을 치켜세웠다.

밖에 있던 호위에게서 무언가 연락이 들어온 모양이었다.

"열어도 상관없다. 무슨 일이지?"

"어이쿠, 한창 즐기는 중이었나 봐…………? 이거 참, 타이밍이 안 좋았네."

창문 너머로 들여다보는 얼굴은 평범하게 생긴 중년 모험가였다.

무슨 착각을 한 건지 히죽히죽 웃고 있었다.

"당신의 특이한 옷을 보고 조금 마음에 걸렸거든. 그 옷, 도시국가 녀석들이 슈트라고 부르는 거지?"

"도시국가라. 그래서, 용건은?"

"그렇게 노려보지 말고…… 무서운 형씨로구먼. 당신, 유리에서 장사할 거라면 정보를 사지 않을래? 그쪽에선 무지가 치명상이 되기도 하거든."

마왕은 렌에게 머리를 맡긴 채 주머니에서 은화를 한 닢 꺼내 엄지로 휙 튕겼다.

은화는 정확하게 중년 남자의 손에 들어갔다.

"이거 호쾌한 형씨인데! 갑자기 은화라니, 당신이라면 한몫 잘 잡을지도 모르겠어. 아무튼, 당신 유리에 대해 어디까지 알지?"

"글쎄, 들을 수 있는 건 전부 듣도록 할까."

"호홍, 그렇단 말이지. 그럼 도착할 때까지 사이좋게 수다를 떨기로 할까."

남자가 이야기하는 건 유리티아스라는 나라의 일반적인 정보였다.

유키미캉에게 들은 것과 큰 차이 없는 내용이었으나, 한 명이 아니라 여러 명에게서 정보를 모으는 건 정밀도를 올리는 데 도움이 된다.

마왕은 한층 자세한 내용을 들으려 했으나, 술술 털어놓던 남자가 입을 조개처럼 다물고는 졸린 시선을 전방을 향해 던졌다.

더 고도의 정보를 알고 싶다면 돈을 더 달라는 제스처다. 마왕은 한 번 더 은화를 튕겨 조개를 열기로 했다.

"이거 좋은 고객인데. 당신 보통 사람이 아니야…………. 거기서 무슨 장사를 하려고?"

"불필요한 탐색은 필요 없다."

"헤헷………… 맞는 말씀이지. 얼마든지 떠들어줄게."

남자에게서 한층 상세한 정보를 듣고 만족한 마왕은 이야기를 끝냈다. 남자는 웃는 얼굴로 창문을 닫고 다른 고급 마차로 다가간 모양이었다.

호위 일만이 아니라 각종 정보를 돈으로 바꾸는 듯했다.

"뻔뻔하다고 해야 할지, 아니면 머리가 좋다고 칭찬해야 할지."

"…………그렇, 군요…………."

"응? 렌, 왜 그러지?"

"아뇨, 아무것도 아닙니다."

렌의 얼굴에는 투명한 미소가 번져 있었다. 행복의 절정이라는 느낌이었다.

실제로 그녀는 전신이 녹아버릴 것 같은 액체 속에 있었다.

이대로 시간이 멈췄으면 좋겠다는 생각이 들 정도로 이 공간과 이 자세는 그녀에게 너무나도 매력적이었다.

"목적지에 도착하면 귀찮은 일에 휘말리지 않도록 해야지."

"국가 전체를 쥐고 있는 잭 상회——였죠."

황홀해 하면서도 정보는 똑똑히 들었다는 점에서 역시나 대단했지만, 그 손은 쉬지 않고 마왕의 머리카락을 부드럽게 쓰다듬고 있었다.

"국가의 중추나 군대에도 돈을 뿌려서 길들이는 모양이었지."

"반쯤 국가 마피아에 가깝다고 추측합니다."

그 말을 듣고 마왕은 형언할 수 없는 표정을 지었다.

그런 귀찮아 보이는 녀석들이 장관님 짐을 빼앗아갔다고 타하라가 말했었기 때문이다. 이 남자에게는 민폐의 극치라고 할 수 있었다.

그런 짐 같은 건 필요 없고, 애초에 자신의 짐으로 삼은 기억도 없으니까.

"우리의 목적은 미궁에 가서 마법 저항 효과가 있는 마도구를 입수하는 거다. 그런 귀찮은 녀석들과 엮일 필요는 없어."

마왕이 눈을 감은 것을 보고 렌이 그 위에 모포를 덮었다. 그대로 자신의 몸에도 모포를 두르고 행복하다는 듯 눈을 감았다.

"마스터. 저는 지금 무척 행복합니다."

".............그, 그러냐."

옆에서 보면 나이 차이가 많이 나는 닭살 커플 같기도 했기에 안쪽의 모습을 확인한 마부는 말없이 얼굴을 찌푸렸다. 일이라고는 해도 속이 답답해진 게 틀림없다.

마차가 다시 움직여 유리티아스 왕국으로 향하기 시작했다.

그곳에서는 비인도적인 장사가 태연히 이루어지고 있으나, 극히 일부의 성공한 사람을 보고 꿈을 꾸는 젊은이가 많이 모여드는 나라다.

물론 대부분은 먹이가 되어 쓴맛을 보게 되는 북방의 등용문이기도 하다. 뭐니 뭐니 해도 그곳에는 국권을 빼앗은 잭 상회를 배후에 세워서 악덕 장사가 버젓이 통하고 있으니까.

그런 장소에 최종 보스 두 사람을 태운 마차가 다가갔다.

생각만으로도 무서워서 몸이 떨리는 이야기였다.

————유리티아스 왕국, 성문————

최종 보스가 접근하고 있다는 건 꿈에도 모르는 성문은 오늘도 떠들썩했다.

다양한 행상인과 모험가, 여행자 등이 성문 앞에 득시글거렸다. 개중에는 돗자리를 깔고 누워있는 사람까지 있었다.

"아이즈 씨, 오늘도 사람이 많네요."

"요즘 여기저기 난리였으니까…………."

모여든 사람들을 보고 문지기인 아이즈는 뭐라 말할 수 없는 표정을 지었다. 그렇지 않아도 전쟁기에 들어가서 뒤숭숭한데, 주변에서도 소란이 이어지고 있기 때문이다.

공화국에서는 대규모 역침공이 발생했고, 스 네오에서는 수도가 반파될 정도의 무력 충돌이 일어났다.

안전을 찾아 유리티아스에 사람들이 몰려드는 것도 무리는 아니었다.

"뭐, 이 나라는 좋은 의미로도 나쁜 의미로도 안정적이긴 하니까요."

"보스가 독재하고 있으니까. 이런 상황에선 그게 혼란도 적다고 생각한 거겠지."

아이즈는 궐련 대신 문 풀잎을 까딱이며 복잡한 표정을 지었다.

이 나라에도 어떠한 전화가 다가오고 있다는 걸 어렴풋하게 눈치채고 있기 때문이었다. 가라앉은 아이즈의 얼굴을 본 신입은 걱정하며 말했다.

"뭔가 얼굴이 어두우신데………… 무슨 일 있으세요?"

"…………얼마 전에 강탈해왔다는 짐이 마음에 걸려서."

"아, 고용된 용병단이 요란하게 개선했었죠."

스 네오에 방치된 대신관 일행의 짐을 잭 상회에서 거친 수법으로 강탈했다.

제대로 무력을 갖추지 않은 스 네오는 울며불며 넘길 수밖에 없었다. 하지만 아이즈가 보기에 그 문제는 끝난 것 같지 않아서, 숨겨진 이면을 알아내려고 했다.

"소동을 진정시켰다는 녀석들은 왜 짐을 방치한 걸까. 보물산이 눈앞에 있는데 그걸 버리고 돌아갈 리가 있나?"

"어…… 눈치채지 못해서 그대로 돌아갔다거나요?"

"멍청아, 커다란 배 한 척에 꽉꽉 실어둔 보물이라고. 눈치채지 못할 리가 있냐."

신입의 어벙한 발언에 아이즈가 쓴소리를 흘렸다. 사실 마왕은 그런 짐 같은 건 전혀 눈치채지 못했으니 정곡을 찌른 발언이긴 했다.

"그, 그럼 황국이 항의하는 게 무서워서…………?"

"타국에서 실수한 녀석들은 본국에서 버려질 운명이야. 녀석들이 전쟁 노예를 데리고 있었던 거 봤잖아? 그런 뒤가 구린 장사로 모은 재산에 황국이 대놓고 손을 대진 못해."

그걸 뻔히 알고 있기 때문에 잭도 강탈해오라는 지시를 내린 것이었다.

대신관 일행이 모은 트랜스는 대부분 잭이 팔아치운 물품이기도 하기에, 누군가에게 빼앗길 바에야 자신의 수중에 되찾으려고 생각한 게 틀림없다.

"하지만 그 용병단………… 반짝반짝했었죠! 동경하게 돼요!"

"뭐, 음…………."

"다섯 개의 별이랬죠? 그런 사람들은 보통 뭘 먹고 살까요? 여자에게도 인기 많을 테고, 너무 부럽다니까요."

신입은 실없는 잡담으로 떠드는 것이었지만 아이즈의 심경은 복잡했다.

지금은 수수한 문지기 노릇을 하고 있으나 과거에는 그 용병단에 소속되어 있었다. 사정이 있어 용병단에서 나왔는데 그 후로 그들의 활약을 들을 때마다 비참해졌다.

'그로부터 벌써 16년인가………. 나만 공연히 나이를 먹어버렸군.'

과거의 동료들은 대륙을 대표하는 용병단의 리더와 간부가 되었고, 아이즈만은 알려지지 않은 잡초처럼 주변에 파묻히는 인생을 보내고 있다.

천하의 잭 상회에서 고액을 받고 초청받아 훌륭하게 임무를 완수하고 개선한 동료들을 보고 아이즈는 반사적으로 몸을 숨겼다.

지금의 모습을 보여주는 게 너무나도 비참했기 때문이다.

"아이즈 씨, 저도 언젠가는 그 사람들처럼 굉장한 남자가 되겠어요!"

"그러냐………. 뭐, 열심히 해 봐."

아이즈가 메마른 미소를 지었을 때, 불현듯 귓가에서 목소리가 들렸다.

그것도 절대로 듣고 싶지 않았던 목소리를.

"………역시 아이즈잖아. 오랜만이다?"

뒤를 돌자 그곳에는 지금 막 이야기하던 용병단, 다섯 개의 별의 간부가 서 있었다. 아이즈는 어색한 미소를 지으며 이마에 맺힌 땀을 훔쳤다.

눈치채지 못하는 사이에 기척을 지우고 다가온 모양이었다.

"전에도 비슷한 녀석이 있다고는 생각했었는데. 역시 너였냐."

"어, 어어…… 오랜만이다, 라이라스…………."

소문이 자자한 영웅과 대화하는 아이즈를 본 신입의 얼굴이 환해졌다.

설마 아는 사이인 줄은 생각지도 못했던 모양이다.

"아이즈 씨, 섭섭하잖아요! 이런 대단한 사람과 아는 사이였다니!"

"아, 아니, 그런 게……."

머뭇거리며 고개를 숙인 아이즈를 보고 라이라스라고 불린 남자의 입꼬리가 일그러졌다.

그는 하이엔드 무구를 장비하고 녹색 머리카락이 거꾸로 선 화려한 인상의 남자였는데, 그 눈에는 아주 심보가 고약한 빛이 떠올라 있었다.

"뭐야, 아이즈. 말 안 했어? 우리는 같은 마을 출신이고 너도 용병단 설립 멤버 중 한 명이잖아. 지금은 자랑할 만한 경력 아니야?"

"…………아니, 나는."

"네게는 실컷 폐를 끼쳤는데…… 지금은 그것도 좋은 추억이지. 그래서, 지금은 무슨 일을 해? 보아 하니 여기 문지기라도 하는 거야?"

머리부터 발끝까지 시선을 훑은 라이라스가 가볍게 웃었다. 분위기를 알아챈 건지 늘 태평한 신입도 얼굴이 새파래져서 직립부동 자세가 되었다.

"너는 문지기보다 묘지기가 잘 어울리는데. 뭐더라, '죽음'이 보인댔던가? 나 원, 네 헛소리에 몇 번을 휘둘려줬는지…… 응?"

라이라스는 그렇게 말하며 크게 웃은 뒤, 갑자기 무표정으로 돌아가고는 아이즈의 얼굴에 주먹을 꽂았다.

아이즈가 요란하게 날아가 주변에 있던 인파에 부딪쳤다.

"말했지? 다시는 그 구질한 낯짝 들이밀지 말라고. 설마 너, 한 번 더 우리의 동료가 되고 싶어서 여기의 문지기가 된 건 아니겠지?!"

"아니, 아니야…… 나는 몇 년 전부터 여기서………… 윽!"

아이즈의 대답 같은 건 들리지 않는 건지 라이라스는 인정사정없이 복부를 걷어찼다.

평범한 발차기임에도 불구하고 철제 갑옷이 크게 구부러졌다.

"우리는 노력을 거듭해서 지금의 명예를 손에 넣었어. 꼴사납게 도망친 너와는 근본적으로 다르다고. 실수로라도 우리와 아는 사이라고 지껄여대지 마라?"

싸움인 거냐며 주변의 웅성거림이 커지더니 이윽고 커다란 말을 탄 남자가 나타났다.

대륙 굴지의 용병단, 다섯 개의 별을 이끄는 리더 이그나시오였다.

"야야, 라이라스. 또 싸우는 거야~? 너는 정말…… 어라? 설마 아이즈야?"

숨을 헐떡이는 아이즈를 보고 리더의 눈이 휘둥그레졌다.

갑작스러운 재회에 이쪽도 이쪽대로 당황한 모양이었다. 동시에 코피를 흘리며 크게 구부러진 갑옷을 보고 무슨 일이 일어났는지 바로 눈치챘다.

"라이라스? 우리는 지금 잭 씨에게 고용된 몸이라고. 그곳의 **병사**를 다치게 하다니, 분별력을 키워야지~."

"핫! 시시껄렁한 **잡좁**과 나를 똑같이 취급하지 마."

한때 동료였던 남자들의 대화를 들으며 아이즈는 말없이 코피를 닦았다.

할 말은 아무것도 없고, 그저 부끄러울 뿐이었다. 같은 출발선에 있었으면서 이렇게까지 차이가 벌어지다니, 제 모습을 지워버리고 싶은 기분이었다.

난폭한 라이라스와는 다르게 리더는 느긋한 성격인 건지 태평한 목소리를 냈다.

"여기서 일하고 있었구나~. 아이즈, 시간 나면 밥이라도 같이 먹자~. 우리는 지금 왕궁에 초대받아서 바쁘니까 또 연락할게~."

리더는 부드러운 미소를 보인 뒤 천천히 말을 몰았다. 라이라스는 아이즈를 노려본 후 멸시하듯 코웃음을 치고 그 뒤를 쫓아갔다.

왕도의 군중은 두 사람의 모습을 보고 수군거렸다.

"저게 소문으로 듣던 용병단의 리더인가…………."

"어지간한 국군보다 훨씬 강한 용병단을 이끌고 있다던데."

"저 라이라스라는 남자, 투기장에 게스트로 참전해서 마수를 걸레짝으로 만들어놨다고."

"저런 괴물들을 부르다니, 잭의 천하는 흔들림이 없다는 건가……."

"젠장, 잭 자식…………. 아주 제 맘대로야!"

웅성거리는 성문에서 이탈한 아이즈는 물에 적신 천으로 얼굴을 닦고 구부러진 갑옷에 손을 올렸다.

이래서야 제 기능을 하는 건 무리다.

"아, 아이즈 씨…… 괜찮으세요?"

"미안하다, 꼴사나운 모습을 보여줘서…………."

아이즈는 웃으려고 했지만, 그 표정은 딱딱했다.

신입도 무슨 말을 건네야 할지 찾지 못한 듯했다. 그런 분위기가 더욱 무거웠다.

"옛날에 알던 녀석이 저렇게까지 출세했다는 건 참 괴롭다니까………… 하하."

"…………그, 무슨 말씀을 드려야 할지."

"됐어, 신경 쓰지 마. 저 녀석들은 노력해서 눈이 부실 정도의 승리자가 된 거야. 나는 계단을 잘못 디뎌서 지금은 어엿한 **패배자**인 거고."

자조적으로 웃은 아이즈는 조심스럽게 갑옷을 벗었다.

안쪽에 넣어두었던 비장의 궐련이 거의 부러지고 말았지만,

무사한 한 개비를 찾아낸 아이즈는 무심코 '감사해라' 하며 기도했다.

"아이즈 씨…………."

"그 녀석 말이 맞아. 우리는 같은 마을 출신이고, 아무것도 없는 골칫거리 집단이었지. 갈 곳 없는 농가의 차남이나 삼남, 일이 없는 녀석들을 모아서 용병단을 결성했어."

이어받을 밭도 없고, 인맥도 없고, 학식도 없고, 돈도 없다.

그런 젊은이들은 모험가가 되거나 용병이라도 되거나, 산적으로 타락하거나, 마지막엔 뭍에서 밀려나 바다에라도 나갈 수밖에 없는 세상이다.

"어째서, 그, 용병단을 그만두신 건데요…………?"

"나는 어째서인지 옛날부터 '죽음'에 민감했거든. 여러모로 **보여서** 말이지. 마을에 있을 때는 그 정도까진 아니었지만, 전장에 서니까 못 견디겠더라. 주변 녀석들에게도 적에게도, 사방팔방에 기척이 넘쳐흘러. 마치 사신에게 둘러싸인 듯한 기분이었어."

트론에게는 한참 못 미치지만, 아이즈도 특수한 눈을 갖고 있다. 그것도 '죽음'이나 '위험'을 감지하는 데 특화한 눈이었다.

아이즈는 그때마다 주변에 위험을 알리고, 행군을 멈추게 하고, 작전에도 참견했다.

주변에서도 '그 요새에 들어가면 죽어', '이 길로 가면 죽음이 기다리고 있어', '이 작전대로 하면 대부분 죽어'라는 말을 계속 듣다 보면 안색이 달라질 법도 했다.

하지만 용병으로서 전장에 섰으면서 '죽음'에서 계속 도망쳤다간 장사가 성립되지 않는다. 용병이란 말 그대로 목숨을 거는 장사니까.

"나는 점점 따돌려지게 되었고…… 위험한 전장에서, 행군에서 도망친 적도 있었어. 당연히 쫓겨나지."

"그랬, 군요…………."

"웃기는 건 리더나 간부 녀석들은 늘 그 '죽음'을 **극복했다**는 거야. 저 녀석들은 진짜였어. 평범한 인간인 나와는 다르게."

다행인지 불행인지 다섯 개의 별의 리더나 간부들은 축복받은 자질을 지녔다.

인간이 맞는지 의심스러울 정도인 S랭크는 별개로 두고, 인류의 도달점이라고 불리는 A랭크에 필적하는 힘을 자랑하며 용병단의 이름에도 '다섯 개의 별'을 내걸 정도였다.

그들은 아이즈가 지적하는 '죽음'을 계속 극복하며 지금 지위까지 올라왔다. 라이라스 같은 남자가 보기에 아이즈 같은 건 현장을 휘저어놓는 **허풍쟁이**에 불과했을 것이다.

"뭐, 그런 이유로 꼴사나운 옛날이야기는 끝…… 미안하지만 오늘은 그만 쉴게."

아이즈는 손을 흔들고 성문을 지나 단골인 대장간에 갑옷을 맡겼다. 도저히 새로 마련할 돈은 없었으니 어떻게든 수리해서 다시 써먹으려고 하는 모양이었다.

"이게 뭐야?! 야, 아이즈! 마수에게 맞기라도 했어?"

"뭐, 비슷해."

아이즈는 말을 흐리며 가게에서 나온 뒤 대로를 벗어나 초라한 슬럼가로 향했다.

화려한 왕도 내부에도 어둠은 늘 존재한다. 루키 시에도 빈민가가 존재했지만, 그것은 **내일을 꿈꾸는 사람**들의 장소라고 할 수 있다.

말 그대로 그들은 루키이자, 얼마든지 재기할 수 있는 나이가 대부분이다.

하지만 유리티아스의 슬럼가는 공기부터 다르다.

'또 환자와 거지가 늘었어……. 저쪽은 투기장의 패배자인가…….'

신음하는 환자, 한쪽 팔을 잃어버린 자, 음식물 쓰레기를 뒤지는 어린아이들, 구걸하는 노인. 수상한 약물을 파는 자, 몸을 파는 여자들.

여기는 이미 **꿈이 깨진** 녀석들의 무덤이다. 부활도, 재기도, 내일도, 미래도, 역전도 아무것도 없다. 그 모든 것은 오래전에 눈앞을 지나가 버렸다.

아이즈는 어느 판잣집의 문을 밀고 안에 들어가 싸구려 술을 주문했다.

판잣집 안에는 낡은 카운터가 있을 뿐, 의자나 테이블 같은 시설도 없고 **인간들의 열기**가 고인 후덥지근한 냄새가 코를 찔렀다.

"무슨 일이야? 아이즈. 대낮부터 땡땡이냐?"

"가끔은 괜찮잖아. 빨리 술 줘."

"오냐, 제노비아에서 들여온 고급 럼주다! 음미하면서 마시라고."

"제노비아는 무슨. 쓰레기 같은 잡곡으로 만든 밀조주 주제에…………."

그런 대화에 주변의 취객들도 킬킬 웃었다.

적은 돈으로 취하기 위해 그들은 조악하고 도수가 강한 술을 즐겨 마신다. 소소한 도박에서 이긴 자는 작은 접시에 가득 담긴 볶은 콩을 한 알씩 맛보듯이 집어먹고 있었다.

당연히 이곳 주민들에게 빨래나 목욕 같은 건 거리가 먼 세상이다.

"노력했다고………… 그야, 너희들이 올바르지…………."

아이즈는 조악한 밀조주를 목에 흘려 넣은 뒤 술 냄새가 섞인 한숨을 뱉었다.

정론이라고 순순히 인정하는 마음과 너희 같은 천재와 똑같이 보지 말라고 반발하는 마음이 다투는 모양이었다.

밀조주를 연거푸 석 잔이나 마신 아이즈는 비장의 궐련을 꺼냈다. 원래는 더 기념할 만한 상황에서 피우려고 생각했었다.

마석으로 불을 붙이고 오랜만에 맛보는 근사한 향기를 폐 속에 불어넣었다. 주변에 있는 취객들도 궐련의 향기를 놓치지 않으려는 듯 코를 실룩거리며 가까이 다가왔다.

"죽음에서 도망치지 않고 맞선다고? 평범한 사람에게 그런 게 가능하겠냐…… 망할…………."

아이즈는 신음하듯 중얼거린 뒤 만취할 기세로 술을 계속 마셨다. 슬럼의 주민은 다들 크든 작든 그랬다. 술로 도망치는 것

말고는 하루하루의 구원이 없었다.

　한편 왕궁에서도 이 나라의 실권을 쥔 남자가 떨떠름한 얼굴로 술을 마시고 있었다.

　그 남자를 한마디로 표현하자면 오크일 것이다.

　올려다봐야 할 정도로 큰 키에 바위를 연상케 하는 근육질의 몸뚱이.

　그 눈은 사나운 육식동물 같은 빛을 머금었고, 마주 본 자에게 위압감을 주기 위해 태어났다는 생각이 저절로 드는 존재였다.

　왕궁 내에 만들어진 **또 하나의** 옥좌에 앉은 이 남자가 바로 잭 상회의 수장이자 유리의 모든 것을 전횡하는—— 잭이었다.

　"황국은 계속 **침묵**하는 건가…………?"

　잭의 목소리에 소파에 앉아있던 상회의 간부들이 말없이 머리를 숙였다.

　클로버, 다이아, 하트, 스페이드라는 이름으로, 각자 옷이나 얼굴에도 해당 무늬가 그려져 있다. 완전히 세기말에서나 볼 수 있을 법한 가시 박힌 어깨패드며 거친 복장을 하고 있지만, 하트라는 남자만은 SM 여왕님 같은 복장이었다.

　그 하트가 애교 있는 목소리를 냈다.

　"보스도 참, 성격이 급하다니까. 분명 **후임** 연락도 금방 올 거야♡"

　그 목소리마저 여성의 것이며 몸매도 무척 좋아 도저히 남자로는 보이지 않았다.

호화로운 금발에 지지 않는, SM 특유의 마스크가 그 자리의 면면 중에서도 한층 눈에 띄는 존재였다.

"그 **악당**은 쉽게 얻기 힘든 말이었는데⋯⋯⋯⋯. 후임이 누구든 **수입**이 줄겠군."

악당이란 당연히 황국의 대신관을 말한다.

잭은 그와 밀월 관계를 쌓아 약물과 인신매매, 금제품목, 밀조주, 무기 밀수 등을 통해 거액의 부를 손에 넣었다.

그런 **요술방망이**를 잃어버린 셈이다.

잭의 분노는 당연했다. 간부들도 어떻게 해야 할지 알 수 없어 다들 침묵하며 고개를 숙일 뿐이었다.

그곳에 다섯 개의 별을 이끄는 리더, 이그나시오가 가벼운 분위기로 밀고 들어왔다.

"어라라, 오늘도 분위기가 어둡네~. 다들 가끔은 웃지 그래? 자, 스마일♪"

"촐싹거리지 마. 스 네오의 움직임은?"

이그나시오의 경박한 분위기를 부수듯 잭이 가시 돋친 목소리로 물었다.

이그나시오는 어깨를 움츠렸지만 가볍게 윙크하며 대답했다.

"아무것도 없던데~? 지금은 조용하더라~."

"그럼 네놈들을 고용한 건 헛수고였다는 셈이 되는군."

"우와, 잠깐만! 아직 그들이 어떻게 움직일지 정해진 건 아니잖아~?"

스 네오에는 제대로 된 군대가 존재하지 않지만, 풍부한 자본을 무기로 타국의 군대나 강한 용병단을 고용해서 움직일 때가 있다.

체면이 구겨진 것을 복수하러 그러한 힘을 움직일 가능성이 있었기에 잭은 만약을 대비해 거금을 들여 다섯 개의 별을 고용했다.

"돈 낭비가 되지 않도록 너희들에게 기대하마."

"그건 맡겨줘~. 뭐니 뭐니 해도 우리는 '죽음'을 뛰어넘는 용병단이니까~♪"

이그나시오가 마치 음유시인이나 한량 같은 가벼운 분위기로 팔랑팔랑 손을 흔들었다. 그 모습에 간부들은 짜증 난 시선을 보냈으나 리더는 아랑곳하지 않았다.

"…………이야기는 이걸로 끝이야. **노인네** 빼고 전부 꺼져."

잭의 그 목소리에 방에 있던 자들이 우르르 나갔다.

남은 건 방 한구석에 있던, 엄숙한 갑옷을 갖춰 입은 노인뿐이었다.

하얀 콧수염과 턱수염으로 덮인 얼굴은 역전의 **그것**을 연상케하는 위엄으로 충만했다. 체격을 봐도 잭에게 뒤지지 않았으며, 갑옷을 장비한 모습은 거대한 바위와도 같았다.

"노인네, 너는 왕궁 수비라도 철저히 해 놔. 그 나이엔 제대로 전투하지도 못할 테지."

"저런, 이미 기능과 권위를 잃어버린 왕궁을 지키라?"

"제노비아의 **썩은 재상**이 보낸 장수 같은 걸 어떻게 믿으라고. 이 안쪽에서 죽어가는 왕과 죽고 나 뒤에 들어갈 무덤 상담이라도 하든가."

노인네라고 불린 장수는 가슴 앞에서 팔짱을 낀 채 그 말을 들었다. 노장은 제노비아 신왕국에서 원군으로 파견된 사람이었으나 반쯤 무시당하는 존재였다.

노장은 그 말을 듣고 꾸벅 인사한 뒤 휙 등을 돌렸다.

그 등을 향해 잭이 굵은 목소리를 던졌다.

"그 교활한 여자에게 전해. 밀크의 유력 부족은 이쪽에 붙으려 하고 있다고."

그 발언은 완전히 협박이었다.

이쪽을 이용하려는 제노비아의 재상에게 견제구를 던진 것이다.

"어이쿠, 무서워라…………. 그대는 우리나라와 싸울 생각입니까?"

"네놈들의 나라 따위는 정면에서 싸울 것도 없어. **이카로스를** 지배하는 다이달로스와 나는 형제 같은 사이거든. **고르곤이** 정리되면 바싹 말려 죽여주지."

사납게 비웃는 잭을 보고 노장도 얼굴을 찌푸렸다.

대륙의 경제를 쥔 도시국가, 그 대표로 꼽히는 고르곤 상회.

그리고 대륙의 어둠을 짊어진 암흑도시 이카로스를 지배하는 다이달로스 상회. 이들 동쪽과 서쪽의 대표적 상회를 손에 넣는다면 어떤 상대라고 한들 싸우지 않고도 말려 죽일 수 있을 것이다.

잭은 허풍을 떠는 게 아니라, 가까운 미래에 실현할 수 있는 능력과 무력, 자본을 모두 겸비한 일류 악당이었다.

"우리나라는 귀국과의 우애를 잊은 적이 없습니다. 우리가 그렇게 생각하듯 그대도 그랬으면 좋겠군요."

"헛소리는. 그 부채 여자의 **교활한 생각** 같은 건 다 꿰뚫어 봤다고."

노장은 그 말을 부정하지 않고 얌전히 머리를 숙인 뒤 방을 뒤로했다.

아무도 없어진 실내에서 잭은 왕좌의 착석감을 확인하듯 목을 돌렸다.

이윽고 술병을 잡고는 거칠게 목으로 흘려 넣었다.

"나의 친애하는 광사자(狂獅子), 루키페르여————."

잭의 입에서 불가사의한 문장이 흘러나왔다. 누군가가 들었다고 해도 그게 무엇을 가리키는지 알지 못했을 것이다.

————나의 **투쟁**과 **오만**을 똑똑히 지켜 보소서————.

잭은 그 말을 끝으로 화려하게 망토를 나부끼며 방을 뒤로했다.

마치 화약고와 같은 수상한 나라에 불똥 그 자체인 마왕과 렌이 접근하고 있었다. 나라 하나가 산산조각이 날 듯한 대폭발은 이미 피할 수 없는 모양이다.

꿈은 꿈이어도

밤인데도 불구하고 잇달아 정기 마차며 짐을 실은 상인들의 마차가 도착해 성문 주변은 상당히 북적거렸다.

사람의 유입이 많은 이 나라는 말 그대로 '잠들지 않는 도시'라고 할 수 있으리라.

주변에는 밤을 걷어내듯 설치된 빛의 마석이 붉은색이며 하얀색 등 다채로운 빛을 뿌려 대낮처럼 밝았다.

상인들이 차례차례 짐을 내리고 그걸 문지기가 확인했다.

하지만 이미 국가의 중추까지 파고든 잭 상회의 입김이 닿은 자들이 검사하기 때문에 구멍투성이였다.

"흠, 이건 약인가?"

"헤헷, 이게 효과가 아주 끝내주죠."

"확실히 '의약품'이긴 하지만………… 내 눈엔 조금 위험해 보이는데."

"아닙니다, 엄연한 약이고말고요."

상인은 문지기의 손에 재빠르게 가죽 주머니를 건넸고, 그 무게에 문지기는 씩 웃었다. 말없이 턱짓하자 마차는 아무 일도 없었다는 듯 성문 안으로 들어갔다.

여기서는 문지기에게 어느 정도 뇌물을 먹이면 타국에선 금지된 약물도 버젓이 들어갈 수 있다.

통증을 없애는 의약품이라는 명목을 내세웠지만 엄연한 마약의 일종이다.

그건 '트랜스'라는 은어로 불리는데, 중독성이 강해서 흡입하면 쉽게 끊을 수 없다.

다음 마차에는 도난품이 실려 있었고, 그 뒤에 있는 마차에는 조악한 밀조주가 실려 있다.

물론 멀쩡한 식료품이나 의복을 가져온 마차도 있기는 하지만, 밤에 들어오는 마차는 비합법품을 실은 게 많다.

개중에는 목걸이와 족쇄를 찬 노예를 가득 실은 마차 부대도 있었다.

그러한 상인들의 행렬이 끝나자 다음은 정기 마차였다.

마지막으로 꾸역꾸역 사람을 실은 마차에서 모험가들이 내렸는데, 이미 하늘은 해돋이를 맞아 태양의 빛이 대지를 부드럽게 비추기 시작했다.

"더워 죽겠다⋯⋯⋯!"

"냄새 미쳤네."

"으, 가려워⋯⋯⋯. 너희 이 생긴 거 아니야?!"

장시간의 이동에 더해 적정인원을 초과한 열악한 환경에서 몇 시간이나 기다린 자들이었다.

다들 분노와 짜증으로 얼굴을 잔뜩 찡그리고 있었다.

"간신히 루키 계급에서 탈출했는데⋯⋯⋯."

"하다못해 인간으로 대우해 달라고."

저마다 입에서 불평불만이 튀어나왔지만, 가장 저렴한 요금으로 탄 모험가 같은 건 짐승보다 못한 존재이므로 제대로 된 대우를 해줄 리가 없었다.

오히려 소나 말이었다면 물과 여물 같은 걸 듬뿍 주며 소중하게 데려올 테지만, 가난한 모험가 따위는 운반하는 쪽도 참으로 냉담하게 대했다.

하지만 그런 짐승보다 못한 대우를 받는 그들을 환하게 웃으며 맞이하는 일행이 있었다.

─────당연히 잭 상회 사람들이다.

눈이 멀어버릴 듯 여러 명의 미녀를 거느린 한 명의 남자.

잭 상회의 상급 사용인인 집사이자, 멋들어진 팔자 수염을 기르고 있었다.

남자는 꼬질꼬질한 모험가들의 모습을 보고는 마부를 보란 듯이 크게 혼냈다.

"다른 나라라면 모를까, 우리나라에 찾아오는 모험가들은 특별히 극진하게 모시라고 알려놓았을 텐데! 대체 무슨 이유로 이렇게 대했단 말인가!"

"죄, 죄송합니다······! 그, 이건, 차, 착오가 있었던 듯한······."

"나에게 사과해도 의미가 없지. 머리를 숙여야 할 대상은 저쪽에 계신 분들이다!"

"죄, 죄송했습니다! 부디 용서해주세요!"

그들을 벌레처럼 대했던 업자들이 창백한 표정으로 일제히 넙죽 엎드렸다.

모험가들은 처음엔 어떻게 해야 할지 알 수 없어 굳어버렸지만, 점점 그 표정이 꼴 좋다는 듯 유쾌하게 일그러졌다.

물론 이것도 잭 상회의 **연출**이다.

매번 하는 연기를 마치자 집사는 딱 손가락을 튕겼다.

그 신호와 함께 미녀들이 시원한 물에 적신 천을 모험가들 한 명 한 명에게 직접 건네며 환영했다.

집사도 과장된 동작으로 머리를 숙인 뒤 환영을 표했다.

"잘 오셨습니다! 탁월한 '재능'을 지닌 여러분!"

그런 요란한 목소리와 함께 미녀들이 시원한 에일이며 와인이 든 잔을 건네주었다. 모험가들은 뜻밖의 환영에 눈을 크게 떴다.

이곳에 가장 저렴한 마차를 타고 오는 모험가는 루키 상태를 간신히 탈출한 E랭크 뿐이다.

따라서 이렇게 크게 환영받은 건 살면서 한 번도 경험해본 적이 없는 사람들이다.

"잭 상회는 미래 있는 여러분의 방문을 대환영합니다! 외람되지만 저희 쪽에서 당장 사용할 숙소와 식사를 마련하겠습니다."

그 목소리에 모험가들에게서 술렁거림이 퍼졌다.

지금껏 인간 대우조차 제대로 받지 못하고, 길거리의 돌멩이 같은 취급이었는데 느닷없이 기대하는 신인이라도 되는 듯 추켜세워졌기 때문이다.

시원한 알코올이 입에 들어간 것도 더해진 건지 그들은 그만 콧대가 높아졌다.

"뭐, 뭐어…… 나도 루키 시에서는 조금 유명한 남자이긴 했지만……."

"그러셨겠죠! 1성은 역시 분위기부터 다르십니다."

그들의 몸에는 E랭크를 드러내는 '1성'이 눈에 띄는 장소에 자랑스럽게 달려 있었다.

자신들은 이제 루키가 아님을 과시하는 의미도 있지만, 그들에게는 인생 최초로 손에 넣은 '트로피'이기도 했다.

노골적이라고는 하나 그걸 칭찬해주니 기분이 나쁘지 않았다.

"여러분께선 분명── 밤에도 영웅호걸이시겠죠? 그쪽도 철저하게 마련해드리겠습니다."

"하, 그게 진짜야⋯⋯⋯?"

"여러분이 미궁에서 가지고 돌아오는 전리품 덕분에 저희도 장사할 수 있는 법. 말하자면 저희는 운명 공동체인 겁니다. 사실대로 말씀드리자면 1성이 되신 우수한 여러분을 타국에 빼앗겨버리면 상회로서는 큰 손해이니까요⋯⋯⋯."

집사는 어깨를 움츠리며 참으로 곤란하다는 표정으로 쓴웃음을 지었다.

그걸 보고 모험가들도 수긍한 건지 크게 웃었다. 심지어 제 가슴을 두드리며 호언장담하는 자마저 속출했다.

천하의 잭 상회에서 이렇게까지 저자세로 나오다니, 자신이 호걸이라도 된 듯한 기분에 잠겼기 때문이다.

"여러분은 지금부터 검역소에서 신분 조회 및 검사를 받으실 텐데, 어디까지나 형식상인 절차입니다. 그게 끝나면 우선 느긋하게 왕도 생활을 만끽해주시지요."

1성이 되어 처음으로 왕도를 방문한 모험가들은 예외 없이 이러한 환대를 받는다.

호화로운 귀빈관에서 숙박과 식사, 저녁이 되면 미녀가 기다리는 주점. 밤에는 창부들의 접대. 마지막 날엔 왕궁에서 열리는 잭 상회 주최 파티에도 초대받는다.

말 그대로 꿈——.

그들이 꿈꾸던 시간을 지금부터 현실로 체험하게 된다. 사흘쯤 지나면 어떤 남자라도 푹 빠져버릴 것이다.

"헷헷…… 최고잖아…………!"

"우리도 빌어먹을 패배자 무리에서 빠져나왔다는 거구나."

"그건 그래. 루키 시에 있는 풋내기들과 우리는 다르니까."

그들은 절절히 느꼈다.

자신들이 손에 넣은 '1성'이 얼마나 큰지. 루키 계급에서 빠져나오자 말 그대로 세계가 바뀌었다는 걸 실감했다.

완전히 기분이 좋아진 남자들이 흥소하며 성문을 통과했다. 본래 성문을 출입할 땐 돈이 필요하지만, 그것도 잭 상회에서 '대접'해주었다.

위병들도 마치 대단한 인물을 맞는 것처럼 도열하여 잇달아 환영하는 말을 건넸다. 점점 기분이 좋아진 그들은 장밋빛 미래를 꿈꾸며 밝은 얼굴로 문을 지나갔다.

그런 떠들썩한 광경을 아이즈는 홀로 싸늘한 눈으로 바라보고 있었다.

"여전히 호구 잡힐 녀석들밖에 없네…………."

아이즈는 위험한 인물이 있다면 그걸 본부에 알리는 역할을 맡고 있다.

그 '눈'을 사용한 위험인물 색출이라는 측면에서 아이즈는 달인이라고 할 수 있다. 옆에 있던 신입은 그 말에 걸리는 게 있었는지 바로 질문을 던졌다.

"저 사람들은 틀린 건가요…………?"

"다들 잔뜩 신이 났어. 뼛속까지 쪽쪽 빨릴 게 뻔해."

잭 상회도 미쳤다고 E랭크 녀석들을 그냥 환대하는 게 아니다. 그들에게 사치를 가르쳐 거기에서 빠져나가지 못하게 만들려고 호들갑스럽게 접대하는 것이다.

저렇게 들뜬 녀석들이 도착하는 곳은 대체로 빚 지옥이라는 건 말해봐야 입만 아프다.

"하, 하지만 저 사람들은 루키를 졸업한 거잖아요?"

"신이 나서 분수를 잊어버린 녀석들은 화상을 입을 때까지 알지 못해. 개중엔 화상을 입고도 깨닫지 못하는 답이 없는 녀석도 있고."

"그, 그렇군요………."

아이즈의 쌀쌀맞은 태도에 신입도 입을 다물었다.

성문 근처의 인파는 끊이질 않았다. 다음은 젊은 여성 모험가 집단이 나타났다. 그쪽에는 수려한 미모의 남자 집단이 달려가 비슷한 환대가 반복되었다.

마치 복사해서 붙여넣기라도 한 듯한 광경이었다.

"아이즈 씨, 저 여자들도 마찬가지인가요?"

"저건 나중에 창관으로 추락하거나, 남창에게 푹 빠지거나,

트랜스에 중독되어서 슬럼가에 가거나, 어쨌거나 글러 먹었어."

아이즈의 대답은 매정했지만 사실이기도 했다.

꿈 많은 모험가일수록 발목을 잡힌다.

특히 시골에서 나온 녀석들은 화려한 왕도 생활에 취해 순식간에 균형을 잃어버린다.

그래도 유리티아스에 사람이 모이는 건, 여기에는 수많은 기회가 굴러다닌다는 화려한 이미지가 있기 때문일 것이다.

잘 처신해서 미궁에서 거금을 손에 넣은 자나 장사로 성공한 자도 있다.

물론 그러한 성공 사례는 잭 상회가 한껏 부풀려서 퍼트린 과대광고라 실제로는 미리 대본을 짜 놓은 연극인 경우가 대부분이었지만.

"어쩐지 앞날이 캄캄한 이야기들이네요…………."

"괜찮아, 너도 금방 익숙해질 거다."

과거의 동료들이 눈부신 실적을 쌓아 올리는 걸 보며 발버둥 쳤던 아이즈는 체념도 중요하다는 해탈의 경지에 이르렀다.

'스무 살에 용병단에서 쫓겨나 16년이 지났나………….'

36살이라는 무게가 아이즈의 두 어깨를 짓눌렀다. 동료들의 활약을 보고 자신에게도 분명 영웅이 될 소질이 있을 거라며 발버둥 쳤던 십수 년이었다.

물론 세상은 그렇게 무르지 않았기에 고배를 마시는 일상만이 이어졌고, 어느새 이미 젊다고는 할 수 없는 나이가 되고 말았다.

아직 내일에 꿈을 꿀 수 있는 신입의 감성이 부러울 정도였다.

'꿈을 꿔도 고통스러울 뿐이야. 이뤄지지 않는다면 그건 독이 되어 마음을 좀먹지…………'

아이즈는 그런 중년다운 체념에 몸을 맡겼다.

꿈을 내거는 건 좋지만 그건 점점 독이 되어 몸을 불태우는 결과를 낳는다. 과거 동료들과 재회했기 때문인지 아이즈는 최근 며칠간 머릿속에서 계속 그런 생각만을 반복했다.

'포기하는 게 뭐가 나빠…………? 이상 같은 걸 버리면 가난하다고 해도 그럭저럭 즐거운 인생을 보낼 수 있잖아…………. 아니냐고…………'

아이즈는 그런 쓸모없는 생각만 하고 있었지만, 세상일이란 참으로 기묘한 법이다.

이날, 감시자 A라는 인생을 보내던 아이즈에게 오랫동안 잊고 있던 꿈이 찾아왔다.

그 꿈은 최고가의 대형 고급 마차로서 불쑥 나타났다. 마차 안에서 터무니없는 기품을 지닌 미소녀가 내려왔다.

한눈에 봐도 달랐다. 분위기가 다르다. 차원이 다르다.

그 소녀는 전부── 모든 것이 너무나도 달랐다.

"뭐야. 어디의 귀인인 거야? 저거…………!"

"대, 대대대대대단한 미소녀네요…………! 게다가 머리카락이 새까맣잖아요?!"

"어드메의 대귀족 아가씨인 건가……? 어쩌면 도시국가 저편에 있다는 먼 나라의 왕녀일 가능성도…………."

"아…… 왠지 보기만 했는데 사랑에 빠져버렸어요…………."

그런 신입의 태평한 말에 아이즈는 무심코 웃음을 터트렸다.

젊은 남자라면 저런 소녀를 보고 한방에 넘어갈 만도 했다. 반대로 쓴맛을 보며 살아온 아이즈 같은 남자에겐 설렘보다도 먼저 경계심이 앞서게 되는 소녀였다.

저 소녀는 너무나도, 모든 것이 **완벽**하니까.

"흠…………. 여기가 유리티아스인가."

하지만 그 뒤에서 나타난 남자를 보고 아이즈는 앉아있던 바위에서 굴러떨어졌다.

전신을 모조리 검은색으로 감싼, 어마어마한 안광의 대장부. 그 남자는 마차에서 내리기만 했는데도 주변의 먼지조차 가라앉혀버릴 듯한 위압감을 두르고 있었다.

남자가 하얀 궐련 비슷한 것을 물자 소녀가 자연스럽게 불을 붙였다. 입에서 하얀 연기를 뿜는 당당한 모습에선 영락없이 암흑가를 지배하는 제왕의 품격이 느껴졌다.

"미친………… 저거 위험해………………."

"확실히 위험한 미모네요……! 저 소녀의 이름은 뭘까요?"

"멍청아! 옆에 있는 남자를 봐!"

"에이…… 저렇게 예쁜 애가 있는데 다른 으어어어어어어억!"

신입이 정체를 알 수 없는 비명을 지르며 입을 뻐끔거렸다.

느닷없이 나타난, 지옥을 통솔하는 제왕 같은 남자를 보고 소녀에게 넋이 나갔던 신입조차 단숨에 정신을 차렸기 때문이다.

감시자로서 아직 풋내기인 신입은 거기서 끝났지만, 아이즈는 끝나지 않았다.

그 남자 주위에서 셀 수 없이 많은 망자를 보았기 때문이다.

그 숫자는 몇백, 몇천을 넘어 한 나라의 인간을 싸그리 몰살했다고밖에 보이지 않는, 터무니없는 숫자였다.

"시, 신입…… 본부에 알리고 와. 위험한 게 왔다고…………."

"저, 저 남자는 뭐죠…………?!"

"저 옷으로 보아 도시국가 고르곤 상회겠지……. 지난번의 보복으로 스 네오에서 보낸 건지도 몰라. 이거 큰 항쟁이 일어나겠는데…………!"

"세상에…………."

"아무튼 달려!!"

그 목소리에 신입이 펄쩍 뛰어오르듯 달려갔고 아이즈는 말없이 얼굴을 덮었다. 저 시커먼 남자가 무슨 꿍꿍이로 왕도에 나타난 건지는 모른다.

유일하게 알 수 있는 건, 저 남자 주위에 상식을 초월하는 죽음이 소용돌이치고 있다는 것뿐이었다.

이날, 아이즈에게 잃어버렸던 꿈이 찾아온 것은 틀림없다.

꿈은 꿈이어도 끔찍한 **악몽**이었지만.

Maousama
Retry!

마
왕
님,

리
트
라
이
!

불꽃

오늘도 왕도 중앙 대로는 북적북적해서 오가는 사람이며 마차수에 진절머리가 날 정도였다. 깔끔하게 정비되고 있는 라비 마을처럼 노폭이 넓지 않기 때문이다.

이 대륙에선 한정된 구역 안에 조금이라도 많은 가게를, 집을 쑤셔 넣기 위해 설계하는 게 일반적이므로 라비 마을이 특이한 케이스다.

그런 대로에는 오늘도 빚쟁이가 한 자매를 붙잡고 마구잡이로 배를 걷어차는 중이었다.

차이는 건 여동생 쪽이었는데, 동생을 감싸려고 한 언니도 이미 걸레처럼 쓰러졌으나 길을 오가는 사람들은 발길을 멈추려 하지도 않았다.

괜히 건드렸다가 덤터기를 쓰고 싶지 않다는 태도였다.

"내야 할 걸 안 내겠다면 동생의 신변은 넘겨받겠어."

"자, 잠깐…… 동생에겐 손대지 마! 돈을 빌린 건 나잖아!"

"그래서지. 넌 일해야 하잖아."

그 말에 여자가 숨을 삼켰다. 무슨 일을 시킬지 대략 상상이 갔기 때문이다.

하지만 빚쟁이가 이어서 한 말은 뜻밖의 내용이었다.

뜻밖이라고 해도 좋은 의미는 아니었다.

"너는 투기장에서 싸워줘야겠어. 본래대로라면 보수를 받지만, 당연히 네가 받는 보수는 차압이야. 알겠지?"

"투기, 장…………."

처음 그 단어에 여자는 구원줄이 내려온 듯 한시름 놓았다.

물론 목숨을 거는 장소이긴 하지만, 모르는 남자에게 몇 푼 안되는 돈을 받고 안기는 것보다는 낫다고 생각했기 때문이다.

최근에는 창부도 넘쳐나서 여자라는 상품을 투기장으로 돌리는 일이 많아졌다. 여자끼리 싸우는, 소위 캣 파이트라고 불리는 경기다.

잭 상회는 빚을 담보로 많은 인간을 모아 그들을 다양한 상대와 싸우게 해서 구경거리로 제공하고 있다.

밤이며 낮이며 투기장에는 많은 손님이 모여들었다. 대규모 이벤트가 있는 날에는 주변국에서도 부유층이 찾아와 거액의 판돈을 쓰고 간다.

이것은 잭 상회의 주머니를 두둑하게 만들어 지금은 중요한 재원 중 하나가 되었다.

"첫 경기는 너처럼 빚 때문에 옴짝달싹 못 하게 된 여자야. 2회전은 투기장의 전사, 3회전은 우리가 마련한 맹수와 싸우는 거지. 살아남으면 거기서 차용증을 찢어주마."

"투, 투기장의 전사에 맹수라니………… 농담이지?!"

"농담은 개뿔! 지금 이자가 얼마나 붙은 줄 알아?"

"아, 알았으니까………… 아무튼 동생은 그만 때려!"

"뭐? 그건 네 태도에 달렸지…………. 투기장에서 뒤지기 전에 우리에게 어떻게든 봉사하고 싶다면 생각해줄 수도 있지만."

남자들이 킬킬 비웃었다.

그게 당연하다는 태도였다. 이 도시에서는 흔히 볼 수 있는 광경이자 아무도 동정하지 않는다.

상회에서 빌린 돈은 폭리가 붙지만, 그래도 빚을 계속 지게 만드는 게 잭의 방식이다. 처음에 철저하게 사치에 맛을 들이게 해놓고, 거기서 빠져나가지 못하도록 만드는 고전적인 수법이다.

슬프게도 인간은 사치에 빠지면 좀처럼 원래의 생활로 돌아가지 못하는 생물이다.

"네가 싫다면 네 엄마도 괜찮고? 그거 아직 쓸만하던데."

"어머니는 환자라고! 헛소리하지 마!"

그런 여자의 반응에 남자들의 웃음소리가 한층 커졌다.

상황으로 보아 이 일가는 처음부터 계획적으로 함정에 빠진 모양이었다.

실제로 이 일가는 사치하기 위해 빚을 진 게 아니었다. 베테랑 어부인 아버지가 배가 망가지자 수리하기 위해 돈을 빌렸을 뿐이었다.

점점 이자가 늘어나 아버지는 빚 때문에 투기장에 끌려갔고, 어머니는 마음고생을 심하게 앓다가 쓰러진다는 전형적인 코스를 따라가게 되었다.

거리의 사람들도 고개를 숙인 채 엮이지 않으려고 빠른 걸음으로 지나갔다.

왕도의 길거리는 화려하지만, 일상 곳곳에 함정이 가득해서 어느새 추락하고 또 추락하다가 슬럼가의 주민으로 전락한 사람이 많다.

슬럼가로 추락한 인간을 보면 주민들도 동정심 정도는 느낄 법하지만 현실은 다르다. 그들은 '실패한 인간', '멍청하게 속은 녀석'이라며 멸시의 시선을 받을 뿐이었다.

그리고 마지막에는 꼭 이렇게 말한다.

인간은 저렇게 되면 끝장이지————.

그 싸늘한 시선은 같은 인간을 향하는 것으로 보이지 않을 만큼 냉정했다. 상회는 의도적으로 '하층 인간'을 만들어내 **주민들의 행복도를 올리는** 악랄한 수법을 쓰고 있었다.

그런 왕도를 두 명의 최종 보스가 걸어간다.

단순히 걷고 있을 뿐인데도 사람들의 이목을 끄는 주종이었다.

"화려하군. 길은 좁지만⋯⋯⋯⋯."

"마스터, 충분히 조심하세요."

다가가기 힘들게 만드는 렌의 고귀한 분위기에 인파가 반으로 갈라졌고, 그 뒤에 있는 남자를 본 사람들의 얼굴이 경악으로 일그러졌다. 잭 상회의 새 간부거나 신흥 조직이 시비라도 걸러 왔다고 생각했기 때문이다.

"언젠가는 타하라도 데리고 시찰시켜야겠군."

"훌륭한 생각입니다, 마스터."

마왕의 입에서 잭 상회가 들으면 깜짝 놀랄 말이 아무렇지도 않게 튀어나왔다.

말한 본인은 악의 없이 그지 다양한 곳을 보여주고 참고하게 만들 생각이었지만, 상대방은 웃어넘길 수 없는 말이었다.

"렌, 대로만이 아니라 저쪽도 돌아보자."

"마스터, 저 구역은 위험하지 않습니까?"

마왕이 가리킨 방향에는 판잣집이 난잡하게 세워진 슬럼가가 있었다.

본래 이 남자에겐 슬럼가에 자발적으로 찾아가는 취미는 없었으나, 노동자들과 함께 열심히 일하는 용사의 모습이 떠올랐기 때문이었다.

"화려한 대로만이 아니라 그림자도 봐 두어야지⋯⋯⋯⋯."

마왕은 얼버무리듯이 그럴싸한 말을 입에 올려보았다. 그 주장이 렌의 어딘가에 꽂힌 건지 얼굴이 살짝 풀어졌다.

"마스터는 가난한 분들에게도 눈길을 주려고 하시는군요."

"아니, 딱히 거기까지 생각한 건 아니다."

"아뇨, 마스터는 무척 다정한 분이십니다. 반드시."

'과대평가라고!'

실제로 이 남자는 타국의 빈민을 어떻게든 하려는 생각은 해본 적도 없다. 다만 홀리 브레이브가 보는 풍경이 어떤 것인지 체험해보고 싶어졌을 뿐이다.

마왕이 그렇게 말하자 렌의 표정이 아주 조금 밝아졌다.

기질적으로도 렌은 오타메가라는 인물에게 관심을 가진 모양이었다.

"마스터와 마찬가지로 다정한 분인가 보군요."

"착각하지 마라, 렌. 나는 그 남자 같은 성인군자도 뭣도 아니야. 나는 늘 내 의사와 내 목적만을 위해 움직인다.”

“……저를 커다란 애정을 감싸주신 것도 마스터의 의사입니까?”

“잠깐만, 무슨 소릴 하는 건데?”

렌의 말에 마왕의 발이 무심코 멈췄다.

그렇지 않아도 가까이 가기 어려운 두 사람이 발을 멈추자 인파 속에서도 그곳만 뻥 구멍이 뚫려 마치 드라마 촬영 현장 같았다.

“계속 묻고 싶었습니다. 어째서 제게 그렇게 큰 애정을 주셨는지.”

“……렌, 이야기의 취지가 바뀌었다. 너무 많이 바뀌었어.”

“아뇨, 마스터에게서 전해진 애정은 조금도 바뀌지 않았습니다. 오히려 거리가 가까워진 만큼 한층 강한 사랑을 느낍니다. 지금도 가슴이 터질 것 같을 정도예요.”

“그쪽 이야기가 아니고. 대화 내용이 달라졌——.”

“저를 커다란 애정으로 감싸주시는 게 마스터의 의사라면, 저는 기꺼이 받아들이겠습니다. 저는 당신의 것입니다.”

“잠깐만…… 나는 슬럼가를 시찰하자는 이야기를 했다만. 왜 그쪽으로 빠진 거냐!”

마왕이 당황하거나 말거나 렌은 두 팔을 벌리고 애틋한 표정을 보냈다.

그런 가련한 모습에 주변 사람들에게서 소리 없는 웅성거림이 터졌다.

“마스터.”

"뭐, 뭐냐…………. 또 뭐가 있는 거냐?!"

"좋아합니다."

"…………! 너, 너는………… 때와 장소라는 걸…………."

갑자기 시작된 아침 드라마 같은 전개에 길을 오가는 사람들도 군침을 삼키며 지켜보았다. 얼핏 보기만 해도 영혼을 빼앗아 갈 것 같은 미소녀가 길거리 한복판에서 당당하게 사랑을 고백했으니 그럴 만도 했다.

심지어 상대방은 아무리 좋게 봐도 멀쩡한 직업으로 보이지 않았다.

"저 아가씨, 이런 장소에서 당당하게 고백인가…………."

"대단한 미소녀야…………. 옷도 아주 독특해!"

"저 마피아에게 협박당하는 거겠지. 불쌍해라…………."

"도시국가 사람인가? 저런 미소녀를 돈으로 사다니…………!"

등등. 대로를 지나가는 사람들도 마구잡이로 지껄여댔다.

주변의 시선을 알아차린 마왕은 다급히 헛기침하고 등을 폈지만, 이제 와서 위엄을 만들려고 해도 그저 추한 발버둥에 불과했다.

쏟아지는 시선 속에서 공공연히 이뤄지는 수치 플레이에 마왕의 얼굴이 맹렬하게 구겨졌다.

————동생이 어떻게 되든 상관없다는 거냐? 엉?!————

그건 다행이었을까, 불행이었을까.

불행이라면 누구의 불행일까?

주변이 조용해진 만큼 빚쟁이의 노성이 여기까지 울려 퍼졌다. 마왕의 눈이 날카롭게 빛나더니 이 수치 플레이에서 탈출하기 위해 목소리가 들린 방향으로 성큼성큼 걸어갔다.

그곳에는 차마 눈 뜨고 봐줄 수 없는 광경이 펼쳐져 있었다.

"너도 기대했었지? 내 특대 창에 찔리고 싶다고⋯⋯⋯⋯."

"크하하! 이 녀석의 물건은 진짜 크니까."

남자가 크게 부풀어 오른 것을 과시하듯 고간을 좌우로 흔들면서 여자의 얼굴에 들이밀었다.

여자는 눈물을 그렁그렁 매달면서도 완강하게 남자의 얼굴을 노려보았다.

동생과 어머니를 생각해서 각오를 다진 모양이었다. 대낮에 당당히 이뤄지는 불쾌한 광경에 오가는 사람들도 시선을 돌렸지만, 여기에 대놓고 싸움을 거는 인간이 나타났다.

"빈약한 막대기군. 이 도시에서는 물건이 얼마나 초라한지 경쟁이라도 하나──?"

그 목소리에 빚쟁이 집단이 맹렬히 반응했다. 이곳에서 잭 상회 사람에게 싸움을 거는 건 트랜스 중독자조차 어려운 일이다.

그런 만큼 아무것도 모르는 시골뜨기라고 단언할 수 있었다.

"오, 어디서 온 얼간이야? 나와 봐!"

"왕도에 막 도착한 시골뜨기냐? 이거 교육이 필요한데?"

하지만 그 추측과 달리 인파를 가르고 나타난 건──.

마치 암흑가를 지배하기 위해 태어난 듯한 남자였다.

아무리 잭 상회의 남자들이라고 해도 그 모습에는 숨을 삼켰다. 무엇보다 남자의 복장이 그들에게는 참으로 **노골적**이었다.

"이, 이 자식……… 그 옷은, 도시국가의………!"

"고르곤이냐……… 야, 인마!"

"잭 상회에 싸움을 걸겠다………? 좋다 그래!"

"우리는 스페이드 형님의 부하거든? 그걸 알고서 기어 나온 거겠지?!"

마왕은 시종 말이 없었지만 그들의 발치에 쓰러진 어린아이를 보고 눈썹을 찌푸렸다.

남자들이 구타한 건지, 이미 기절한 모양이었지만 그 모습이 아쿠와 겹쳐지자 마왕의 얼굴이 점점 험악해졌다.

말이 없는 마왕을 보고 우쭐해진 상회의 남자들은 한층 언성을 높였다.

"크하하! 이 녀석, 스페이드 형님의 이름을 듣고는 바로 입을 닥쳤잖아!"

"얼굴값 못하긴……. 이제 와서 꼬리를 말고 내빼려는 건 아니지? 고르곤의 말단 놈아!"

"아니면 뭐냐? 그쪽의 미녀를 헌상하러 온 거야? 그럼 내 특대 창으로 맛봐주마."

자칭 특대 창이 렌을 보면서 허리를 좌우로 흔들었다.

그걸 본 마왕은 조용히 한 장의 동화를 꺼내 엄지로 튕겼다.

"흐억……! 으가아아아아아아아아으으으으으으으으윽!"

동화가 특대 창의 고간에 직격하자 남자는 입에서 거품을 뿜으며 쓰러졌다.

폭포 같은 눈물을 흘리며 격렬하게 경련한 남자가 점점 조용해졌다. 물건이 망가졌을지도 모르지만, 동정심 같은 건 눈곱만큼도 느끼지 않는 건지 마왕은 기가 막힌다는 얼굴로 비웃었다.

"어느 시대든 추잡한 녀석은 비명까지 추잡하군———."

마왕은 비웃으면서 생각했다.

차라리 진짜 쿠나이처럼 행동하자.

그러면 자신에 대한 무시무시한 과대평가와 환상을 너무 크게 가진 렌의 눈도 조금은 떠질 것이라는 꿍꿍이도 있었다.

"이, 이 새끼! 고르곤은 **진짜로 하겠다**고 해석해도 되는 거지?!"

"…………후회할 거다! 고르곤의 간판이 이 나라에서 통할 거라고 생각하지 마!"

"고르곤? 그런 이름은 모른다만———."

코웃음 치는 마왕의 모습에 남자들의 얼굴이 일그러졌다.

일부러 고르곤의 이름을 짊어지지 않음으로써 마음껏 자신들의 구역을 망쳐놓을 생각이다.

그 경우 고르곤 상회에 아무리 따져도 희미하게 웃으며 우리 쪽엔 그런 사람이 없다고 대답할 것이다.

목숨 아까운 줄 모르는 실력자가 아니라면 결코 사용할 수 없는 방식이다.

오히려 따졌다간 생트집을 잡는다고 주변에 공표하여 대의명분을 내건 '전쟁'을 개시하려는 속셈이다.

"잭입네 스페이드입네 자랑스럽게 이야기하던데, 눈앞에 있는 남자가 '킹'이라는 건 눈치채지 못한 모양이군."

질묘한 말장난이었다고 생각한 건지 마왕은 득의양양한 얼굴로 전투 스킬 '위압'을 발동했다. 그 순간 적대자의 방어력이 10% 감소하고 강렬한 위압감이 주위에 퍼져나갔다.

"히이이익!"

"으아아아아아아아!"

그 '위압'에 통행인마저 잇달아 엉덩방아를 찧었다. 빚쟁이들의 전신에서 핏기가 사라졌다.

그것은 '죽음'을 눈앞에 둔 인간의 올바른 반응이었다.

"그래서? 이 나에게 '후회'라는 걸 하게 해줄 사람은 어디의 쓰레기냐——!"

마왕이 한 걸음 내딛자 상회의 남자들이 한 걸음 물러났다.

두 걸음 내딛자 세 걸음 물러났다.

다음 한 걸음을 내디디려고 했을 때, 마침내 잭 상회의 남자들은 적의가 무너져 특대 창을 들쳐메고 허둥지둥 도망쳤다.

남은 건 다친 자매와 홍소를 터트리는 마왕—— 아니, 킹.

'으하하! 이 기세로 거들먹거리면 렌도 조금은 눈을 뜨겠지.'

마왕은 그렇게 생각하며 웃었으나 뒤에 서 있는 렌의 표정이 어떻게 되었는지는 무서워서 확인하지 않았다. 무엇보다 이 소란이 순식간에 왕도 내에 퍼지는 바람에 완전히 무관계한 고르곤 상회를 끌어들인 대규모 분쟁이 일어나게 되지만, 기분 좋게 웃는 마왕이 알 도리가 없었다.

실제로 이 남자는 고르곤 상회의 고도 모르니까.

————잭 상회, 본부————

본부의 한 방에서 남자의 거친 호흡과 여자의 교성이 울렸다.

유리티아스의 독재자인 잭과 그가 마음에 들어 하는 창부들이었다.

그곳에는 창부만이 아니라 남창도 두 명 정도 섞여 있었다. 잭은 거친 놈들을 통솔하는 남자답게 그쪽 욕구도 왕성해서 남자도 여자도 허용범위였다.

이윽고 정사가 끝난 건지 잭은 여자를 거칠게 내던지고 궐련에 불을 붙였다.

끝나는 걸 기다리고 있었던 듯 문을 조심스럽게 노크하는 소리가 들렸다.

잭은 연기를 내뱉으며 '들어와'라고 짧게 대답했다.

짙은 정사의 흔적을 드러내듯 강철 같은 육체에 땀이 흘러내렸다.

그 육체는 실전에서 단련한 것으로, 과거 투기장의 챔피언까지 올라간 진짜배기 전사 그 자체였다.

잭은 노예에 가까운 신분에서 주먹 하나로 기어 올라온 남자이다. 그 몸 주변에서는 늘 피 냄새가 끊이지 않는다.

한창 정사를 즐기던 도중에 흥분해서 목을 졸라 죽인 여자나 때려죽인 창부를 셀 수 없을 정도다.

"보스, 감시자 신입에게서 보고가 들어왔습니다."

"…………그러냐."

잭은 윗옷을 걸치고 뒤도 돌아보지 않고 방에서 나갔다.

성문에서 들어오는 보고는 최대한 직접 알리도록 명령해놨기 때문이다. 잭은 누구보다 이 나라의 **빛과 어둠**을 잘 알고 있다.

그런 만큼 이 나라를 내부에서 침식하여 지배력을 다지는 건 대단한 자신감을 갖고 있었지만, 그만큼 외부에서 들어오는 적에는 민감했다.

"다 모인 모양이군."

간부가 모이는 방으로 가자 그곳에는 이미 주요 멤버가 모여 있었다. 상회를 이끄는 네 명의 간부와 다섯 개의 별의 리더인 이그나시오, 제노비아에서 파견된 노장이다.

잭은 노장의 모습을 보자마자 토하듯이 말했다.

"노인네. 왕성에서 낮잠이라도 자라고── 명령했을 텐데?"

"노인은 참을성이 없어서 말입니다. 한 장소에 가만히 있는 건 고통스럽지요."

느물거리는 노장의 태도에 잭은 짜증이 난 듯 눈썹을 찡그렸다. 간부들도 무언가 불평하고 싶은 눈치였으나 노장은 태연자약했다.

"아무튼 보고를 들어보자."

잭이 짧게 재촉하자 신입은 등을 똑바로 세우며 떨리는 목소리로 보고하기 시작했다.

처음엔 진지하게 듣던 간부들이었으나 이어서 쓴웃음을 짓고는, 때때로 신입에게 의심스러운 시선을 보냈다. 그 입에서 나오는 말이 순 지옥의 제왕이라는 둥, 망자에게 둘러싸인 왕이라는 둥 눈살을 찌푸리게 되는 내용이었기 때문이다.

"신입아, 아침부터 이상한 약이라도 빤 거 아니지?"

"야, 아이즈는 뭐 했는데?"

간부가 한숨을 쉬었지만 신입의 입에서 '슈트'라는 단어가 나왔을 때 전원의 안색이 바뀌었다. 그 기묘한 옷을 입는 건 도시국가 인간밖에 없다.

여태까지 말없이 듣던 잭도 가슴 앞에서 팔짱을 끼고는 생각에 잠기는 표정을 지었다.

"도시국가의 인간이라⋯⋯⋯⋯."

"설마 고르곤이 수를 쓴 건가?!"

"아직 단정하기에는 일러♡"

"하지만 한두 명으로 여기에 쳐들어와서 뭘 어떡하게?"

답이 나오지 않은 채 간부들이 저마다 의견을 교환했으나, 스페이드의 부하가 달려오자 사태는 단숨에 악화했다.

슈트를 입은 남자가 길거리 한복판에서 싸움을 걸었고, 잭 상회의 이름을 듣고도 비웃는 태도였다고 한다. 현장에 있던 녀석들이 입을 모아 도시국가의 대표 '고르곤 상회'의 이름을 외치자 실내가 소란스러워졌다.

잭은 마지막으로 확인하듯 짧게 물었다.

"고르곤이라⋯⋯⋯⋯. 그 남자는 뭐라고 했지?"

"그, 그게⋯⋯ 고르곤 같은 건 모른다고 냉소할 뿐이라⋯⋯."

부하의 대답을 듣고 잭도 안색이 바뀌었다.

이런 무례한 방식으로 싸움을 걸다니 완전한 예상 밖이었기 때문이다.

간부들도 당혹스러운지 대응책을 고심했다.

"⋯⋯⋯만약을 위해 고르곤에게 물어볼까?"

"잠깐, 상대방에게 구실을 줄 뿐이야."

"하지만 아무런 반응도 보이지 않는다면 녀석들은 두 번째, 세 번째 화살을 쏠 거다."

"그렇게 되면 우리의 체면은 땅에 추락하겠네♡"

완전히 막다른 길이다.

상대방에게 선수를 빼앗긴 만큼 아무래도 대응은 늦어질 수밖에 없다. 잭은 팔짱을 끼고 있던 팔을 풀고 입을 열었다.

"이쪽도 그쪽에 멍청이들을 보내자——."

눈에는 눈. 잭 상회로서는 당연한 대응이었다. 가만히 있으면 겁을 먹었다며 잇달아 공격을 개시할 테니까.

유사시에 스 네오처럼 '유감의 뜻'을 발표해봤자 의미는 없다.

방치하면 잭 상회의 위신이 추락하고 지배체제에마저 균열이 발생할 것이다.

"그 남자의 이름은? 어떻게 생겼는데?"

도망친 놈들이 입에 담은 건 '킹'이라는 단어였다.

대놓고 가명이라는 티가 났지만, 그래도 **왕**을 자칭하다니 상당한 배짱이다. 단순한 희생양이 그런 거창한 이름을 입에 담을 것 같지 않았다.

그 대화를 듣고 하품하던 이그나시오가 처음으로 발언했다.

"그거 말이야~. 내 생각에 '천옥'의 킹인 거 아닐까~~?"

느긋한 어조였지만 그 내용은 몹시 무거웠다. 간부들은 처음에 경악한 듯 안색을 바꿨지만, 이어서 이해한 건지 크게 고개를 끄덕였다.

"아, 젠장! 그쪽이었냐고…………!"

"그래, 그 킹이란 말이지. 소문대로 성격이 대단한데."

"혼자서 쳐들어오다니…… 아주 귀엽고 목숨 아까운 줄 모르는 남자야♡"

"검도 마법도 통하지 않는 **전장의 괴물**이라고 들었어."

전란이 이어지는 북방국가군에는 다섯 개의 별 말고도 저명한 용병단이 여럿 있다. 그중에서도 '천옥'은 그 대표적인 존재였다.

군대와 군대가 부딪칠 때는 **최전방**으로서 사용될 정도로 용맹한 집단이며, 그곳의 간부 중엔 전신을 갑옷으로 감싼 킹이라는 이름의 **남자**가 있었다.

물론 그 인물이 이미 죽었다는 건 여기 있는 사람은 알 수 없었다. 잭은 다섯 개의 별의 리더에게 시선을 던지며 킹에 대해 물어 보았다.

"이그나시오. 그 킹이라는 녀석은 어떤 놈이지?"

"그야 뭐, 무식하게 세지~~? 킹이 적측에 있으면~ 병사가 잔뜩 죽어 나가니까 무슨 의뢰든 수지가 안 맞았어~."

"귀찮을 것 같은 녀석이야…………. 돈이나 여자로 회유될 가능성은? 지위를 줄 수도 있고."

아무리 저명한 용병단이라고 해도 용병이 불안정한 직업이라는 건 마찬가지다. 잭은 지위, 즉 기사단의 자리를 미끼로 걸어 보았다.

"안 돼~~ 불가능해. 용병은 신용이 생명이거든~. 게다가 킹 개인이 받아들여도 천옥 녀석들은 절대 용서하지 않을걸~. 죽을 때까지 암살자를 보낼 거야~. 요컨대 싸워서 물리칠 수밖에 없습니다~~. 아쉬워라!"

이그나시오가 킬킬 웃었다. 잭은 그 상판을 맹렬하게 때리고 싶어졌지만, 만약을 위해 마지막 확인을 잊지 않았다.

"…………고르곤보다 이쪽에서 더 돈을 준다면?"

"그것도 무리~~. 돈에 따라 의뢰인을 저버리면 신용이 사라지니까~~. 다음부터 아무도 고용해주지 않게 되는걸~. 예를 들어 내가 지금 고르곤에서 돈을 왕창 받고 저쪽으로 갈아타면 잭 씨는 다시는 우리를 고용해주지 않을 거잖아~~?"

"흥, 당연하지…………."

잭은 머쓱하게 대꾸했지만, 상대방의 주장은 수긍할 수밖에 없었다.

일반적으로 용병은 돈을 밝히는 인상이 있지만, 사실은 그렇지 않다. 어느 나라든 돈에 따라 고용되기 때문에 그 영업 방침이나 신변은 의외로 깨끗했다.

고용 전에 조사하다가 구린 소문이나 인상이 잔뜩 붙어있다는 게 알려지면 의뢰가 오지 않기 때문이다.

이번처럼 전장이 아닌 장소에서 특정한 나라에 원한을 살 법한 행동은 절대로 하지 않는다.

그건 그들의 **고객**을 하나 날리는 셈이 된다.

용병이란 기본적으로 어느 나라에는 영업용 미소를 내걸고 생글거리면서 속으로는 영원히 이 전란이 이어지길 바라는 법이다.

그런 걸 고려하면 이번처럼 싸움을 거는 건 비상식 그 자체이다. 고르곤 상회의 간판을 짊어지지 않는다면 투입된 인간은 죽을 수밖에 없기 때문이다. 그야말로 전장의 괴물이라고까지 불린 킹처럼 목숨 아까운 줄 모르는 사람 말고는 불가능할 것이다.

"천옥까지 끌어들이다니…………. 아무래도 고르곤은 '진심'인 모양이야."

잭의 머리에 피가 거꾸로 치솟았다.

상회끼리 충돌하는 걸 아득히 넘어선, 유리티아스와 도시국가의 전쟁이다. 언젠가 부딪칠 상대이긴 했으나 예상했던 것보다 빠르고 규모도 크다.

여태까지 침묵으로 일관하던 노장이 수염을 쓰다듬으며 도발하듯 말했다.

"그 '진심'이라는 걸 초래한 건 그대의 야만적인 방식이 발단 아닙니까?"

"…………뭐라고?"

"한 번은 팔았던 물건을 타국의 영토에 억지로 쳐들어가서 말리는 것도 뿌리치고 가지고 돌아왔죠. 무기가 없는 약자를 짓밟는 건 그렇다 쳐도, 그 상대가 원망하지 않으리라 생각합니까?"

"…………얼간이 같은 스 네오가 이 사태에 엮여 있다고 말하고 싶은 거냐?!"

"글쎄요. 이건 **낮잠 자라는 명령을 받은** 늙은이의 잠꼬대에 불과합니다."

노장은 비아냥을 가득 담아 말하고는 재미있다는 듯 어깨를 들썩였다.

잭은 짜증을 내면서도 그 말에 그제야 앞뒤가 맞춰지는 걸 느꼈다.

왜 천옥이 이렇게까지 과감하게 나왔는지. 유리티아스라는 대국을 완전히 적으로 돌리는 건 용병단의 원리에서 너무 벗어난 행동이었기 때문이다.

이그나시오도 이해했다는 듯 태평한 목소리로 말했다.

"그렇구나~ 체면이 구겨진 스 네오가 천옥을 고용해서 움직인 거야~~. 그것만으로는 뒷일이 무서우니 도시국가에서 잘나가는 고르곤 상회를 표면에 세운 거고~. 제법인데~~!"

이그나시오는 가볍게 손가락을 튕기며 스 네오와 고르곤의 움직임에 감탄했다.

하지만 잭은 웃을 수 없는 이야기였다.

스 네오는 호신도 겸해 이 이야기를 고르곤 상회에 가져간 건지도 모르지만, 상대방에게는 천재일우의 찬스였다.

스 네오의 자본을 적절히 사용하면서 잭이라는 숙적을 제거할 수 있으니까.

이대로 당해주면 지략으로 이름난 고르곤 상회의 수장은 동서남북으로 포위망을 구축할 것이다.

"스페이드, 베테랑 부하들을 총동원해서 그 킹이라는 녀석을 없애! 그 목을 천옥에 보내 누구에게 싸움을 걸었는지 가르쳐줘!"

"맡겨주십시오!"

"하트, 목숨 아까운 줄 모르는 바보들을 데리고 고르곤의 영역을 **철저하게** 휘저어놔! 우리 짓이라는 게 알려져도 상관없어."

"어머나, 화려하게 날뛸 수 있네. 가슴에 설레♡"

"클로버, 너는 북쪽 국경선에 가서 밀크 녀석들이 이상한 움직임을 보이지 않는지 감시해! 다이아는 만약을 위해 본부를 지켜!"

"네!"

잭이 차례차례 지시를 내리자 간부들이 재빠르게 자리에서 일어났다.

간부 전원이 나간 뒤 궐련을 문 잭은 굵직한 연기를 내뿜었다.

"고르곤………… 후회하게 만들어 주마."

처음에는 상대의 선제공격에 놀랐으나, 믿는 구석이 '천옥'이라는 걸 알자 잭의 투쟁본능에 불이 붙었다.

그의 근본은 나라를 좌주우지하는 지금도 투기장에서 정점을 손에 넣은 **전투력**에 있었다. 상대를 정면에서 무력으로 때려눕힐 각오를 다진 것이다.

"그래서 저는 계속해서 낮잠을 자면 되는 겁니까?"

잭은 노장에게 대답도 하지 않고 턱짓했다.

꺼지라는 제스처였다. 제노비아 신왕국의 재상, 코우메이는 잭을 이용하여 마왕의 움직임을 봉쇄하려고 했으나 서로를 강하게 불신하고 있다.

노장이 떠난 뒤 잭은 이그나시오를 불러 귓속말했다.

"부하의 일부를 저 늙은이의 감시로 붙여."

"어라라, 장군은 아군 아니야~?"

"그 여우가 보낸 장군이라고. 무슨 밀명을 받았을지 몰라."

이 난리에 편승하여 내부에서 방화라도 저지를 수 있다며 경계하고 있다.

실제로 노장은 5천이나 되는 군대를 데려왔으나, 잭은 입성을 허락하지 않고 그중 300명만을 왕도에 들였다. 나머지는 성 밖에서 무료함을 달래고 있다.

"나머지는 왕도 전역을 순찰시켜. 수상한 녀석이 있다면 전부 감옥에 처넣고."

"엄중 경계인 거구나~. 알았어 ♪"

"실수하면 어떻게 될지………… 알지?"

"아무렴~. 우리는 받은 돈만큼 일할………… 엇, 으앗!"

잭이 보이지도 않을 만큼 빠른 손놀림으로 단검을 던지자 이그나시오는 황급히 회피했다.

그 순간 잭은 거리를 좁혀 이미 주먹을 들어 올린 상태였다. 이그나시오도 허리에 찬 검을 빼 들고 그 단단한 팔을 정면에서 요격했다.

실내에 어마어마한 충격음이 울려 퍼지고 두 사람의 발밑이 크레이터처럼 파였다.

"…………폼은 죽지 않은 모양이군."

"갑자기 너무하잖아~! 이거 실력 테스트야~~?"

"아니, 그 면상이 열 받아서. 한 대 패려고 했지."

"더 너무하지 않아?! 나빴다~~!"

이그나시오는 이 이상 잭이 공격하면 참을 수 없다고 생각하기라도 한 건지 부리나케 방을 떠났다.

이렇게 잭 상회는 착착 영격 태세를 갖춰나갔다.

한편 그런 사태를 조금도 모르는 마왕은——.

페트병에 든 물을 자매에게 먹인 뒤 두 사람의 집으로 향했다.

두 사람이 슬럼에 산다는 걸 듣고 겸사겸사 돌아볼 생각이었다.

자매는 연신 마왕에게 고개를 숙이며 고마워했지만, 쿠나이처럼 행동하기로 마음먹은 마왕의 반응은 냉담했다.

그 대신 비서인 렌이 대응하며 도시의 다양한 정보를 물었다.

"잭 상회는 소문보다 더 큰 영향력을 지닌 모양이군요."

"네…………. 소문으로는 왕궁의 대신들도 굽신거린다던가."

두 사람의 대화를 뒤로 마왕의 눈은 신기하다는 듯 슬럼가의 여기저리로 날았다.

그곳은 낮인데도 불구하고 어딘가 어둑하고 냄새가 나는 공간이었다.

주민들은 렌의 모습을 보고는 비릿한 미소를 지었지만, 그 뒤에 있는 마왕을 보자 허겁지겁 뒷골목으로 도망쳤다.

상회의 간부로 보였거나, 그 옷을 보고 빠르게 항쟁의 냄새를 맡은 건지도 모른다.

'슬럼 내에도 계급이 있군………….'

막상 마왕은 걸으면서 멍하니 그런 생각을 했다.

안쪽으로 갈수록 황폐한 분위기가 짙어졌다. 그 거리만큼 빛속으로 돌아가기 어려움을 보여주는 것 같았다. 실제로 눈앞에는 쓰레기더미에서 쓸만한 걸 뒤지는 어린아이가 보였다. 그건 언젠가 TV에서 본 장면을 연상시켰다.

수상한 약물을 건네는 자, 누더기 천 위에 상품을 늘어놓은 자, 지갑을 노리는 어린아이, 더러운 오두막에서 술을 파는 자, 다양한 인간이 있었지만 공통적으로 눈에 생기가 없었다.

"한 번 추락하면 이곳의 주민. 여기서도 추락하면 더 안쪽으로⋯⋯⋯⋯."

그런 마왕의 중얼거림에 렌이 투명한 목소리로 대답했다.

그녀에게도 무언가 생각하는 바가 있는 듯했다.

"불행에 바닥은 없는 건지도 모르겠습니다."

"흥, 지금이 마음에 들지 않는다면 제 손으로 기어 올라오면 되지."

말을 하면서 마치 루나의 말버릇 같다며 마왕은 쓴웃음을 지었다.

이 남자는 오컬트를 싫어하지만, 성광국의 가르침에는 수긍할 수 있는 면도 있어 기질적으로는 비슷한 부분이 있었다.

이러니저러니 해도 루나를 내버려 두지 못하는 건 그녀가 자신의 힘과 노력으로 길을 개척한 걸 인정하고 존중하기 때문일 것이다.

"마스터, 저 자는 잭 상회의 관계자로 보입니다."

그쪽을 보자 불면 날아갈 것 같은 오두막이나 길거리에서 상품을 파는 자에게서 수금하고 있는 불량해 보이는 남자가 있었다. 손에 든 가죽 주머니는 두둑하게 부풀어 있는 걸 보면 상당한 금액을 회수한 모양이었다.

"이번 주 위생비 회수다. 대동화 두 닢, 빨리 내놔."

"그, 그게, 이번 주는 돈이…………."

"지저분한 네놈들을 위해 우리가 위생적인 환경을 만들어 주고 있잖아! 그런데 못 내시겠다?!"

불량한 남자가 슬럼의 주민을 위협하며 가차 없이 주먹을 휘둘렀다. 위생비라고 말하지만 주변을 아무리 살펴봐도 청소조차 제대로 하고 있지 않은 듯했다.

렌은 무언가 하고 싶은 말이 있다는 듯 마왕의 얼굴을 보았지만 돌아온 대답은 냉담했다.

"괜한 짓은 하지 마라, 렌. 이곳에는 이곳의 룰이라는 게 있다. 외부인인 우리가 끼어들 필요는 없어."

"네…………."

가난한 주민들에게서 돈을 착취하던 남자였으나, 렌의 모습을 보고는 펄쩍 뛰어오르듯 다가왔다. 터무니없는 미녀라고 생각한 모양이었다.

"뭐야, 신입이냐? 너라면 이곳의 주민이 될 필요는…………."

거기까지 말한 남자는 깜짝 놀라 뒷걸음질 쳤다. 마왕의 모습과 그 복장을 보고 겁을 먹은 듯했다.

"뭐, 뭐야, 너는…………! 도시국가 녀석이 우리 영역에 무슨 볼일인데?!"

"아니, 딱히 볼일은 없다. 이 근방을 한 바퀴 산책하려는 것뿐."

마왕의 말은 거짓 없는 진실이었으나 상대에겐 아니었다. 잭 상회와 도시국가는 국경을 맞대고 있기도 하기에 평상시에도 자잘한 싸움이 이어지는 앙숙이었다.

그 앙숙이 '산책'이라니, 싸움을 걸었다고밖에 해석할 수 없는 발언이었다.

"이런 곳에 혼자 보내다니, 고르곤의 말단인가? 그 미녀를 두 고 꺼져. 지금이라면 눈감아주마."

"두고가면 너는 이 애를 어떻게 할 생각이지?"

"어떻게? 뻔하잖아. 이 여자라면 어느 창관에서든 거금을……
으아아악!"

마왕은 말없이 멱살을 잡고는 투수가 공을 던지듯 남자를 내 던졌다. 남자는 슬럼의 입구 쪽으로 바닥을 통통 튀며 굴러갔 다. 그 몰골에 주변이 조용해졌다.

"…………마스터, 끼어들지 않는다고 하시지 않았습니까?"

"무슨 소리지? 나는 끼어든 적 없다. 저 녀석이 부딪쳤을 뿐."

마왕은 여느 때와 같은 궤변을 늘어놓고는 바닥에 떨어진 가 죽 주머니까지 던졌다. 안에는 대동화가 가득 담겨 있지만 여전 히 관심이 없어 보였다.

주민들은 후환이 두려운 듯 가죽 주머니를 간절히 바라보고 있을 뿐이었으나 마왕은 뒤도 돌아보지 않고 자매에게 안내를 재촉했다.

"자, 가자."

"저, 저기…… 킹 님. 정말 저희 집에 오셔도 되는 겁니까?"

"상관없다."

언니의 말에 마왕은 '누가 킹이라는 거야!' 하고 태클을 걸고 싶었지만 일일이 정정하는 것도 귀찮아서 방치했다.

마왕이든 킹이든, 어차피 제대로 된 명칭은 아니다. 동생도 애원하는 듯한 눈빛으로 마왕에게 조심조심 말을 걸었다.

"킹 님……. 부디 아버지와 어머니를 구해주세요…………."

"나는 이곳의 생활을 보러 왔을 뿐이다. 도움을 원한다면 너희가 좋아하는 빛이라는 녀석에게 부탁하면 되지 않나."

"킹 님…………. 제발요. 킹 님…………."

"…………누가 킹이라는 거야! 멍청해 보이는 이름으로 거듭 부르지 마!"

거듭되는 킹 호칭에 결국 마왕이 소리쳤다.

자매에게 악의는 없었지만, 킹이라고 계속 불리다 보면 무시당하는 것 같은 느낌이었다.

마왕이라 불리는 건 원래 기반이 있었으니까 익숙해지는 것도 빨랐지만, 킹은 무리였던 모양이다.

"마스터, 두 사람의 어머니는 병에 걸려 앓아누웠다고 합니다."

"렌, 눈앞에 있는 인간을 구해도 그런 건 자기만족에 불과하다."

마왕의 대답은 차가웠지만 사실이기도 했다.

우연히 시야에 들어온 한 명을 구원해도 그 외에 몇백, 몇천 명이 아사하고 병에 걸려 쓰러지면 의미가 없다.

이 남자가 기부나 봉사활동에 관심을 보이지 않는 건 그런 이유였다. 그런 만큼 몸을 갈면서 성실하게 빈민을 위해 일하는 오타메가에게 묘한 끌림을 느꼈다.

마왕은 냉정하게 빌어내는 대답이라고 생각했지만 렌은 실망하기는커녕 어째서인지 깨달음을 얻었다는 표정이 되었다.

"마스터는 전부 구하시겠단 말씀이군요."

'미쳤냐!'

마왕은 반사적으로 소리칠 뻔했으나 가슴 앞에서 깍지를 낀 렌의 모습이 너무도 가련하여 무심코 말문이 막혔다. 렌만이 지닌 투명한 공기는 마주 보기만 해도 거기에 삼켜질 것 같았다.

'이 과대평가는 뭐냐고……. 나를 생불이라고 생각하는 거야?!'

마왕은 한숨을 쉬며 안쪽으로 걸어가 꾀죄죄한 노점, 무엇을 끓이는지 알 수 없는 밥집 등을 시야에 넣었다. 개중에는 돗자리를 깔고 장사하는 사람도 있었고, 남자의 소매를 붙잡고 뒷골목으로 사라지는 여자도 있었다.

"앗, 킹 님…………. 여기가 저희 집입니다."

"잘 오셨어요. 킹 님!"

'아직도 킹이냐고…………!'

자매가 집이라고 부른 그것은 어딘가에서 주워온 판자와 금속으로 얼기설기 이어서 만든 가옥이었다. 여기만이 아니라 주위에 있는 집은 대체로 비슷한 구조였다.

심한 경우 지붕 일부에 풀 같은 것까지 깔려 있었다.

'마치 전후의 판잣집과 암시장 같네………….'

주변을 둘러보면 흑백 사진에서 본 전후 풍경을 비슷했지만, 안으로 들어가니 나름대로 넓은 집이었다.

버려진 쓰레기더미에서 쓸만한 식기나 가구를 주워온 건지 집 안에는 테이블과 의자, 포크, 접시 등 생활용품이 대강 갖춰져 있었다.

"마스터, 먼저 어머니를 진찰하겠습니다."

렌은 그렇게 말하며 안쪽으로 들어갔다. 어머니가 누워있는 침실에서는 기침 소리가 간헐적으로 들렸다. 자매도 불안해하며 그 뒤를 좇아갔다.

렌은 자신이 지닌 생존 스킬 중 하나인 '의학'으로 진찰하려는 모양이었다.

과거 회장에서는 전투시 일정 확률로 상처 부위를 전부 치유하는 고성능 스킬이었으나, 다른 사람을 치유하지는 못한다.

의학에는 완전한 문외한인 마왕은 이 스킬을 사용하려고 한 적조차 없었다.

'하지만 생각했던 것보다 더 살풍경한데…………'

마왕은 거만하게 의자에 앉은 후 집안을 둘러보았다.

머릿속에 떠오르는 건 '빈곤'이라는 단어였으나, 그 이상은 아무것도 생각나지 않았다. 그 용사라면 무슨 생각을 할까 추측해 봐도 자신의 머리에 떠오르는 건 기껏해야 배식 정도였다.

실제로 현대 일본에서도 배식이 이뤄지는 지역은 존재한다.

'하지만 하루 먹을 밥을 제공해서 어떻게 되는데? 그날 배가 부르고 끝이잖아…………'

그건 결국 근본적인 해결로 이어지지 않는다.

그러니 쓸모없는 일이냐면 그렇지도 않다. 그날 평소엔 먹을 수 없는 식사를 하는 것만으로도 큰 도움이 되는 사람은 많이 있을 게 틀림없다.

'그럼 여기 녀석들을 증가한 영지나 동쪽 황야를 개척하는 일꾼으로 쓰는 건? 언젠가 설치하게 될 채석장이나 채굴소에서 일하게 하는 것도 나쁘지 않지. 에어리어 설치로 삼림지대를 만들면 벌채해서 가공할 인간도 고용해야 해. 어쨌거나 일손은 필요하지.'

오타메가와는 다르게 결국 이 남자가 도달하는 사고는 **구호**라는 개념은 전혀 없이 어떻게 **사용**할 것이냐는 방향으로 수렴한다.

실제로 자신의 이익으로 이어진다면 이 남자는 바니들에게 그렇게 했듯 마음껏 부릴 것이다. 지금 이 남자가 자신을 위해 행하는 제멋대로인 행동이 우연히 주변과 맞물려 상대방을 비참한 환경에서 구해주고 있지만, 거기에는 숭고한 이념 같은 건 티끌만큼도 없다.

"마스터, 제 진단으로는 결핵입니다. 더불어 어머니만이 아니라 자매도 심한 영양실조 상태입니다."

'이런 곳에 있으면 영양실조에 걸릴 만도 하지. 게다가 결핵이라니………… 아, 그래!'

마왕은 두루마리 형태인 아이템 파일에서 병을 하나 꺼냈다.

유우가 개발했다는 '구계구제약'이다. 마왕은 무서워서 도저히 마실 용기가 없었으나, 마침 잘 됐다며 렌에게 건넸다.

"이건 유우가 제작한 만능약이다. 저들에게 주도록."

"…………유우가 이것을? 실례지만 내용을 확인하겠습니다."

렌은 미심쩍은 듯 병을 바라보며 아무런 주저 없이 《기미》를 사용했다.

유우를 전혀 믿지 않는 태도에 마왕도 쓴웃음을 지을 수밖에 없었다.

"…………독은 아닌 모양이군요."

"유우가 나에게 독을 줄 리가 없지. 조금 더 믿어보는 게 어때?"

"마스터의 말씀을 거역하는 셈이 되지만 그건 불가능합니다."

렌은 단호하게 거부한 뒤 빠른 걸음으로 침실로 돌아갔다.

어머니가 약을 먹은 건지 이윽고 안쪽에서 떠들썩한 목소리가 들렸다.

"어머니………… 말도 안 돼! 일어날 수 있겠어?!"

"어머니가 눈을 떴어!"

"그렇게 괴로웠는데………… 어째서…………."

유우가 조합한 약은 온갖 병에 작용하여 완벽히 치유하는 황당한 성능이기 때문에, 몸을 좀먹고 있던 결핵균쯤이야 순식간에 소멸한 모양이었다.

렌도 희미하게 표정을 풀며 안쪽에서 나왔다.

"마스터의 자애 덕분에 병마는 떠난 모양입니다."

"나는 아무것도 하지 않았다. 그 약을 조합한 건 유우다."

"그렇다고 해도, 약을 주겠다고 선택한 건 마스터입니다. 이것을 마스터의 자애라고 부르지 않는다면 무엇이라 부를까요."

"~~~~~! 렌, 배고프다."

무슨 말을 해도 찬양하는 렌에 부아가 치민 건지 마왕은 상급 아이템 《식자재》를 만들어냈다.

하얗게 빛나는 구체를 렌에게 건네 억지로 화제를 바꾸려 했다.

"마스터, 어떤 요리를 만들까요?"

"⋯⋯⋯⋯나베다."

"어떤 맛으로 할까요?"

"음⋯⋯⋯⋯ 이번에는 **날치 육수**로 할까."

렌은 생존 스킬 《요리》를 소지했기 때문에 식자재를 다양하게 사용할 수 있다.

특히 나베 세트에는 된장, 간장, 김치, 토마토, 카레, 치즈, 닭고기, 돼지뼈 등 쓸데없이 상세한 설정이 부여되어 있어 구현할 수 있는 맛이 다채로웠다.

상위 스킬인 《요리사》를 소지하고 있다면 용도는 한층 넓어진다.

렌의 손에서 구체가 한층 환하게 빛나더니 이윽고 테이블 위에 나베 세트와 거기에 딸린 식기가 나타났다. 오랜만에 맡는 날치 육수 냄새에 마왕의 얼굴에 미소가 번졌다.

안쪽에 있던 자매도 나베의 냄새에 홀린 건지 꼬르륵 소리를 내면서 나왔다.

왜 이런 게 갑자기 나타난 건지 이해할 수 없다는 표정이었으나, 냄비에서 풍기는 냄새에 의문보다 공복이 이긴 모양이었다.

"렌, 먼저 부인에게 나눠주도록."

"네, 마스터."

렌이 작은 접시에 국물을 담고 건더기도 몇 개 건져 침실로 가져갔다.

자매도 그 등을 몽유병 환자처럼 휘청휘청 따라갔다.

이 《식자재》로 만든 나베는 기력을 100 회복해주는 강력한 효과가 있다.

영양실조 같은 건 맨발로 도망칠 것이다.

마왕도 접시에 국물을 담고 냄비에서 배추를 건져 입에 넣었다. 국물이 잘 스며들어 흐물흐물한 배추가 혀 위에서 춤을 추자 마왕은 무심코 신음을 흘렸다.

"끝내주게 맛있어⋯⋯⋯⋯!"

이어서 표고버섯을 입에 넣고, 연두부, 튀김 등 마왕은 잇달아 나베를 유린했다.

그 젓가락은 일절 멈출 줄 몰랐다. 비엔나소시지를 깨물고, 삼겹살을 삼키고, 마침내 우엉을 입에 넣었을 때 마왕의 젓가락이 멈췄다.

"렌 녀석, 훌륭한 솜씨구만⋯⋯⋯⋯."

마왕은 이해할 수 없는 말을 하면서 카지노에서 가지고 나온 병맥주를 꺼내 컵에다 황금색 액체를 부었다.

"역시 처음은 이거지⋯⋯⋯⋯."

시원하게 목을 타고 넘어가는 감각에 마왕은 '크으!' 하고 웃긴 소리를 냈다. 누가 봐도 변명의 여지가 없는 아저씨 그 자체였다.

한편 침실에서도 어머니가 나베를 먹은 건지 떠들썩한 목소리가 들렸다.

"힘이…… 솟아나……………. 이 음식은 대체…………?!"

"전부 마스터의 자애입니다."

"어머니의 눈에 힘이…… 대단해…… 킹 님은 정말 대단해!"

"킹 님! 고마워요!"

'누가 킹이냐고! 왜 렌은 정정하지 않는 거야!'

변함없는 킹 호칭에 마왕의 관자놀이에 핏줄이 솟아올랐지만, 렌의 입장에선 그녀가 마스터라고 부르는 '오오노 아키라'가 세상 모든 것을 지배하는 **왕**이었다.

그걸 부정할 요소는 없었으니 킹이라고 불리는 건 지극히 당연한 일이었다.

마왕은 화풀이하듯 고기 경단을 집어 먹고, 파를 입에 넣고, 맥주를 쭉쭉 마셨다. 대낮부터 먹는 나베에 혀를 내두르며 처음 보는 사람의 집에서 마음대로 술을 즐겼다.

그 모습만 본다면 완벽한 쓰레기다.

이윽고 안쪽에서 돌아온 렌은 마왕이 들고 있던 병을 부드럽게 가져가더니 말없이 컵을 들라고 재촉했다. 아무래도 술을 따라주고 싶은 모양이었다.

마왕이 못마땅한 얼굴로 컵을 들자 그곳에 황금색 액체가 쏟아졌다.

"부인은 무사히 완쾌한 모양입니다."

"……그러냐. 저 자매에게도 주도록 해라. 너도 식사하고."

"마스터는 역시 제가 생각하던 분이셨습니다."

그 말에 마왕은 벌레 씹은 듯한 표정으로 컵을 기울여 단숨에 비웠다. 렌의 열렬한 신뢰는 커지기만 할 뿐, 도통 줄어들 기색이 없었다.

실제로 이 남자는 무언가를 구하려는 생각이 없으니 저렇게 기대에 찬 시선을 보내도 난감하기만 할 뿐이었다.

"렌, 너는 나에게 멋대로 환상을 품고 멋대로 꿈을 꾸고 있을 뿐이다."

"꿈이든 환상이든 상관없습니다── 저는 아키라 씨를 구성하는 모든 것을 좋아합니다."

'……환장하겠네! 이 대화 뭐냐고!'

마왕은 말없이 일어나 억지로 대화를 끊었다. 이대로 렌과 대화하다보면 무슨 소릴 듣게 될지 알 수 없다고 판단했기 때문이다.

"나는 밖에서 한 대 피우고 오마. 저 자매에게 나베를 먹는 법이라도 가르쳐주도록."

마왕은 잰걸음으로 집에서 나와 담배를 피우기 시작했다.

하지만 타이밍이 나쁘게도 전방에서 스페이드 마크를 단 남자와 부하 집단이 나타났다.

잭 상회 중에서도 특별히 골라낸, 폭력을 전문으로 하는 맹자들이었다.

"찾았잖냐, '킹'──."

"여어, 킹. 슬럼으로 도망치면 못 찾을 줄 알았어?"

"형님, 이 녀석 떨고 있는데요! 거창한 건 이름뿐이냐? 응? 킹!"

마왕의 관자놀이에시 혈관이 꿈틀거리며 담배를 든 손이 희미하게 떨렸다.

스페이드나 그 부하들은 몰랐다── 킹이라고 부른 그 남자가, 거듭되는 스트레스로 폭발 직전이었다는 사실을.

슬럼가에 긴장감이 퍼졌다.

삼엄한 분위기의 남자들이 잇달아 슬럼에 들어왔기 때문이다.

잭 상회의 사천왕인 스페이드와 그 부하들이었다. 슬럼가에서는 상회에서 본보기를 위한 사적 제재가 횡행했기에 또냐며 한숨을 쉬는 사람도 있었다.

"뭐야, 이번엔 누가 저지른 건데⋯⋯⋯?"

"내가 봤는데. 그 자매가 도시국가의 남자를 데리고 왔더라⋯⋯."

"아니, 뭐하는 짓거리야? 어떻게 수습하려고!"

"저 거무튀튀한 남자가 도시국가 사람인가? 역병신 같으니⋯⋯."

주민들은 얼굴을 찌푸리며 저마다 저주를 토했다.

귀찮은 싸움에 휘말렸다간 큰일이라는 태도였다. 시체라도 나올 만큼 일이 커지면 그 처리까지 자신들에게 넘어오기 때문이다.

이 근방의 주민을 통솔하는 슬럼가의 얼굴마담도 상회에서 온 사람들의 얼굴을 보며 절망한 표정을 지었다.

"큰일인데. 스페이드 님까지 출장 나왔어. 우리에게도 불똥이 튈지도 몰라."

"어, 얼굴마담. 불똥이라니…………?"

"도시국가의 남자를 슬럼가에 끌어들였다면서 벌을 받게 되겠지. 구체적으로는 위생비를 올린다거나…………."

"잠깐, 그렇게 되면 큰일이잖아요! 그럼 우리가 저 남자를 쫓아냅시다!"

슬럼가의 주민들도 각목이나 철봉, 낡은 나이프 등을 들고 차례차례 나타났다.

자신들은 이 남자와 관련이 없다는 걸 증명하지 않으면 나중에 무슨 트집을 잡힐 지 알 수 없었다.

주민들의 재빠른 움직임을 보고 스페이드도 만족스러워하며 웃었다.

"여기로 도망치면 안전할 줄 알았냐? 킹. 아쉽게도 그렇지 않거든. 야, 쓰레기들! 너희가 어디에 붙을지 가르쳐줘라."

스페이드의 그 말에 슬럼가의 주민들도 무고를 증명하고자 소리쳤다.

상회의 눈 밖에 난다는 건 죽음이나 마찬가지이니 필사적이었다.

"우리는 도시국가 놈 따위는 숨겨주지 않아!"

"맞아! 나가라고!"

주민들의 태도를 확인한 스페이드는 승리를 확신한 건지 웃으며 고개를 끄덕였다.

슬럼가 전체를 적으로 돌렸으니 녀석은 독 안에 든 쥐다.

"그야 천옥이라는 이름을 꺼낸다면 어지간한 녀석은 내빼겠지. 하지만 이번만큼은 상대가 나빴다, 킹······. 우리는 고르곤이든 천옥이든 알 바 아냐."

마왕은 분노를 달래기 위해 담배를 빨았다. 간신히 침착해진 건지 스페이드에게 날카로운 안광을 던지더니 무겁게 입을 열었다.

"··········잘 들어라, 내 이름은."

"뭐?! 아직도 모르겠냐! 네놈이 들이밀 **간판** 같은 건 잭 상회엔 통하지 않는다고, 이 얼간아! 뭐야, 갑옷을 벗으면 알맹이는 쫄보였습니다 이거야?"

스페이드가 비웃었다. 천옥이라는 걸 알고도 습격하러 온 게 의외였던 건지, 아니면 200명이 넘는 부하들의 패기에 겁을 먹은 건지 킹은 계속 떨고 있었다.

스페이드가 자신만만하게 외치는 것도 무리는 아니었다.

"이 녀석, 계속 떨고 있는데요."

"킹도 소문이 부풀려진 허풍쟁이였구만."

"야, 킹! 떨지만 말고 살려달라고 구걸해봐!"

부하들도 일제히 언성을 높였다.

폭력으로 살아온 자들에게 얕보이는 것은 치명상이다. 그렇기에 약해진 상대는 대중들 앞에서 철저하게 응징하고 때려눕힐 필요가 있다.

천옥의 간부를 패 죽였다고 한다면 상회를 거스르는 자는 사라질 것이다.

"한 번 더 말하지만 내 이름은──."

"킹 님, 도망치세요!"

"킹 님!"

'큭………… 너희들…………!'

마왕은 어떻게든 이름을 정정하려고 했지만, 뒤에서 자매가 뛰쳐나왔다.

그것도 '킹'이라고 연호하면서.

자매는 굶주린 상태임에도 나베를 두고 위험한 장소로 나왔다.

그녀들의 본성이 무척이나 착하다는 걸 엿볼 수 있는 장면이었다. 하지만 항쟁의 자리에 여자와 어린아이가 달려온다는 건 스페이드 쪽에서 봤을 때 대단히 웃긴 광경일 뿐이었다.

"뭐야 이거! 킹 님은 여자와 어린아이에게 인기가 대단한가 봐?"

"저렇게 약한 것들에게 보호받다니…………."

"너 전신 갑옷이 아니라 인형을 뒤집어썼던 거 아니야?"

"푸하하하! 마스코트 인형이었구만!"

건달들이 무릎을 두드리며 웃는 가운데 마왕의 전신에서 거대한 노란색 아우라가 피어올랐다.

분노의 한계를 넘자 무력 행사를 결의한 모양이었다.

노란 아우라는 공중에서 하나의 형태를 만들더니, 순식간에 거대한 망치로 변화했다. 자매는 그걸 보고 뻣뻣하게 굳었으나 스페이드와 부하들의 반응은 훨씬 컸다.

"저, 저게 뭐야아아아아아아…………!"

"야, 야! 마법방어! 빨리…… 어서어어어!!"

여러 명의 부하들이 나앙한 빙어미법을 전개했고 다른 자들도 일제히 들고 있던 방패를 머리 위로 들어 올렸다.

마왕은 그런 것 따윈 시야에 들어오지도 않는 건지 벼락으로 땅의 벌레를 꿰뚫을 듯한 기세로 망치를 내려쳤다!

"내가 언제 쓰레기가 지껄이는 걸 허락했나——!《분쇄》."

순간, 쿠와아아아앙! 하고 여태껏 들어본 적도 없는 어마어마한 소리가 울려 퍼지며 건달 집단에서 절규가 터졌다.

"끄으으으아아아아아아악! 손이, 젠장⋯⋯ 젠자아아아아아앙!"

"흐어어억!"

"다, 다리, 내 다리가아아아아아아!"

스페이드와 그 부하들의 머리 위로《분쇄》가 직격하여 200명의 몸에 커다란 충격이 퍼졌다.

팔, 다리, 갈비뼈, 허리, 쇄골 등 전신에 '골절'이라는 상태 이상이 발생하자 고작 일격에 건달들은 모조리 바닥으로 쓰러졌다.

사실 이 스킬의 '골절'이란 단순한 덤에 불과하고, 진짜 효과는 그 대미지 계산식이었다.

상대의 현재 체력에서 1/10을 깎아버리기 때문에 상대의 체력이 많을수록 터무니없이 흉악한 스킬이 된다.

마왕은 하얀 연기를 내뱉으며 바닥에 쓰러진 면면들을 내려다보았다.

"드디어 소음이 멎었나———."

스페이드는 절규하고 싶어지는 통증 속에서 생각했다.

왜 그토록 겹겹이 전개한 방어마법이 통하지 않았는지.

그건 그의 상식이었으나, 마왕이 사용한 건 마법도 뭣도 아니기 때문에 방어마법 같은 것으로 대처할 수 없다.

말 그대로 **사는 세계가 다르니까** 그들에게는 여기에 대응할 방법이 없는 것이다.

후환을 두려워하던 슬럼가의 주민들도 바닥에 쓰러진 잭 상회의 면면을 보고는 조심조심 집에서 나왔다. 평소 자신들을 극한으로 몰아넣고 착취하는 집단이 처량한 모습을 드러내고 있으니 가능하다면 박수갈채라도 보내고 싶은 기분인 모양이다.

"약한 개일수록 시끄럽게 짖는 법이지――."

마왕은 거만하게 지껄인 뒤 만족스럽게 담배를 피웠다. 말 그대로 하늘에서 내려온 왕다운 일격. 킹이라는 이름에 걸맞는 모습이었다.

"마지막으로 너희에게 중요한 사실을 알려주마. 내 이름은――."

"킹 님, 대단하세요! 이런 게 가능하다니!"

"킹 님, 멋있어요! 와!"

'큭…… 너희들…………!'

자매가 천진난만하게 웃으며 마왕의 몸에 달라붙는 바람에 또다시 정정하지 못했다.

결코 악의는 없지만, 변함없이 최악의 타이밍이었다. 흉기를 들고 있던 주민들도 하나둘씩 무기를 버리고 힘이 빠진 듯 주저앉았다.

마왕은 오만하게 검지를 움직여 얼굴마담이라고 불리던 남자를 불러들였다.

"네가 여기의 대표인가?"

"요, 용서해주십시오……! 당신이 이렇게 강한 기사님인 줄은 모르고……."

"그런 건 됐고. 저기 거슬리는 쓰레기들을 바깥 대로에 버리고 와라."

그렇게 말하며 마왕은 금화를 몇십 개나 움켜쥔 뒤 콩이라도 뿌리듯 얼굴마담의 발치에 던졌다.

귀신은 밖으로 나가라는 듯(일본의 절분 문화. '귀신은 밖으로, 복은 안으로'라고 외치며 콩을 뿌린다.) 세 번이나 반복하자 슬럼가에는 도저히 어울리지 않는 금화 더미가 만들어졌다.

"네가 분배해라. 그리고 저 쓰레기들의 소지품을 터는 것도 잊지 말고. 전라로 만들어서 대로에 던져라. 아예 이마에 낙서해도 되고."

스트레스를 해소하려는 건지 그 지시는 정성스럽고 쓸데없이 집요했다.

하지만 주민들에게는 바라마지않는 지시였다.

자신들의 인생을 철저하게 망가트리고, 가족과 친지를 빼앗은 증오의 대상이었으니까. 가능하다면 소지품만 빼앗는 게 아니라 목숨도 가져가고 싶을 정도다.

주민들은 금화에 홀리듯 모인 뒤 견디지 못하겠다는 양 소리쳤다.

"진짜야…… 진짜 금화야! 킹 님, 만세에에에에에에에에!"

주정뱅이 같은 외침에 평소의 울분이 폭발한 모양이었다.

주민들은 잇달아 소리치며 주먹을 치켜들었다.

"잭 상회의 인간말종 새끼들 꼴 좋다! 킹 님의 힘을 봤냐!"

"킹 님이야말로 슬럼가의 구세주야!"

"킹 님! 잭 상회 타도에 저희도 협력하겠습니다!"

"다른 녀석들에게도 알려! 킹 님이 맞서 일어났다고!"

""킹! 킹! 킹!""

파도처럼 퍼지는 환호성이 슬럼가 전체를 덮었다. 주민들의 열렬한 태세 전환은 개그 프로그램을 보는 것 같았지만, 마왕은 도저히 웃을 수 없었다.

이름을 정정하기는커녕 킹이라는 웃기는 명칭이 완벽하게 정착해 버린 순간이었다.

진짜 킹이 이 광경을 본다면 분명 엉덩방아를 찧을 것이다.

"……빨리 쫓아내라. 쓰레기를 방치하면 역한 냄새가 나니까."

마왕은 그 말을 끝으로 위풍당당하게 코트를 나부끼며 자매의 집으로 돌아갔다.

단순히 수습할 수 없게 되어 도망쳤을 뿐이지만, 주민들은 그 행동거지에 자연스럽게 시선을 빼앗겼다. 저 말투, 압도적인 힘, 천하의 잭 상회를 깔끔하게 무시하는 태도에다 금화조차 아무렇지도 않게 여기는 듯한 대담함.

슬럼가의 주민들이 '킹'이라고 부를 수밖에 없는 남자였다.

실제로 이 남자는 왕이다.

왕은 왕이어도── 사악한 '마왕'이었지만.

마왕이 떠난 뒤 주민들은 꿈에서 깬 듯 일제히 스페이드와 부하들에게 몰려들었다.

인정사정없이 옷가지를 벗기고 거칠게 대로로 끌고 갔다. 증오하는 녀석들을 대상으로 하는 분풀이이기도 했으며, 이렇게 짭짤한 일감은 대륙 전체를 뒤져도 없을 것이다.

마왕이 집으로 돌아오자 그곳에는 미소 짓는 렌이 있었다.

"마스터, 수고하셨습니다."

"딱히 수고한 건 없다."

그 분위기에 마왕은 불길한 예감을 받았다. 감정을 좀처럼 드러내지 않는다고 설정했는데도 그 표정이 부드럽게 변해있었기 때문이다.

"역시 마스터는 희망을 주는 분입니다."

"렌, 그런 건 환상이라고 몇 번을 말해야 아는 거냐…………."

"적어도 눈앞의 광경은 환상이 아닙니다."

렌의 목소리에 돌아보자 그곳에는 착취당하며 인생 밑바닥으로 처박힌 슬럼가의 주민들이 웃으면서 서로 어깨를 두드리는 모습이 있었다.

처음에 느꼈던 슬럼 특유의 어두움이 사라지고 인간다운 표정이었다.

"…………잘 들어라, 렌. 나는 불똥을 치운 것뿐이다."

"마스터의 존재 자체가 힘없는 자들의 희망이 됩니다. 제가 그랬던 것처럼."

"단순히 폭력을 휘두르고 돈을 뿌렸을 뿐이야. 그런 게 희망이라는 건가?"

"확실히 마스터는 파괴신 같은 일면을 지니셨죠. 아니, 파괴신조차 파괴해버리시겠죠."

'내가 무슨 드래곤 퀘스트Ⅱ의 모요모토냐!'

마왕은 묘하게 알아듣기 어려운 태클을 머릿속으로 떠올렸지만, 안쪽에서 자매의 어머니가 나오자 가까스로 입을 다물었다. 어머니라고 해도 그 나이는 아직 서른 남짓한 외모로 상당히 젊었다.

"…………부인, 몸은 어떻지?"

"네, 덕분에 움직일 수 있게 되었습니다. 뭐라고 감사를 드릴지…………."

"인사는 필요 없다. 일가 오붓하게 나베라도 먹도록. 렌, 뒷일은 맡기마."

마왕은 그대로 침실에 들어가 어머니가 누워있던 침대에 누웠다. 수납장 위에는 한 장의 초상화가 걸려 있었다. 과거 일가의 모습이 그려진 초상화였다.

'아버지와 어머니, 그리고 두 명의 딸. 분명 행복한 가족이었겠지………….'

마왕은 그답지 않게 센티멘탈한 기분이 들었다. 밖에서 자매의 즐거운 목소리가 들렸다. 식자재를 이용한 나베 세트는 기력을 왕창 회복해주는데, 그 이상으로 단순히 먹거리로서도 아주 맛있었다.

굶주림은 최고의 조미료라고 하지만 병이 완쾌된 기념에도 걸맞은 떠들썩한 식탁이 될 것이다.

"어머니, 이거 고기 아니야…………?"

"고기, 인 것 같네………."

"어머니, 이 하얗고 네모난 건?"

"그건 두부라고 합니다. 아주 영양가가 많죠."

"레, 렌 씨. 이 별 모양의 채소는………."

"그건 당근입니다."

"다, 당근이라니…… 말도 안 돼! 이 요리 얼마짜리인 거야?!"

시끌시끌한 목소리를 들으며 마왕은 녹초가 된 듯 눈을 감았
다. 당초의 목적이었던 미궁이나 약물 뒤처리 등 아직 앞길이
멀었다.

아니, 미궁은커녕 사방팔방 튀어버린 불똥이 활활 타오르기
시작했지만, 이 남자가 본격적으로 움직이기 시작하면 그 불꽃
은 나라를 통째로 불태워버릴 것 같았다.

Maousama
Retry!

마
왕
님,
리
트
라
이
!

대난전

────도시국가, 국경 부근────

마왕이 슬럼가에서 난동을 부리고 있을 때, 고르곤 상회의 영역을 헤집어놓으라는 명령을 받은 하트도 은밀하게 움직이고 있었다.

천 명이나 되는 부하를 데리고 쳐들어가는 본격적인 '습격'이다.

"자, 시작하자♪"

하트는 영락없이 SM 여왕님 같은 복장으로 채찍을 휘둘러 부하를 침입시켰다.

그는 오카마 계열이자 진성 사디스트라는 복잡한 성격을 지녔으나, 상회의 사천왕 중 한 명으로 그 실력은 진짜배기다.

그들이 도시국가로 침입하여 마구잡이로 고르곤 상회의 영역을 휘젓기 시작했다는 소식은 바로 조직의 수장에게 전해졌다.

"흐응, 잭이 말이지────."

도시국가는 복수의 도시가 모여 하나의 나라를 구성한 특수한 국가이다. 도시별로 법률도 다르고 풍습이나 기질, 선호하는 식사와 술도 미묘하게 다르다.

도시국가의 내부는 서열이나 이권이 복잡하게 뒤얽혀 많은 상회가 밤낮없이 치열하게 경쟁하고 있지만, 그중에서도 특출나게 뛰어난 집단────.

그것이 바로 도시국가의 대표라고 불리는 고르곤 상회이다.

"언젠가는 올 거라고 생각했다만."

속보를 들은 고르곤이 웃었다.

그 날카로운 눈은 얼음처럼 차갑고, 고급스러워 보이는 안경을 쓰고 있지만 전신에서 흐르는 냉혹한 분위기는 조금도 숨겨지지 않았다.

고작 23살이라는 경이적인 나이에 고르곤 상회를 이어받은 인물이다. 그의 슬림한 체형은 줄무늬가 들어간 '슈트'을 입고 있어 참으로 세련되어 보였다.

그를 한마디로 표현하자면── '경제 야쿠자'일 것이다.

실제로 고르곤 상회는 일개 용병단에서 시작한 집단으로, 대외적인 모습과는 다른 숨겨진 얼굴을 늘 지니고 있다. 필요에 따라 두 가지 얼굴을 바꾸면서 장사했고 마침내 지금 같은 세력을 자랑할 수 있게 되었다.

"예정보다 다소 이르지만, **대신관의 실각**이 어지간히 뼈아팠던 모양이군…………."

잭 상회와의 충돌은 필연적인 흐름이었으니 고르곤은 딱히 그 점에 돌라진 않았다.

면밀하게 짠 전략, 그 일정이 어긋나버린 게 떨떠름할 뿐이었다. 이것도 마왕이 끼친 악영향이라고 할 수 있다.

"잭 상회란 말이죠………… 무섭군요."

고르곤 옆에 있던 노파가 느릿한 동작으로 테이블에 홍차를 내려놓았다. 그녀만이 아니라 그의 저택에는 노파밖에 없다. 젊은 청년은 한 명도 존재하지 않는다.

그의 외모는 남자가 보아도 근사한 수준이었지만 정도가 지나친 연상 취향이라서 젊은이가 주변에 있으면 심장박동 상승, 호흡곤란, 구역질까지 느낄 정도다.

"캐서린, 두려워할 필요 없습니다. 그 어리석은 광견이 나아가는 곳은 본래 이쪽밖에 없었으니까요."

캐서린이라고 불린 노파에게 고르곤이 정중하게 설명해주었다.

그는 피도 눈물도 없는 냉혹한 인물이었지만 노파에게만은 다른 사람이 된 것처럼 다정함을 보이는 복잡한 일면을 지니고 있다.

"유리의 북쪽은 방목 분야의 최대산지인 밀크가 있지만, 그 광견에겐 유제품이나 가죽 제품의 유통로를 쥐고 각국의 상회에 공급하는 **시스템**이 없습니다."

곳곳에 설치된 관문을 통과하고, 때로는 배를 써서 짐을 날라 각국에 다양한 상품을 공급한다. 당연히 이렇게 하기 위해서는 육로와 해로에 정통해야 하고 상품에 깊은 지식과 오랜 경험이 필요하다.

각국의 상회만이 아니라 유력자의 신뢰를 얻지 못한다면 제대로 된 장사는 하지 못할 것이다. 주먹 하나로 성공한 잭에게 쉽게 마음을 열 만큼 대륙의 상인들은 안이하지 않다.

"서쪽으로 가면 나락과 마주치게 되고 전란에도 휘말립니다."

"남쪽에는 기묘한 이름의 나라가 있었죠…………."

"하하, 쿠도 말입니까. 그곳은 휴양지가 있을 뿐, 다른 재미가 없죠. 덤으로 수인국과 국경을 맞댔다는 리스크까지 짊어졌으니까요."

홍차가 담긴 컵을 든 고르곤이 먼 곳으로 시선을 던졌다.

북쪽도 남쪽도 서쪽도 안 된다면 동쪽밖에 없다. 고르곤도 도시국가를 전부 장악하면 당연히 다음으로 침공할 타자는 유리티아스였다.

충돌할만해서 충돌했다—— 본래대로라면 그뿐이었다. 골치 아픈 건 여기에 부르지도 않은 마왕이 끼어들었다는 점이다.

"하지만 당수님…………."

"캐서린, 둘만 있을 때는 이름으로 부르라고 했죠?"

고르곤의 말에 캐서린이 뺨을 붉히며 방 안에 독특한 세계가 펼쳐졌다.

그가 여성으로 인식하는 건 최소 60살부터. 그 외의 여자는 경멸의 대상이다. 어느 의미로 무시무시한 남자였다.

하지만 그런 달콤한 분위기에 잇달아 속보가 들어왔다.

"천옥의 킹…………?"

다른 노파가 가져온 서류에는 그곳에서 볼 일이 없는 이름이 있었다. 하트 일행은 복수를 위해 천옥이나 킹의 이름을 언급하며 날뛰는 모양이었는데, 혼란스러운 현장에서는 침입자에 천옥이 섞여 있다고 착각한 보고가 착착 올라왔다.

"왜 그들이 우리 영역에…………."

도시국가에서 보면 멀리 서쪽 전란에서 활약하는 용병단의 이름이자, 이 근방의 영역 싸움에 끼어들 리 없는 존재였다. 하물며 넓은 장사망을 보유한 도시국가를 상대로 싸움을 거다는 건,

고르곤이 상대방 입장이었다면 위험부담이 너무 커서 도저히 선택할 수 없는 행동이었다.

"이득이 아니라 유명세를 원했나…………."

당수의 눈이 차갑게 빛났다.

고르곤 일족은 원래 용병단으로 출발했기에, 상대가 현재 한창 뜨고 있는 천옥이라는 걸 듣고 어찌할 수 없을 만큼 큰 불쾌감이 치밀어올랐다.

"거만해졌나………… 풋내기들…………."

고르곤이 보기에 대륙에서도 손에 꼽히는 용병단이었던 자신들에게 신흥 용병이 분수도 모르고 싸움을 건 셈이었다.

자존심이 강한 고르곤은 견디기 힘든 굴욕이었다.

"캐서린, 제이크에게 연락해주세요. 들어온 쥐새끼는 통째로 삼키라고."

"네, 네에…………."

이렇게 하트가 이끄는 게릴라 부대와 고르곤 상회의 싸움이 시작되었다. 물론 이것은 전초전이니, 더욱 큰 항쟁으로 발전해 갈 것이다.

한편 하트를 보낸 잭에게는──.

처참하게 당한 스페이드와 그 부하가 돌아왔다. 전신이 구석구석 부러졌는데 무슨 일이 일어났는지 전혀 알 수 없었다.

심지어 옷가지를 모조리 빼앗겨 전라로 대로에 쫓겨났다고 하지 않는가. 잭은 굴욕이 큰 나머지 얼굴이 시뻘게져서 소리쳤다.

"어떻게 된 일이야! 무슨 일이 있었어?!"

스페이드의 머리채를 잡은 잭이 그 입을 억지로 벌리게 했다.

숨을 헐떡이는 그의 입에서는 처음 보는 대마법에 당했다는 말만 간신히 나왔다. 부하들도 입을 모아 동일한 내용을 호소했다.

"킹이 마법을…………?"

잭이 주워들은 이야기로는 킹은 용감한 전사로, 마법을 쓴다는 건 들어본 적이 없었다. 그렇게 강력한 대마법을 다룰 수 있다면 이름을 알리는 게 중요한 장사 수단인 용병단이 홍보하지 않을 리가 없다.

200명이나 되는 강자를 굴복시킬 정도의 대마법——.

그 정보에 잭의 뇌리에 처음으로 망설임이 생겼다. 이대로 킹에게 다른 부하를 보내도 괜찮을까.

하물며 부하들을 대로에 던져놓은 건 슬럼가의 주민들이라고 하지 않나.

"킹 녀석, 슬럼의 쓰레기들을 아군으로 포섭했나…………."

"실례지만 보스. 그런 쓰레기들은 몇 명이 있든 허수아비조차 못 됩니다."

다이아의 발언에 잭은 고개를 절레절레 내저었다.

그 상상력이 부족한 뇌에 기가 막혔기 때문이다. 잭 상회의 간부는 다들 뛰어난 강자들이지만, 아무래도 머리를 굴릴 줄 아는 자는 적다.

지혜를 사용해 방침을 정하는 건 전부 잭에게 맡기고 있다.

"허수아비라…………. 다이아, 그곳의 주민이 몇 명이라고 생각해?"

"네……? 대, 대략 500명 정도가 아닐까요…………?"

"멍청한 녀석, 언제 적 이야기를 하는 거야! 지금은 어린애도 합치면 2천은 될 거다."

"하, 하지만 그런 밥도 제대로 먹지 못한 녀석들은 언제든지 죽일──."

"됐다."

잭은 벌레 씹은 표정으로 담배 연기를 내뿜으며 손을 내저었다.

설명하는 것도 귀찮아진 모양이다. 잭이 하고 싶은 말은, 잠재적인 적이 그만큼 왕도 **안**에 있다는 게 중요하다는 것이다. 질의 문제가 아니다.

외부에서 공격한다면 몇 명이든 두려워할 가치도 없으나, 내부 진지 안에 2천이나 되는 테러리스트 예비군이 있다고 생각하면 문제는 확 달라진다.

내부에서 약탈이나 방화를 저지른다면 철벽의 왕도라고 해도 대혼란에 빠질 것이다.

"그 녀석, 난데없이 슬럼가에 가다니 묘하다고 생각했는데…… 처음부터 **이걸** 노린 거였나."

전장의 뛰어난 전사라고만 생각했던 상대가 뜻밖의 지략을 보이자 잭은 무심코 혀를 찼다. 단독으로 쳐들어온 건 목숨 아까운 줄 모르는 것만이 아니라 슬럼가의 주민을 포섭하는 전략을 세웠기 때문이었다.

'생각했던 것보다 더 제법이잖아, 킹………….'

상대의 무시무시함을 느끼는 한편, 잭은 어느 의미로는 안도했다.

단독으로 죽음을 각오하고 쳐들어온 미치광이라면 사고회로를 읽는 게 어렵지만, 그러한 '계산'을 할 줄 아는 상대라면 그나마 이해할 수 있기 때문이다.

잭처럼 정점에 선 자에게 가장 두려운 건 이성이고 뭐고 없이 맛이 가버린 또라이다. 그런 상대가 저지르는 무차별 폭력만큼 악질도 없다.

계산도 없고 대화도 통하지 않고, 그저 죽을 때까지 난동을 부리는 자는 이미 인간이 아니라 마수일 뿐이니까.

"다이아, 슬럼 주변에 병사를 배치하고 쥐새끼 한 마리 밖에 내보내지 마. 나오려는 녀석이 있다면 봐줄 필요 없어. 그 자리에서 전부 죽여버려."

"알겠습니다, 보스!"

"슬럼의 막다른 곳에 킹을 몰아넣고 다섯 개의 별 녀석들에게 처리하게 해."

잭은 그 말을 끝으로 요란한 호랑이 가죽 가운을 걸쳤다.

지금부터 그는 투기장에서 이뤄지는 의식에 참석해야만 한다.

잭이 투기장 출신이라는 이유도 있지만, 그러한 공식행사에 결석했다간 지금 일어나는 소란에 겁을 먹었다는 인식을 주게 될 수도 있다.

"킹………. 네놈의 시체는 천옥에 친절히 배달해 주마."

거친 발걸음으로 방을 뒤로한 잭은 독재자로서 위엄을 가다듬었다.

시선을 빼앗을 듯 화려한 군세를 이끌고 투기장으로 향했다. 고르곤과의 항쟁 같은 건 신경 쓰지 않는다고 주장하듯이.

왕도의 주민은 복잡한 눈으로 바라보았지만, 차마 항의할 기력은 없었다. 상회에 거역하면 **살아있는 본보기**인 슬럼가의 주민으로 추락하게 된다.

'지금은 큰 소란으로 퍼지진 않은 모양이군…………'

알랑거리는 눈빛을 보내는 양 같은 주민들을 보며 잭은 코웃음을 쳤다.

과거 노예로서 이 도시에 팔렸을 때는 그에게 멸시하는 시선을 보냈다. 때로는 돌을 던지거나 오물처럼 침을 뱉는 사람도 있었다.

그게 지금은 어떤가.

주변에 선 주민들은 하나같이 허리를 숙여 아첨하듯 자신의 이름을 칭송한다.

'멍청한 양들…… 철저하게 부려 먹고 죽을 때까지 착취해주마…….'

이 또한 잭의 복수인 셈이었다. 과거 그에게 참혹한 나날을 강요한 유리티아스라는 나라 자체를 향한 복수다.

그는 일류 악당인 만큼 복수하는 규모도 급이 달랐다.

'투기장이라…………. 전부 여기에서 시작했지…………'

땅거미가 드리우는 가운데 옛 **직장**이었던 투기장이 보였다. 그는 이곳에서 유년기를 보냈다. 상식 밖의 대전상대와 싸우고 넝마가 되면서도 살아남았다.

상대가 인간이기만 한 건 아니었다. 맹수나 마물, 때로는 마수가 나온 적도 있었다. 피투성이가 되어 필사적으로 싸우는 잭을 사람들은 손뼉을 치며 즐겼다. 비웃으면서 돈을 걸었다.

떠올리고 싶지도 않은, 지옥 같은 나날이었다.

'지금은 투사도 관객도 전부 내가 지배하고 있어…………'

화려한 팡파르와 함께 잭이 투기장에 들어가자 이미 그곳에는 기이한 열기로 충만했다. 시간이 남아도는 도박사며 부호들로 가득했다.

어느 시대든 사람이 싸우는 모습에 열광하는 층은 존재한다.

여기서는 누가 이기는지 공공연히 도박이 이뤄지고, 값비싼 와인을 잇달아 비운다.

목숨을 걸고 싸우는 선수를 배경으로 부호들은 물장사하는 여자를 데려와 거만한 얼굴로 선수의 능력이나 예상을 읊고, 서민의 한 달 수입과 맞먹는 와인으로 병나발을 분다.

그들 앞에 놓인 식사도 눈이 튀어나올 만큼 비싼 음식들이었다. 도저히 슬럼과 같은 도시에 있다는 게 믿기지 않는 광경이었다.

투기장의 객실은 일반용과 귀빈실로 나뉘어 있는데, 잭은 왕실 전용 장소에 자리를 잡았다.

"이놈들아, 즐기고 있냐————!"

잭은 두 팔을 벌리고 바람 마석을 사용한 특수한 마이크를 써서 쩌렁쩌렁하게 외쳤다. 관객들도 주먹을 치켜들고 때로는 휘파람을 불며 그 목소리에 응했다.

"잭! 오늘도 최고의 시합을 보여줘!"

"유리티아스야말로 최강! 도시국가 놈들 따위는 여기에 불러서 패죽이자고!"

고르곤 상회와 항쟁 중이라는 소문이 있는데도 불구하고 당당히 모습을 드러낸 잭의 강인함을 칭송하는 목소리였다.

뭐니 뭐니 해도 여기는 **투쟁의 장**이다—— 논리도 시비도 없이 강자를 숭상한다.

잭은 관객에게 보여주기를 마친 뒤 이미 앉아 있던 대신에게 날카로운 시선을 보냈다.

그 순간 대신은 메뚜기처럼 튀어 올라 머리를 깊이 박았다. 누가 더 위에 있는 사람인지 여실히 알려주는 모습이라 할 수 있었다.

"아, 아무래도 소란이 일어난 모양이더군…………."

"아무 걱정 안 해도 돼. 금방 처리할 테니까."

"하, 하지만 소문으로는 도시국가의 고르——."

"나에게 두 번이나 같은 말을 하게 만들려고?"

잭이 맹견 같은 눈으로 노려보자 대신은 허둥지둥 자리에 앉아 앞을 보았다.

등을 똑바로 펴고 무릎 위에 손을 올린, 예의 바른 자세의 정석이었다. 투기장에서 이런 자세로 앉은 손님은 대신 말고는 없을 것이다.

"그 멍청이는 슬럼에 가둬놨어. 그대로 고르곤도 삼켜주마."

"그, 그래…………."

심약해 보이는 대신은 고개를 끄덕이며 이 맹견 같은 남자에게서 한시라도 빨리 떨어지고 싶다고 천사와 빛에게 열심히 기도를 바쳤다. 평소에 딱히 신앙심을 지닌 것도 아니면서 이럴 때만 슬쩍 기도하는 게 인간이라는 생물인 건지도 모른다.

잭이 착석한 걸 확인하고 사회자도 진행을 시작했다. 오늘의 메인 이벤트와 대전 카드, 토너먼트전 등을 낭랑하게 알렸다.

그게 발표될 때마다 관객은 볼륨을 올리며 커다란 환호성으로 대답했다.

투기장 내에서 차례차례 대전이 시작되자 피보라와 판돈이 휘날렸다.

싸우는 쪽은 목숨을 걸었지만 구경하는 쪽에선 이보다 더 즐거운 일도 없다. 대전 카드가 진행될수록 시각은 밤이 되고 관객들의 취기도 깊어졌다.

추잡한 욕설이나 야유가 여기저기에서 날아갔다. 귀빈실에서는 시합을 보며 정사를 즐기는 사람마저 나오는 형국이었다. 말 그대로 피로 얼룩진 향연이었다.

잭은 오늘의 마무리를 머릿속에 떠올리고 성대히 비웃었다.

'어디, 그 **크랙**을 어떻게 뿌릴까…………. 그건 어마어마한 돈이 될 거야.'

대신관의 짐에 들어있던 약물을 떠올린 잭은 머리를 굴렸다. 여기저기에 나눠서 매각할지, 거금과 맞바꿔 한 곳에 팔아치울지 실력을 발휘할 타이밍이었다.

'확 스 네오 녀석들을 협박해서 짐을 넘겨주는 대신 거금을 뜯어낼까?'

천옥과 고르곤을 부추긴 벌로서 강탈한 짐에 거금을 내게 한다. 잭 쪽은 조금도 손해를 보지 않는 최고의 보복이 될 것이다.

'킹도 슬슬 정리되었겠지………. 어떤 꼴로 죽었을까.'

슬럼 구석으로 몰려 시궁쥐처럼 죽었을 킹을 떠올리면서, 잭은 잔을 기울여 형식상의 애도를 표했다.

문제의 킹이 눈을 뜬 건 잭이 투기장에 도착했을 때였다. 주변은 완전히 땅거미에 가라앉았지만, 슬럼은 긴장된 분위기에 감싸여 있었다.

슬럼은 쥐새끼 한 마리조차 드나들 수 없도록 완벽히 봉쇄되어, 흡사 전쟁이라도 일어난 듯 어수선했다.

'조금 잠들었나……….'

터무니없는 규모의 오해를 낳고 사방팔방에 불똥을 흩뿌린 장본인은 남의 집에서 마음대로 나베를 만들어 먹고는 대낮부터 술을 쭉쭉 들이켠 끝에 허락도 없이 부인의 침대를 점령하고 자버린다는 쓰레기짓을 연이어 달성한 참이었다.

"좋은 아침입니다, 마스터."

"응? 아침까지 잤나………?"

"현재 시각은 오후 5시이지만 마스터가 눈을 뜬 시각이 즉 아침입니다."

'그럴 리가 있냐!'

렌의 무시무시한 태도에 마왕은 자매를 부르라고 시킨 뒤 다시 눈을 감았다. 당초 목적이었던, 왕도의 미궁에 대해 물어보기 위해서였다.

불려온 자매는 피부도 탱탱해졌고, 다른 사람이 된 것처럼 머리카락에 윤기마저 흘렀다. 과잉 기력 회복이 자매의 전신을 되살린 모양이었다.

"킹 님, 어머니에게 그런 값비싼 약을………. 다시금 감사드립니다!"

"킹 님, 맛있는 요리 해주셔서 감사합니다!"

"인사는 필요 없지만, 나는 킹이 아니라 쿠나이 하쿠토다. 다시는 착각하지 말도록."

드디어 말했다며 마왕은 개운한 표정을 지었다.

자매도 서로 얼굴을 쳐다본 뒤 힘차게 고개를 끄덕였다.

"알겠습니다, 킹 쿠나이 님이로군요!"

"킹 하쿠토 님!"

"잠깐만! 부탁이니까 일단 킹을 떼버려! 아니, 너희가 킹이라고 하고 싶은 것뿐이지?! 그렇지?"

거듭된 킹 연발에 마왕도 위엄을 잊고 태클을 넣었다. 이제와서 무슨 말을 해봤자 정정할 수 없을 만큼 깊숙하게 침투해버리고 말았다.

자매는 킹이라는 휘황찬란한 이름에 자랑스러움마저 느끼는 모양이었다.

"하아………. 됐다. 그건 나중에 하고, 이 도시에 있는 미궁에 대해 달려다오."

"미궁이요?"

언니가 왕도에 있는 미궁에 대해 아는 내용을 이야기했다. 마물에게서 다양한 전리품을 얻을 수 있지만, 그리 건전하게 운영되진 않는다고 했다.

"파란 벽돌이라………. 몇 번을 들어도 미궁 같지 않은 이름이군."

"저도 옛날에는 속았지만, 그 녀석들이 귀중한 아이템이 나오도록 미리 각본을 짜놓곤 하더라고요. 그걸 보고 다들 눈이 돌아갔죠."

"연극이라………. 뭐, 옛날부터 있는 수법이긴 하지."

참고로 자매 중 언니는 와린, 동생은 우린, 어머니의 이름은 마린이라고 했다. 그 이름을 듣자 마왕은 머릿속에 은색 구슬이 날아다니는 기계가 어른거리는 걸 허둥지둥 쫓아냈다.

일가의 이름에서 연상한 건지 마왕의 머리에 도박이라는 단어가 떠올랐다.

"뭐, 미궁에 들어가는 것도 일종의 도박이라고 생각하면 때로는 크게 한몫 잡는 인간을 주변에 보여줄 필요가 있겠지."

파칭코로 말하자면 보란 듯이 수북하게 쌓인 동전 박스. 슬롯머신이라면 만 장 오버(코인을 1만장 이상을 획득.). 경마로 말한다면 만마권(100엔을 걸면 1만엔 이상의 배당금이 들어오는 마권.). 드물게 보는 그걸 다음은 자신이 손에 넣겠다고 목표로 삼으며 인간은 도박에 빠져든다.

당연히 그런 건 기적적인 확률로만 당첨되는 것이니, 결과만 본다면 계속해서 패배가 누적될 뿐이다. 사기라도 치지 않는 한 계속 대승하는 도박사가 존재할 리 없으니까.

"게다가 저에게도 빚 대신 투기장에 나가라고……. 그 녀석들, 게임 감각으로 사람의 목숨을 우롱하고 있습니다! 아버지도 투기장에 끌려간 상태고요…………."

"…………게임이라."

마왕은 침대에 누운 채 천장으로 날카로운 시선을 보냈다.

단순한 게임이라면 신경 쓸 일도 아니었지만, 목숨을 건 게임이라면 이 남자에게도 일가견이 있다. 아니, 자신 앞에서 안이하게 그런 이름을 쓰지 말라는 생각마저 할 정도다.

이 남자의 반생은── 현실 세계에마저 영향을 미치고 침식할 정도의 지옥 같은 서바이벌 게임과 함께했으니까.

"렌, 너는 어떻게 생각하지?"

"그 잭 상회가 운영하는 것이 좋은 것이라는 생각은 도저히 들지 않습니다."

"흠. 그렇다면 한 번 보러 갈까."

그 말에 렌의 두 손이 마왕의 손을 부드럽게 감쌌다.

전이동을 사용한다는 걸 알아차린 건지 호흡이 척척 맞았다.

이 두 사람에게는 일상적인 이동풍경이었지만, 슬럼을 포위한 다이아에게는 말도 안 되는 사태였다. 개미 한 마리 도망가지 못하도록 봉쇄한 구역에서 가장 중요한 대상이 어느새 연기처럼 사라지는 것이니까.

"우리는 잠시 나갔다오마. 너희는 적당히 쉬고 있도록."

그 순간 두 사람의 모습이 투명해지더니 기척조차 사라졌다. 자매는 '어?!' 하고 소리쳤으나 이미 침대 위에는 아무도 없었다. 귀신에게 홀린 듯한 기분이었다.

"…………역시 킹 님은 굉장한 대마법사인 거야!"

"킹 님의 킹마법!"

자매가 저마다 외쳤다.

사실은 단순히 은밀자세를 사용한 뒤 전이동을 썼을 뿐이지만, 자매의 눈에는 난생처음 보는 '대마법'으로밖에 보이지 않았다.

이로 인해 슬럼가에서 한층 묘한 착각이 퍼지게 되었으나, 조금 전 전투에 이어서 이런 모습을 보인 이상 오해받아도 어쩔 수 없었다.

대로로 나온 두 사람은 모습을 감춘 채 왕도 안을 유유자적 걸어갔다.

때로는 렌과 《통신》을 나누면서 도시 여기저기로 시선을 던지고 떠들썩한 왕도의 밤을 만끽했다. 오가는 인간도 많고, 빛의 마석을 이용한 가로등은 참으로 화려했다.

《생각했던 것보다 번영한 곳이군.》

《슬럼과의 차이가 극심하군요. 마치——.》

렌은 무언가 말을 하려다가 삼켰다. 그녀치고는 드문 모습이었다.

물론 마왕은 렌이 무슨 말을 하려고 했는지 바로 알 수 있었다.

《목숨을 건 게임, 부유한 자의 영광, 빈곤층의 비애. 마치 **대제국의 축소판** 같다?》

《아뇨, 그렇게까지는………….》

《딱히 그 생각은 틀리지 않아. 다만 한 가지 결정적으로 다른 게 있지.》

《그건 무엇이죠?》

――――여기는 완전히 '부족'해――――.

마왕은 수수께끼 같은 말을 남기고 한층 중심지로 향했다. 그곳은 유리티아스가 자랑하는 미궁 '파란 벽돌'의 입구였다. 주변은 넓은 광장인데, 많은 인간이 모여 있었다.

와린의 이야기로는 그 이름대로 파란색 벽돌로 만들어진 미궁인데, 어떤 충격이나 마법에도 상처 하나 나지 않을 만큼 튼튼하다고 한다.

"우오오! 오늘은《푸른 거울》이 셋이나 나왔다는데!"

"진짜로?"

"개당 금화 여섯 닢으로 사갔대!"

"크윽, 너무 부럽잖아! 당분간은 호화롭게 놀 수 있겠다!"

"다음은 나야! 반드시 내가 대박을 치겠어!"

모험가들이 큰 소리로 떠들며 각자 다양한 반응을 보였다.

마왕은 그걸 보고 와린이 말했던 '각본'임을 즉시 간파했다.

실제로 이것은 잭이 지시한 대로 연기한 성대한 연극으로, 모험가들을 미궁에 집어넣는 '먹이'였다.

《조작 운영인가. 정말 눈물겨운 노력이로군――.》

《기만으로 가득한 장소인 모양이네요.》

조소하는 마왕이었으나 이변은 별안간 찾아왔다.

두 명의 남자가 이쪽을 보고 불쑥 소리치더니 엉덩방아를 찧었다.

"어, 째서…… 이런 곳에! 스스스슬럼에 갇혀있을 텐데……!"

"으아아아아아아! 아이즈 씨, 큰일이에요. 그 남자예요!"

그 목소리에 두 명의 표정이 바뀌었다. 은밀자세를 간파하려면 그만한 스킬이 필요하기에 요주의 인물로 찍힌 셈이다.

"머, 멍청아, 이름 부르지 마! 외우면 어떡하려고!"

"잠깐, 목 조르지 마세요, 아이즈 씨! 그만하세요, 아이즈 씨!"

"너 이 자식! 하지 말라고오오오!"

아우성치는 남자들을 보고 둘 다 모습을 드러냈다.

마왕이 흥미로운 듯 두 사람을 내려다보며 담배를 물자 렌이 바로 불을 붙였다.

"보아하니 이곳의 병사인가. 눈이 좋은 모양이군. 아이즈라고 했던가?"

"아니, 아닙니다! 이, 이 신입이 원래, 거짓말이 심한 녀석이라…………!"

"잠깐, 거짓말이라니 너무하잖아요, 아이즈 씨! 왜 그런 엉뚱한 소릴 하시는 거예요, 아이즈 씨!"

"이름 연호하지 말라니까! 일부러야?! 일부러 그러는 거지?!"

아이즈와 신입이 옥신각신하는 걸 보고 마왕은 쓴웃음을 지었다. 이름 연호라니 자신도 줄창 킹이라고 불렸던 걸 떠올리며 이상한 방향으로 동정심이 들었기 때문이다.

타이밍이 나쁘게도 소란을 들은 순찰부대가 달려왔다. 다섯 개의 별의 용병들과 그들을 이끄는 간부, 라이라스였다.

"무슨 소란………… 쯧, 아이즈냐."

라이라스는 바닥에 주저앉은 아이즈를 말 위에서 내려다보고는 노골적으로 얼굴을 찡그렸다. 몇 번이나 아이즈가 갑자기 소란을 피워서 작전이며 행군을 막았던 걸 떠올린 모양이었다.

이어서 슈트를 입은 남자를 보고 이게 소문으로 들은 킹이냐며 흐릿하게 웃었다.

"야, 아이즈. 다음은 **천옥**에 기생하려고?"

"아, 아니야! 나는…………."

"그러니까 너는 아무리 시간이 지나도 패배자인 거다. 승자에게 빌붙는 것 말고는 머릿속에 없으니까……. 구역질이 나."

그렇게 말한 라이라스가 아이즈의 얼굴에 침을 뱉었다. 아이즈는 고개를 숙이고 손수건이라고도 부를 수 없을 만큼 더러운 천으로 침을 닦았다. 아무리 비참한들 아무런 반박도 할 수 없었기 때문이다.

"그리고 아쉽게도 저 녀석은 승자가 아니야. 이제부터 처형당하는 **패배자**지."

라이라스가 손을 들어 올리자 100명의 용병이 질서정연하게 서서 일제히 마왕과 렌을 향해 무기를 들었다. 슬럼으로 가는 수고가 줄었다는 듯한 태도였다.

"여어, 킹. 삽옷을 벗은 모습으로 만나는 건 처음이지?"

"뭔가 착각하는 모양이다만 나는 킹이 아니다. 너와는 처음 본다."

"흐음~. 그런 목소리였나. 늘 말없이 전장을 달리는 것만 봤는데, 묵직하고 좋은 목소리잖아?"

"그러니까 나는──."

"관둬! 이제 와서 킹이 아니라는 변명은 안 통하거든? 갑옷을 벗었으니까 남이라는 눈속임이 통할 줄 알았어?"

라이라스는 기가 막힌다는 듯 웃고는 부하 용병들을 움직였다.

그걸 보고 렌은 마왕을 지키듯 한 걸음 앞으로 나섰다.

"마스터의 적으로 판단했습니다."

"저런, 킹. 이런 귀여운 소녀에게 보호받으시겠다? 것 참 실망인데. 갑옷을 벗으면 완전히 송사리잖아…………."

마왕은 말없이 담배 연기를 흘리다가 마지막으로 확인하듯 입을 열었다.

슬럼에 온 녀석도 그렇고, 명확하게 자신의 목숨을 노리는 것 같았기 때문이다.

"일단 확인해두겠는데, 너희는 나를 죽일 생각이기라도 한 건가?"

"어엉? 이제 와서 무슨…………. 너는 유리티아스에, 잭 상회에 싸움을 걸었잖아. 살아서 왕도를 나갈 수 있을 리 없다고. 네목은 우리 '다섯 개의 별'이 받아가겠어."

"…………그렇군. 그럼 나도 저항해야겠지."

"너는 멍청이다, 킹. 주변에서 좀 떠받든다고 자만해서는 싸움을 걸면 위험한 상대에게 덤비다니. 너도 저기 있는 패배견과 똑같아."

주저앉은 아이즈에게 시선을 준 라이라스가 냉혹한 표정으로 웃었다. 마왕도 아이즈의 모습을 보고 마치 과거의 자신을 보는 것 같다며 쓴웃음을 지었다.

과거 오오노 아키라의 세계는 급류와도 같은 SNS 열풍에 휩쓸리듯이 망했다.

그 시절엔 인터넷에 무신경한 악플이 흘러넘쳤다.

《오오노 사이트 닫고 도망ㅋㅋㅋ 패배견 존웃ㅋㅋㅋㅋ》

《좆망겜이잖아》

《걔가 만드는 게임은 퇴물이라고》

당시 아키라는 성대한 스트레스를 받아 일 년 정도 술과 여자에 빠져서 극도로 타락한 나날을 보냈다.

저금도 바닥을 보이자 생활비를 벌기 위해 게임 회사에서 일하기 시작했지만, 그곳에는 아키라가 원하던 것은 없었다. 같은 일을 반복하는 비참한 일상만이 존재했다.

하지만 아키라는 패배한 상태로 끝나지 않았다.

기나긴 와신상담의 시간을 거쳐 아키라는 다시 일어났고, 영혼과 생명을 불태울 기세로 전세계를 향해 재도전했다──.

마왕은 왕년을 돌아보며 음미하듯 말했다.

"버블 붕괴, 취직 빙하기, 비정규직 고용, 파견직이나 쓰고 버릴 째. 어디시 솟이니는 건지 너 같은 녀서이 그때마다 **득의양**

양한 얼굴로 승리자니, 패배자니 필사적으로 짖어댔지만 참으로 얄팍한 녀석들이었지."

"뭐?"

"인생에서 승패나 목표 같은 건 자신의 내면에만 존재한다. ……너 같은 **타인 따위**가 남의 승리와 패배를 잘났다는 듯 떠들어대는 것만큼 우스꽝스러운 것도 없지."

"혓바닥 하나는 잘 놀리잖아……. 하지만 네가 패배자라는 건 달라지지 않아."

어느새 다섯 개의 별의 간부 세 명이 군대를 이끌고 잇달아 광장에 집결하고 있었다. 각자 100명의 용병을 이끌고 있으니 그 숫자는 총 400명에 이르렀다.

"이봐, 킹. 내가 아무 생각 없이 네 기나긴 헛소리를 들어주고 있는 줄 알았냐? 답은 이거라고. 패배자는 늘 눈앞에 있는 것만 본다니까."

대화하는 것처럼 위장하며 라이라스는 은밀히 전령을 날렸다.

하지만 열을 맞춰 선 군대를 보고도 마왕과 렌은 미동도 하지 않았다.

"렌, 일일이 죽일 필요는 없다."

"실례지만 마스터. 그들은 명확한 살의를 지니고 있습니다."

"이런 애송이들을 상대로 네 손을 더럽힐 필요는 없어."

"마스터…………."

그 말은 굳이 따지라면 렌의 분노를 달래려는 의도였다. 하지만 렌은 감격에 겨운 듯 촉촉해진 눈으로 마왕의 허리를 껴안았다.

"마스터를 위해서라면 저는 수억의 적을 쓰러트리고 꿰뚫어버 릴 각오가 되어있습니다."

"아니, 잠깐만! 흉악한 소리 하면서 껴안지 마! 무서워!"

태평한 두 사람의 모습을 보고 다섯 개의 별의 간부들도 황당 하다는 표정으로 시선을 나눴다.

라이라스를 비롯해 그곳에 모인 자들은 쟁쟁한 전사들이었다. 그들은 전장에서 가끔 마주쳤던 킹을 보고 저마다 생각하는 바 가 있었던 모양이었다.

"저게 킹의 얼굴인가……. 예상했던 것보다 더 기합이 들어간 낯짝이잖아."

먼저 세간에서는 '전귀(戰鬼)'라며 두려움을 받는 줄리아니. 전 장에서는 거대한 워해머를 휘두르며 가까이 다가오는 자를 전 부 고깃덩어리로 만들어버리는 거한이다.

그의 워해머는 무시무시한 중량을 지닌 철괴이므로 어지간한 사람은 들어 올리지도 못한다.

"조금 더 젊은 줄 알았는데 의외로 나이가 있네…… 아쉬워라."

다음으로 '지옥의 옥졸'이라고 불리는 마르예타.

그녀는 용병업으로 돈을 벌면서 금의 최대산지인 골드스톤 에서 노예들의 옥졸로서 셀 수 없이 많은 시체를 쌓아 올린 뱀 같은 여자였다.

그것을 말해주듯 그녀가 든 시미터는 검집마저 황금이었다.

"용병에 나이 같은 건…………. 킹은 절대 방심할 수 없는 상 대입니다."

그리고 세간에서 '소에타의 불꽃'으로 이름 높은 현자 에어리오스. 그는 북방의 소에타 산맥에 사는 고블린 무리와 보금자리를 통째로 불태워 일약 영웅이 된 남자였다.

"흥, 이만큼 멤버가 모여 있으면 상대가 마인이라도 죽여버릴 수 있거든."

마지막으로 '소드 일루전'이라는 이명을 지닌 라이라스.

그는 단독으로 《유니콘 버그》 토벌에 성공하여 마수 사냥꾼으로 일약 이름을 날렸다.

한 명 한 명이 일류 인재들이자, 그들이 이끄는 용병들은 혹독한 훈련을 거쳐 어지간한 군대로는 당해낼 수 없을 만큼 강했다.

그들이 원하는 나라를 골라 일할 수 있는 용병단이 된 것도 당연한 귀결이라 할 수 있다. 진지하게 생각하면 이런 멤버에게 둘러싸여서 일하던 아이즈는 이중적인 의미로 불행했다.

워해머를 한 손에 들고 어깨에 걸친 줄리아니가 말을 몰았다.

"킹, 같은 용병으로서 제안하마. 얌전히 목을 내놓는다면 비참하게 죽이진 않을게."

"…………마스터와의 시간을 방해하지 마시죠."

마왕의 허리에 팔을 감은 렌이 그 얼굴을 바라보며 조용한 목소리로 고했다.

줄리아니는 미끈한 스킨헤드를 쓰다듬으며 난처한 표정을 지었다.

"아가씨는 킹의 정부야? 작별 인사는 이미 충분하잖아?"

"마스터와 저 사이에 작별은 없습니다. 현생에서도 다음 생에서도 영혼까지 미래영겁 이어져 있습니다."

"아가씨, 이제 그만 하자. 우리는 놀러 온 게 아니야."

"저도 진심입니다. 마스터를 향한 이 마음에 거짓 하나 없으니까요."

"저, 저기, 아가씨…………. 너 혹시………… 나를 이용해서 이 녀석에게 사랑 고백이라도 하고 싶은 거야?! 응?!"

렌의 의도를 알아차린 건지 줄리아니는 얼굴을 시뻘겋게 붉히며 소리쳤다.

이런 장소에서 연애 놀음에 이용당하는 건 그에게는 굴욕이었다. 하물며 상대는 눈이 번쩍 뜨일 만큼 아름다운 미소녀다.

줄리아니는 질투와 분노로 당장에라도 폭발할 것 같았지만, 한편으로 마왕도 스킨헤드의 반응에 편승하려는 건지 무거운 어조로 말했다.

"렌, 저쪽에서 부르는 모양이다. 가볍게 놀아주도록."

"……………………………………………………………알겠습니다."

긴 침묵 끝에 렌은 아쉽다는 듯 허리에서 손을 떼고 상대방에게 몸을 돌렸다. 마왕은 잘됐다며 도망치듯 광장 구석에 있던 의자에 앉아 테이블 위에 재떨이를 놓았다.

심지어 카지노에서 가져온 소주까지 놓고 완전히 관전 모드에 들어갔다.

"렌, 적당히 해야 한다?"

그 말을 듣고 렌은 칠흑의 공간에서 크고 긴 창을 꺼냈다. 과거 회장에서 셀 수 없이 많은 플레이어를 매장한 '인간무골'이라는 이름의 무기였다.

창끝엔 몇 바퀴가 감긴 나선형의 날이 달려 있는데, 으스스한 붉은 빛을 뿌렸다. 렌의 키를 훌쩍 넘는 기다란 창 전체가 흉흉한 기척으로 덮여있었다.

"저항은 무의미합니다. 항복하세요——."

렌의 준엄한 자세와 창이 발하는 이질적인 기척에 다섯 개의 별의 멤버들이 숨을 삼켰다. 그들은 절대 평범한 인간이 아니었고, 오히려 탁월한 재능을 지녔다.

그렇기에 그 창이 얼마나 위험한지 생생하게 느낄 수 있었다.

가볍게 잡아도 레전드급. 아니, 어딜 봐도 고대의 오파츠였다. 라이라스는 치밀어오르는 공포를 견디지 못한 건지 마왕을 향해 소리쳤다.

"치, 치졸하다 킹! 이, 런…… 말도 안 되는 창을 꺼내다니!"

"음? 너는 조금 전까지 자신은 승리자라고 실컷 자랑하지 않았나? 패배자인 내가 뭘 하든 두려워할 필요 없겠지. 대장부여, 과감하게 부딪쳐봐라. 박살 나겠지만."

"…………웃기지 마! 이런 것까지 꺼내다니 비겁하다고! 이 자식, 그러고도 일류 용병이냐! 전장에서도 최소한의 도덕이라는 게 있잖아!"

"이런 어린 소녀의 창도 받아내지 못한다는 건가? 네가 말하는 '승자'란 참으로 하찮은 단어인 모양이군. 남자라면 당당하게 맞서야지. 박살 나겠지만. 중요한 것이니 일단 두 번 말해줬다."

마왕은 희석한 소주를 마시며 혀로 상대를 토막냈다. 관전 모드에 들어갔으면서 상대방을 도발하는 걸 잊지 않는 쓰레기 금메달리스트였다.

전귀라고 불리는 줄리아니는 공포를 떨치듯이 워해머를 휘두르며 격려를 날렸다.

"허세일 게 뻔하잖아! 이런 어린애한테 다들 뭘 그렇게 겁먹은 거냐!"

줄리아니는《강완(剛腕)》과《강체(剛體)》스킬을 발동해 자신의 힘을 비약적으로 높였다.

공격과 방어를 올려주는 스킬이지만, 전귀라고 불릴 정도인 그의 힘은 여기서 끝이 아니다. 일정 시간 피로를 느끼지 않는 《활성》, 통증을 둔하게 만드는《둔화》를 잇달아 발동시켰다.

이 상태의 줄리아니는 말 그대로 **싸우는 귀신**이 되어 감당할 수 없는 존재가 된다.

"짓눌러버리겠어…………. 장난은 끝이다!"

줄리아니는 겉보기와 다르게 맹렬한 속도로 돌진하여 워해머를 치켜들었다.

전장에서는 갑옷이나 방패까지 통째로 부수고 상대를 고깃덩어리로 만드는 필살의 일격을 날린다!

"받아라————!《만육제조퇴(挽肉製造槌)》"

대지를 가를 기세로 떨어진 그것은 렌의 머리에 훌륭히 직격했다.

하지만 렌의 몸은 미동도 하지 않았다. 파리라도 쫓아내듯 왼손을 털자 줄리아니의 거구가 스핀을 돌며 날아가더니 뒷줄에 있는 용병까지 끌어들여 수십 미터 너머에서 추락했다.

줄을 지어 있던 대열에 그곳만 구멍이 뚫린 듯한 모습이다. 줄리아니는 전신의 뼈라도 부서진 건지 꼼짝도 하지 못하게 되었다.

사위가 정적에 잠긴 와중에 렌의 얼어붙을 듯한 목소리만이 울렸다.

"이 정도의 힘으로 마스터에게 무기를 들이대다니………… 만 번 죽어 마땅합니다."

"뭐, 뭐야, 여기로, 여기로 오지 마!"

많은 노예를 혹사시켜 죽음으로 몰아간 마르예타였으나, 천천히 걷기 시작한 렌을 보고는 몇 년 만에 높은 비명을 질렀다.

"이, 이런 곳에서, 죽을 수는 없어! 나는 황금을 더——커헉."

렌은 말없이 창을 휘둘러 '지옥의 옥졸'이라 불리던 여자를 말 위에서 떨어트렸다.

렌은 마르예타에게서 유우를 닮은 새카맣고 잔혹한 기척을 감지했기 때문에 이 자리에서 처분하고 싶은 정도였다.

"그 노출이 많은 의상은 제 마스터를 유혹하려는 겁니까?"

"다, 당, 치도 않습니다! 과, 관심 없으니까요! 진심입니다!"

렌의 얼어붙을 듯한 시선에 마르예타는 필사적으로 고개를 저었다. 그 '눈'이 쳐다보기만 해도 전신의 혈액까지 얼어버릴 것 같았다.

렌은 말없이 창을 들어 올리더니 버트캡 부분을 마르예타의 얼굴 측면으로 내리쳤다!

"히이이이이익!"

"관심이 없다? 무례한 발언이군요. 제 마스터에게 매력이 없다는 겁니까?"

"아니, 아닙니다! 오해입니다! 대, 대단히 매력이 넘치는 남성입니다!"

"그런 건 당신이 말할 필요도 없이 유사 이래 지성이 있는 생물이라면 당연히 지니는 상식입니다."

"맞습니다! 상식이고 말고요!"

죽이지 말라고 했으니 여기서 마음을 꺾어놓기라도 하려는 건지, 렌치고는 드물게도 집요하게 언어폭력을 가했다. 이렇게 되면 어느 쪽이 '지옥의 옥졸'인지 알 수 없는 수준이다.

마왕도 담배를 피우며 마치 상관없는 타인인 양 시선을 돌렸다.

'나는 아무것도 못 봤어, 못 들었어, 아무 일도 없었어……. 응, 없었어!'

보지 않고, 듣지 않고, 엮이지 않고, 덤으로 일하지도 않는 쓰레기 사천왕 정신으로 마왕은 아무 일도 없었다는 듯 소주로 도망쳤다.

움직임이 멈춘 렌을 보고 '소에타의 불꽃'이라며 칭송받는 현자 에어리오스는 경이적인 순발력으로 마법을 전개했다.

여기서 움직이지 않는다면 자신까지 당한다고 판단한 모양이다.

"죄송하지만 전력으로 가겠습니다―――!《다중 마법 : 옥염조(플레임 버드)》"

화속성의 상위 속성인 염속성, 그것도 인류의 지혜라고 불리는 제3마법의 발동이었다.

루나나 유키카제처럼 지극히 뛰어난 소질을 지닌 자는 연속 영창으로 마법을 연달아 구사할 수 있지만, 에어리오스가 한 건 **동시 발동**이었다.

말 그대로 현자라 불리기에 걸맞은 존재였다. 그는 동시에 전개하는 압도적인 화력으로 고블린들을 토벌하고, 그 보금자리까지 모조리 태워버렸으니까.

지옥의 불꽃을 두른 두 마리의 새가 좌우에서 렌을 향해 쇄도했다.

"이것으로 끝입니다…………!"

대상을 업화로 불태우는 새는 렌의 몸에 도착하기도 전에 순식간에 증발했다.

그녀가 소지한 《명경지수》의 효과였다.

"불타………… 커헉!"

렌은 눈에 보이지도 않을 만큼 빠르게 에어리오스의 등 뒤로 날아 뒤통수에 수도를 꽂았다. 현자가 소리 없이 쓰러지는 가운데 그 시야에는 라이라스가 비치고 있었다.

"뭐야 이거! 뭐가 어떻게 된…………!"

라이라스는 눈앞의 광경을 받아들이기 힘든 건지 동요를 드러내며 소리쳤다.

고용주나 귀족에게서 개라도 보듯 멸시당하고 부려 먹히면서도 많은 전장을 헤쳐나온 덕에 그는 지금의 위치까지 올라올 수 있었다.

'우리는 성공한 인생이잖아………… 승리자잖아! 왜 이렇게 된 거야!'

화려한 왕도에서 어린 소녀 한 명에게 당하다니, 다섯 개의 별의 평판은 땅으로 추락할 것이다. 나쁜 소문일수록 입에서 입을 타고 전 대륙에 퍼져나가기 마련이다.

앞으로 활동을 생각하면 치명적인 흠집이었다.

"너희들! 전원이 덤벼! 수단을 가릴 때가 아니야!"

라이라스의 호령을 듣고 용병들은 악몽에서 깨어난 듯 다급히 움직이기 시작했다.

단련된 군대인 만큼 그들의 움직임은 신속했으나, 그걸 보고 있던 마왕은 작게 중얼거렸다.

"렌을 상대로 숫자로 승부하는 건 좋다고 입을 향해 돌진하는 셈인데………."

마왕이나 렌 같은 최종 보스는 여러 명에게 포위당하는 일이 많으므로, 그걸 무너트리거나 포위망에서 빠져나가는 수단을 여럿 갖고 있다.

렌은 가볍게 숨을 들이마신 뒤 전투 스킬 《봐주기》를 발동시켰다. 이건 어떠한 공격을 가하든 상대의 **체력을 1 남기는** 스킬이다.

얼핏 무의미한 내용으로 보이지만 악용하면 사정이 달라진다.

상대를 일부러 도망치게 해서 계속 공격해 경험치를 벌고, 때로는 짐을 강탈하는 악랄한 전법을 쓸 수도 있으니까.

과거 회장이 얼마나 가혹했는지 엿볼 수 있는 스킬이다.

렌을 완전히 포위하며 라이라스도 긴 영창을 마치고 처음부터 가장 강력한 필살기를 사용했다.

그는 천부적인 재능으로 절대 하나가 될 수 없는 '광속성'과 '암속성'을 혼합하여 이공간을 만들어낼 수 있다. 혼합이라 불리는 분야에서 그는 틀림없는 **천재**였다.

———성광무(홀리 미스트)＋암환화(다크 비전)———.

"이제 도망칠 수 없어, 애송이아아아아아! 《광암의 환뇌옥(프리즌 다크니스)》!"

상반되는 두 개의 힘이 반발하며 무언가가 구겨지는 듯한 소리와 함께 공간이 일그러졌다. 보통 사람이라면 방향감각이나 균형이 망가져서 서 있는 것도 힘들어질 것이다.

라이라스의 몸도 8개로 분열하여 부하들과 함께 일제히 총공격을 개시했다.

이 이공간에선 마수라고 해도 감각이 고장 나 엉뚱한 곳을 공격하게 된다. 그는 그걸 비웃으면서 마구 공격해 일방적인 승리를 거둬왔다.

하지만 상대는 마수나 인간이 아닌 '미야오우지 렌'이라는 초월적인 존재였다.

———FIRST SKILL '일섬' 발동!———

렌은 신의 영역에 달한 속도로 인간무골을 휘둘러 전방위로 일격을 날렸다.

그 순간 이공간과 함께 400명의 인간이 찢어지고, 라이라스도 환체(幻體)와 함께 무너졌다. 렌이 **봐주기**을 사용하지 않았다면 전원의 몸이 상하로 갈라졌을 것이다.

모든 것을 일격에 무릎 꿇린 렌이 창을 내렸다.

일류 무예는 춤과도 통한다고 하는데, 그 말대로 아름다우면서 강력한 모습이었다. 어둠이 내려앉은 왕도에서 빛의 마석이 뿌리는 빛을 받은 렌의 모습은 환상적이기까지 했다.

광장이 고요해진 가운데 엉뚱한 박수 소리가 울렸다.

다섯 개의 별을 이끄는 리더, 이그나시오였다. 그의 뒤에는 직속 친위대 100명이 대기하고 있었으나, 다들 표정이 얼어붙어 이를 딱딱 울리는 상태였다.

"이야~ 멀리서 관찰했는데 너 너무 굉장한 거 아니야? 반칙이잖아~ 반칙~. 애초에 정말 인간이야~?"

"간략하게. 마스터와의 시간이 아깝습니다."

"그야 나도 엮이고 싶지 않지만~ 이대로면 우리도 끝장이거든~."

이그나시오는 헤실헤실 웃으면서 검을 빼 들고 렌을 향해 똑바로 걸어갔다. 그 모습에 렌은 기묘한 기척을 느꼈으나 일부러 방치했다.

아니나 다를까, 이그나시오는 땅을 박차고 렌을 한참 뛰어넘어 하늘로 날아올랐다.

"미안해~~! 나 너 같은 괴물과는 싸우고 싶지 않거든~~ ♪"

이그나시오가 두른 망토에는 《바람깃(하이 점프)》의 힘이 담겨 있어, 날개가 없는 인류에게는 도저히 불가능한 도약을 가능하게 해준다.

"그럼 간다~!《유풍비행(에어리얼 드라이브)》."

상공에서 바람을 조종한 이그나시오는 자유자재로 방향을 바꾸며 마왕의 후방으로 갔다.

그곳에서 뒤통수를 향해 맹렬한 속도로 **급강하**했다.

이그나시오가 지닌 검은 충격을 완화하고 그걸 저장하는 특성을 지닌 유니크 무기이다. 그의 전투 스타일은 하늘로 점프해 맹금류처럼 먹이를 사냥하는 것이었다.

실수하면 다시 하늘로 올라가 다시 높은 곳에서 먹이를 노린다. 많은 생물에게 상공은 사각이기 때문에 반드시 빈틈이 발생한다.

이그나시오는 렌을 무시하고 표적인 킹의 머리를 향해 축적해두었던 충격을 해방했다!

"~~~~~~~~~~~~~~!《충격해방(소드 임팩트)》."

어마어마한 충격이 공기를 찢었다. 주변 일대에 땅울림이 퍼지며 흙먼지가 피어올랐다.

광포한 마물이든 마수든, 상대하는 자가 강할수록 해방할 때의 파괴력은 비약적으로 상승하여 이그나시오를 유리하게 해준다.

확실한 타격감을 느낀 이그나시오였으나, 내리친 검 끝에는 《어설트 배리어》가 덧없이 전개되어 있을 뿐이었다. 마왕은 잔을 내려놓은 뒤 담담하게 고했다.

"너는 대제국의 마왕을 이런 **곡예**로 이길 수 있으리라 생각했나?"

"어? 잠깐, 뭐야 이………… 카하아아아아악!"

마왕은 하늘에 둥실둥실 떠 있는 이그나시오에게 가볍게 어퍼 컷을 날려 그 몸을 조금 전보다 훨씬 위쪽으로 보내버렸다. 떨어져 내리는 이그나시오의 목덜미를 렌이 창끝으로 걸어서 받아냈다.

앞뒤 사정을 무시하고 그 모습만 본다면 세탁봉에 걸린 빨래 같았다.

렌은 창을 가볍게 털어 이그나시오를 내던진 후 회중시계를 꺼냈다.

"마스터, 전투에 소요한 시간은 5분하고도 4초 정도입니다."

"흠, 진심으로 했다면?"

"전원 섬멸에 8초만 주시면 충분합니다."

"그래, 그렇군."

마왕은 올림픽 선수의 타임이라도 측정하는 표정으로 고개를 끄덕인 뒤 그대로 망연자실한 표정으로 쓰러진 이그나시오에게 걸어갔다.

"네게 하나 묻고 싶다만, 강탈한 짐이란 건 어디에 있지?"

"잠, 윽…… 패배자에게 인정사정없네~. 뭐야~, 너희는~…….'

이그나시오는 힘없이 고개를 저은 뒤 앞바다에 정박된 커다란 배를 가리켰다. 잭은 배를 써서 재출하를 획책하고 있었던 모양 이다.

"배라. 그래."

"저걸 팔면 당분간 너희 세상이겠네~…… 진짜 싫다~……."

"무슨 소리인지 모르지만, 나에게는 전혀 필요하지 않은 물건이다."

"그거 무슨 뜻…………."

그 질문에 끝나기 전에 마왕은 높이 뛰어올라 지붕에서 지붕으로 이동했다.

렌도 그 뒤를 따라 마찬가지로 건물 지붕을 이리저리 뛰어 달려갔다.

"뭐야~ 정말~~! 나보다 바람을 더 잘 다루잖아~! 진짜 너무 싫다~~!"

이그나시오는 그 말을 끝으로 힘이 다한 듯 하늘을 보며 쓰러졌다.

마음까지 완벽하게 꺾여버린 모습이었다.

한편 항구에 내려선 마왕은 주변을 빙글 둘러보았다. 부두에는 많은 어선과 교역선이 더 있고, 해운도 왕성해 보였다.

목적인 짐은 앞바다에 계류된 대형 캐럭선에 있었다.

"사람은 싣지 않은 모양이군. 잘 됐어."

"마스터. 배에 있다는 짐은 뭡니까?"

"마약인지 코카인인지, 그런 종류의 잡것인 모양이다."

그렇게 말한 후 마왕은 주저 없이 소돔의 불꽃을 던졌다. 깊게 꽂힌 칼날에서 《극연격》이 발생해 어마어마한 굉음과 함께 배를 크게 흔들었다.

이어서 칼날에서 검은 불꽃이 분출되자 배 위를 핥아먹듯 업화가 퍼져나갔다.

아무리 튼튼하게 만든 배라고 한들 재료는 나무인데다 타기 쉬운 로프며 돛이 많기 때문에, 이것들은 바로 소돔의 불꽃의 먹이가 되었다.

타오른다.

타오른다.

업화 속에서 모든 게 숯덩어리로 화한다. 트랜스도, 뇌물도 미술품도 명화도, 소국의 국가 예산에 필적할 값어치의 크랙도.

검은 불꽃에 휩싸이는 배를 보며 마왕은 참을 수 없다는 표정으로 홍소를 터트렸다.

"아하하하! 이로써 귀찮은 일을 하나 처리했군! 더 타라, 더!"

마음대로 남의 나라 배를 불태운다는 터무니없는 폭거였으나, 본인은 화근의 씨앗을 제거했을 뿐이니 아주 신이 난 모양이었다.

그 모습만 본다면 말 그대로 악의 화신인 마왕 그 자체였으나 짐이 마약인 만큼 렌도 온화한 표정으로 지켜보았다.

"마스터, 기뻐하시는 도중에 죄송하지만 사람들이 모여들기 시작했습니다."

"그래? 그럼 가도록 하자."

두 사람은 《은밀자세》가 되어 말 그대로 연기처럼 그 자리에서 사라졌다.

최종 보스 두 사람이 떠난 광장도 처참한 몰골이었다.

현장에 남은 건 시산인해라는 말을 떠올리게 하는 다섯 개의 별의 잔해였다.

계속 지켜보던 아이즈에게는 도저히 믿어지지 않는 광경이었다. 탁월한 재능을 지닌 과거 동료들이 넝마가 되어 쓰러져 있으니까.

"이게 뭐야………… 너희 같은 천재가 왜 진 건데…………"

"아이즈 씨…………"

옛날부터 자신을 업신여기고, 멸시하고, 실컷 열등감을 심어준 녀석들이 굴러다니고 있는데도 아이즈의 가슴에 치솟는 건 상쾌함이 아니라 압도적인 **부당함**이었다.

아무리 재능이 있어도 그보다 더한 힘 앞에서는 간단히 짓밟힌다.

그런 비정한 현실이 **형체를 지니고** 눈앞에 굴러다니고 있다.

아이즈로서는 다양한 의미에서 갑갑한 기분이었다.

"아, 아이즈 씨, 우선 지원병을 불러야…………"

"…………그래, 그렇지."

신입의 목소리에 아이즈는 힘없이 고개를 끄덕이고 터덜터덜 걸어갔다.

이 현실을 어떻게 받아들여야 할지 아직 알 수 없었다.

하지만 최종 보스 두 사람이 나란히 걸어간 곳은 다섯 개의 별의 피해 정도로 끝나지 않았다. 앞바다에서 어마어마한 폭발음이 울리자 광장에 있던 군중이 일제히 시선을 돌렸다.

그 눈에 비친 건 앞바다를 홍련으로 물들이는 불꽃의 바다였다.

"말도, 안 돼⋯⋯⋯."

"아아아아아이즈 씨, 불타고 있어요! 그 배가 타고 있다고요!"

"보면 알아!"

그 불꽃은 마치 무언가의 끝을 암시하는 듯했다. 업화에 감싸여 침몰해가는 배가 아이즈의 눈에는 잭 상회 그 자체인 것처럼 보였다.

ONE NIGHT CARNIBAL

광장을 뒤로한 두 사람은 《은밀자세》로 대로로 돌아가 노점을 살피고 있었다. 아쿠에게 줄 선물이라도 물색하려는 건지 그 모습은 어딘가 즐거워 보였다.

《렌, 너도 적당히 산책하고 와라. 나는 조금 볼일이 있으니.》

전에도 선물을 주겠다고 약속했으면서 이상한 그림책을 준 게 전부였으니 제대로 된 물건을 사고 싶어진 모양이었다. 무엇보다 노점에서 파는 물건이 받는 쪽에서도 편하게 받을 수 있을 것이라 생각했다.

'꽤 전에 샀던 은제 티아라는 통 끼지 않으니까⋯⋯⋯⋯. 뭐, 실용성을 고려해야지.'

마을 생활에 어떤 액세서리가 적절할지 고민하며 마왕은 고개를 갸웃거렸다. 어느 정도 성숙한 여성에게 주는 선물이라면 모를까 어린아이에게 주는 선물이라니, 이 남자에겐 어려운 문제였다.

《그럼 적당히 나중에 합류── 응?》

어느새 렌은 세일러복의 넥타이를 풀고 마왕의 손과 자신의 손을 묶어 놨다.

어떻게 묶은 건지 하트 모양이었다.

《⋯⋯⋯⋯렌, 이건 뭐 하는 거지?》

《마스터를 혼자 두면 위험합니다.》

《설마………… 내가 다른 장소에서도 불을 지를 거라 생각하는 건 아니겠지?》

《마스터가 미아가 되면 큰일이니까요.》

《내가 어린애도 아니고…………!》

《이렇게 하면 제 불안이 사라집니다.》

마왕은 그 말에 얼굴을 찡그렸지만, 확실히 렌이 옆에 있기만 해도 자신도 어떻게 할 수 없을 만큼 크나큰 안도감에 싸이긴 했다.

아무래도 그녀는—— 자신을 지키기 위해 만들어낸 존재다. 그건 유전자 레벨에 각인된 무언가처럼 절대 흔들리지 않는다.

어느 의미에서 이 남자도 **설정**에 묶여있다고 할 수 있다.

그건 자신이 만들어내고, 자신이 정하고, 자신이 다진 룰이다. 그렇기에 유우의 예상치 못한 접근에 당황하며 아직도 난처해하는 것이었다.

《하아…………. 어쩔 수 없지. 가자.》

《네, 마스터.》

모습을 감춘 채 두 사람은 노점을 보며 돌아다녔으나 마땅한 물건이 없었다.

놓여있는 것이라고는 조잡한 싸구려뿐. 이런 거라면 빙고의 가게에서 사는 게 훨씬 센스 좋은 물건을 입수할 수 있다. 빙고는 오카마 타입의 독특한 인간이긴 하나, 그 센스나 제작 솜씨는 일류이므로 평판이 좋다.

《어린아이에게 주는 선물은 의외로 어렵군………….》

《예전에 말씀하셨던 소녀로군요. 아예 과일 같은 걸 더 좋아할지도 모릅니다.》

《⋯⋯⋯⋯그래! 금강산도 식후경이라는 말도 있으니까.》

눈이 번쩍 뜨인 듯 마왕이 발을 멈췄다. 계속 독신이었던 이 남자에게는 어린아이에 대한 기본적인 지식조차 부족했기에 계몽이라도 된 듯한 기분이었다.

《그렇다면 이 세계에는 존재하지 않는 음식도 괜찮을지도 모르겠군.》

《좋은 아이디어입니다. 역시 마스터이십니다.》

《음. 나중에 음식물에 관련된 걸 픽업하도록 하지.》

아쿠에게는 묘하게 쉬운 남자인 마왕은 과거 회장에 존재했던 각종 음식물을 떠올리며 들뜬 발걸음으로 대로를 걸어갔다.

《음? 저게 그 투기장인가⋯⋯⋯⋯.》

시선 끝에는 돌로 쌓아 올린 커다란 건물이 있었다.

콜로세움이라고도 불리는 건물 양식이지만, 특이하게 지붕이 있었다. 투기장 전체를 덮는 듯한 아치형 천막이 하늘에 걸고 이걸 바람의 마석으로 띄워놓은 듯했다.

이러면 날씨에 좌우되지 않고 시합을 치를 수 있을 것이다.

《마스터, 안에 들어가려면 입장료가 필요한 모양입니다.》

《음, 우리는 도적이 아니지. 정식으로 요금을 내고 당당히 입장하자.》

도적을 넘어 잭 상회에 몇 번씩 싸움을 걸고, 다섯 개의 별을 괴멸시키고, 심지어 배까지 태워버렸으니 평범하게 범죄자다.

잭 본인이 들으면 분노한 나머지 화병으로 죽을 수도 있는 발언이었다. 두 사람이 《은밀자세》를 해제하자 손님들에게 입장료를 받던 남자들이 경악한 표정으로 벌떡 일어났다.

소란의 원흉이 태평하게 찾아왔으니 당연했다.

심지어 오늘은 상회의 보스인 잭도 의식을 위해 참석했으니, 트러블이 발생하리라는 건 불 보듯 뻔했다.

"키, 킹………… 이 자식, 뭐 하러 온 거야!"

"──후학을 위해 견학할 생각이다만. 그래서, 입장료는 얼마지?"

"허, 헛소리하지 마! 보스의 목숨을 노리고 온 거냐!"

"아니면 킹. 너 겁먹고 목숨을 구걸하러………… 응? 으응?"

상회의 남자들은 말하던 도중 멈추고는 눈을 몇 번 깜빡인 뒤 손가락으로 눈을 비볐다.

무시무시한 대마법을 사용했다고 소문이 난 남자는 어째서인지 옆에 있는 미소녀와 '하트'로 이어져 있었다. 그 흉악한 외모와 압도적인 분위기가 가련한 하트 모양으로 묶여있다는 이질감에 참을 수 없을 만큼 폭소가 치밀었다.

"…………푸하하하! 야, 킹! 너 그거 뭐 하는 거야!"

"웃기려고 온 거냐? 개그 솜씨가 탁월한데!"

"아주 강렬한 '대마법'을 보여줬구나! 킹!"

입구에 있던 세 명의 남자들은 배를 잡고 크게 웃었다.

개중에는 무릎을 두드리며 눈물을 흘리는 자마저 있었다.

'망할, 푸는 걸 깜빡했어…………!'

"이봐, 킹! 나한테도 미소녀와 묶이는 마법 가르쳐주라?"

"심각한 얼굴에 하트라니, 킹은 의외로 러블리한가봐?"

"크하하하! 그만해, 배가…… 야야, 아무 말도 하지 마……!"

절대로 웃으면 안 되는 상황이라고 해도 역시 그들은 웃었을 것이다. 박장대소하는 세 명과는 반대로 마왕의 관자놀이가 꿈틀거렸다.

"그래, 그렇게 마법을 보고 싶다면 보여주마…………."

마왕은 말없이 넥타이를 푼 뒤 칠흑의 공간으로 손을 집어넣었다. 그곳에서 만들어진 건 함정 아이템 중 하나인 《허방다리》였다.

그들의 발치에 재빨리 설치한 후 마왕은 손에 들린 붉은 단추를 무자비하게 눌렀다. 그 순간 검은 구멍에 삼켜지듯 세 사람이 힘차게 추락했다.

"으아아악!"

"아야야야야!"

"갑자기 구멍이…… 잠깐, 기다려! 나는 어두운 곳은 쥐약이라고!"

과거 회장에서는 5대미지밖에 주지 못했으나, 이것의 진정한 효과는 탈출할 때까지 시간을 잡아먹는다는 점이다. 민첩하게 움직이는 상대를 빠트리는 건 지극히 어려워도 무방비하게 웃던 그들에게는 효과 만점이었다.

마왕은 이어서 함정 아이템 《세숫대야》를 작성해 구멍 속으로 투하했다.

이 또한 과거 회장에서는 1대미지밖에 주지 못해 무의미한 아이템이었지만, 상대방을 열 받게 한다는 의미에서는 참으로 우수했다.

─────쾅! 쿵! 딱! 퍽! 쾅! 펑!─────

"으어어어! 위에서 뭐가 내려온다아아아!"

세숫대야가 박진감 넘치는 소리를 내면서 남자들의 머리에 충돌하자 어디선가 아주머니들의 웃음소리가 와르르 퍼졌다. 옛날 예능 프로그램에서 자주 듣던 전형적인 웃음소리다.

대미지는 적어도 굴욕감은 절대 적지 않다.

"아프잖아! 아니, 이 불쾌한 웃음소리 뭐야!"

"키, 킹! 이 자식, 취향을 비웃었다고 이런…… 으억! 컥!"

"어두운 곳은 쥐약이라고 했었지? 나는 자비로우니 밝게 해주마."

마왕은 장난감 아이템인 《쥐 불꽃놀이》를 작성한 다음 올림픽 선수들이 성화를 영구히 꺼지지 않도록 하듯 장엄한 표정으로 도화선에 불을 붙였다. 이것들을 구덩이 속으로 잇달아 투하하자, 안에서 눈이 휘둥그레지는 불꽃이 터지기 시작했다.

"앗뜨! 뭐, 야 이거………… 앗뜨뜨뜨!"

"뜨거! 아악, 뜨거워!"

"이 자식, 키………… 아뜨뜨뜨뜨뜨뜨뜨뜨!"

"아하하하하! 쥐새끼가 쥐 불꽃놀이에 놀라면 어떡하나? 구덩이에서 나오면 다음은 타이킥이라도 먹여주마!"

SP 낭비에 불과한 행위였으나 마왕의 표정은 몹시 즐거워 보였다.

하지만 장난을 쳐놓고 손뼉을 두드리며 좋아하는 모습을 렌이 빤히 쳐다보고 있다는 걸 알아차린 건지 마왕의 표정이 진지하게 돌아왔다.

"크흠── 그럼 여기까지만 놀아주기로 할까."

마왕이 얼버무리듯 담배를 물자 렌이 스르륵 불을 붙였다.

그 눈은 어딘가 즐거워 보였다. 그녀에겐 단순히 '마스터'가 즐거워하면 자신도 기쁜 모양이었다.

"마스터는 때때로 소년 같은 모습을 보여주시는군요."

'컥………….'

더없이 부드럽고 감싸 안아주는 듯한 부드러운 시선에 부끄러움이 치밀어오른 건지 마왕은 기세 좋게 입구에 달린 철문을 발로 차서 열었다.

새삼스럽지만 대제국의 마왕으로서 행동하려는 모양이었다. 물론 이미 완벽하게 늦어버렸지만, 이 남자는 아무튼 포기하는 게 느리다.

"참으로 궁상맞은 '회장'이로군. 이게 그 잭이라는 남자의 놀이터인가──?"

그 속내가 어떻든, 관객이 본 마왕의 모습은 위압감이 넘쳤다. 회장 내에 있는 모두를 홀로 삼켜버릴 듯한 기색이었다. 이미 킹이라는 자객의 이름을 들은 사람도 많았기에, 관객들은 이 남자가 바로 그 킹임을 알아차릴 수 있었다.

동시에 그들은 엉뚱한 기대를 품게 되었다.

이 남자라면 예기치 못한 해프닝을 일으켜주는 게 아닐까──.

투쟁의 장에서는 늘 피가 끓어오르는 쇼를 보고 싶어 한다. 그들의 그런 기대에 대답하듯 마왕은 안을 둘러본 뒤 지껄였다.

"잭 상회라는 놈들의 생각은 모르겠다만── 뭐, 오늘은 너희들의 'GAME'을 견학하도록 하지."

마왕은 그 말을 끝으로 당당히 걸어가 맨 앞줄에 앉았다. 렌도 말없이 그 뒤를 따라 나란히 붙듯 마왕의 옆에 앉았다.

"자, 우리는 신경 쓰지 말고 시작해라──."

이름 그대로 왕으로밖에 보이지 않는 행동거지. 관객들은 조만간 발생할 해프닝을 확신하며, 그 은밀한 기대감이 최고조에 도달했다.

한편으로 잭도 갑작스러운 난입에 놀라움을 감추지 못했다.

이 머리부터 발끝까지 검은색인 오만한 남자가 바로 '킹'이라는 걸 즉시 이해했으나, 어째서 이 남자가 투기장에 나타난 건지 전혀 알 수 없었다.

느닷없는 트러블에 사회자도 무심코 잭에게 시선을 던졌다.

이대로 진행해도 되는지 알 수 없었기 때문이다.

킹의 방약무인한 태도에 잭의 분노가 폭발할 것 같으나, 거칠게 손을 저으며 속행을 지시했다.

'다이아는 뭘 한 거야⋯⋯⋯⋯. 구슬을 눈알이라고 박아넣냐!'

슬럼을 포위하라고 지시했는데도 불구하고 이런 추태라니.

간부의 무능한 일처리에 잭은 이를 악물었지만, 이번만큼은 다이아는 오히려 피해자라 할 수 있었다. 투명해져서 돌아다니고 순식간에 어떤 거리든 뛰어넘는 황당한 존재가 있다는 걸 예측할 수 있을 리가 없다.

'다섯 개의 별 녀석들도 뭘 하는 거야…… 설마 실패했나?!'

거금을 들여 고용한 일류 용병단이 훌륭하게 돈 낭비가 되었다.

잭의 분노는 한도 끝도 없이 커졌지만 머리를 식히는 것도 잊지 않았다.

'이렇게 많은 관객 앞에서 꼴사나운 모습을 보일 수는 없지……. 오히려 당당히 대해야 해.'

천하의 잭 상회가 한창 이름을 날리는 중인 용병 한 명에게 휘둘린다는 딱지가 붙는다면 그야말로 치명상이 될 수 있다.

여태까지 무력으로 온갖 세력을 억눌러왔던 이상 튕겨내려는 반발력도 그에 비례해 거대해질 것이다.

자칫 잘못하면 일제히 봉기하여 지배체제의 붕괴로 이어질지도 모른다.

잭의 지시를 본 사회자는 아무 일도 없었다는 양 다시 진행했다. 동시에 피부를 잔뜩 노출한 요염한 여성들이 웃는 얼굴로 관객들에게 대전 카드를 배부했다.

거기에 적힌 이름을 보고 관객은 저마다 승패를 예상하거나 누구에게 돈을 걸지 대화하며 투기장 내의 소음은 한층 더 커졌다.

"봐라, 렌. 밤의 투기장은 세 파트로 나뉘어 있다는군."

"전부 모르는 선수들이라 반대로 흥미롭군요."

사회자의 목소리에 시선을 주자 투기장의 동쪽과 서쪽에 있던 철격자가 올라가더니 그곳에서 선수가 입장하는 중이었다.

　《자자, 작은 트러블도 있었지만 잭 상회는 누구든 웰컴! 계속해서 거금을 손에 넣어보시지 않겠습니까! 잭 상회는 그런 여러분을 진심으로 응원합니다.》

　철격자 너머로 나타난 건 우락부락한 전사가 아닌 비쩍 곯은 남자와 노이로제에 걸린 듯한 여자였다.

　쭈뼛거리는 태도인데다 들고 있는 무기도 감당하지 못하는 모습이었다.

　"아마 빚 때문에 끌려온 녀석들이겠군."

　"무기를 든 손까지 떨고 있군요."

　어영부영 전투가 시작되었지만, 한마디로 표현하자면 치졸했다.

　난데없이 무기를 들게 된 아마추어가 울상이 되어 휘두르고 있으니, 전투라기보다도 어설픈 칼싸움 놀이라는 인상이었다.

　몇 번 검을 휘두르기만 해도 숨이 차고, 조금이라도 피가 나오면 어린아이처럼 울부짖는다. 그런 우스꽝스러운 모습에 관객들은 손뼉을 치거나 배를 잡고 웃었다.

　"어느 의미 평화롭긴 하군…………."

　"동감입니다, 마스터."

　서로 살의도 없고 싸우는 법도 모르는 사람끼리 충돌한 상태다.

　때로는 도망치기도 하는 두 사람을, 복면을 쓴 감시원이 채찍을 휘둘러 중앙으로 몰았다.

그건 구경거리일 뿐, 전투라고 부르는 것조차 분에 넘치는 수준이었다. 맛보기로 관객들의 긴장을 풀어주고 분위기를 달구는 준비단계에 불과하다.

"여러분, 와인이나 간단한 식사는 어떠십니까~?"

관객 사이를 누비듯 판매원이 술을 들고 돌아다녔지만 마왕은 말없이 손을 저었다.

품에서 아이템 파일을 꺼낸 뒤 라비 마을을 나올 때 골라온 고급스러운 테이블을 꺼내 눈앞에 설치했다.

이어서 스파클링 와인과 잔을 꺼내 테이블 위에 놓았다.

이건 전부 카지노에서 징수한 것이다.

마왕에게는 숨을 쉬듯 자연스러운 행동이었으나, 주변에 있던 관객의 눈엔 종이에서 테이블과 와인을 꺼낸다는 믿어지지 않는 광경이었다.

관객들은 때로는 숨 쉬는 것도 잊고, 때로는 눈을 부릅뜨면서 시합을 잊어버렸다.

"저, 저건 무슨 마법이지⋯⋯⋯⋯?!"

"⋯⋯⋯⋯아니, 뭔가 마도구인 거 아니야?"

"마력에 따라 수납량이 바뀌는 가방이 있다고 들은 적이 있는데."

"그렇다고 해도 테이블을 넣어??"

관객들의 눈이 점점 시합보다 마왕 쪽으로 옮겨갔다.

이쪽이 더 신기했기 때문이다.

그런 기대에 부응하려는 건 아니었지만, 마왕은 연속으로 칠흑의 공간에 손을 집어넣고 《생햄》과 《소시지》를 만들었다.

과거 회장에서는 체력을 20 회복해주는 일반적인 아이템이었다.

렌이 공손히 와인을 따르자 마왕은 거품이 튀는 모습과 향을 즐기듯 잔을 공중으로 들어 올렸다. 누가 봐도 '왕'으로밖에 보이지 않는 모습이었으며, 이 남자가 다루는 미지의 힘에 관객들의 시선이 못 박혔다.

"정말이지, 시시한 유희로는 안주도 안 되는군——."

그 모습은 몹시 고압적이자 위압감으로 넘쳐났다.

그럼에도 관객들은 신기할 정도로 이 남자에게서 시선을 떼지 못했다.

그 몸에서 묻어나는, 모든 것을 삼키는 듯한 압도적인 기척과 그것을 받쳐주는 '실력'을 감지한 건지도 모른다.

"다음은 베테랑 투사의 전투인가."

"조금 전과는 다르게 얼굴이 딸린 선수가 많군요."

구경거리 같은 전투가 끝나고, 다음은 격렬한 전투가 시작되었다.

검이나 도끼가 부딪치며, 때로는 불이나 바람 마법이 날아간다.

마왕은 흥미롭다는 듯 관찰했으나 렌은 몇 번 구경한 뒤에 관심을 잃어버린 건지 주변에 있는 관객으로 의식을 분산하게 되었다.

조금 전부터 시합보다 자신들에게 시선이 모여들어서 신경 쓰였던 모양이다.

"마스터, 주변 분들이 저희를 주목하는 모양입니다. 무언가 대접한다면 환심을 손에 넣을 수 있을 것 같습니다."

"흠, 나쁘지 않은 제안이군."

마왕은 연속으로 《식자재》를 만들었고 렌이 그걸 《치즈 케이크》, 《딸기 타르트》로 바꾸었다.

주변에서 보면 황당무계한 '대마법'이었으나, 스페이드와 부하들을 때려눕혔을 때 들어온 SP가 넉넉했기 때문에 마왕도 후하게 사용할 수 있었다.

"여러분, 마스터의 대접입니다. 와인과 함께 드시지요."

렌이 내민 불가사의한 것에 먼저 여성들이 환호했다.

거기에는 별다른 논리나 이성은 없었고, 그저 생긴 게 아주 예뻤기 때문이다.

무엇보다 거기서 풍기는 달콤한 냄새에 본능이 반응해버린 모양이었다. 여성들은 조심조심 냄새를 맡고는 케이크를 입에 넣었다.

"마, 맛있어어어어어!"

"달아! 이거 아주 달아!"

"뭐야 이거…… 입 안이 행복해………………."

우아한 부인도, 물장사하는 요염한 아가씨들도 동심으로 돌아간 것처럼 크게 소리쳤다. 그녀들을 데리고 왔던 남자들도 낚이듯이 케이크를 먹어보았다.

그 순간 모든 얼굴에 흐물흐물한 미소가 번졌다.

뭐니 뭐니 해도 치즈 케이크에는 적절히 계산된 절묘한 단맛이 나는 데다 기력까지 25나 회복시키는 파격적인 효과가 있다. 딸기 타르트는 기력이 무려 50이나 회복된다.

각각 케이크를 먹은 남자들은 그 맛과 전신에서 솟아오르는 '회복력'에 눈을 부릅뜨고 여성들과 마찬가지로 야단법석을 떨었다.

개중에는 고간에 달린 것까지 기력을 되찾은 건지, 이런 공공장소임에도 훌륭하게 텐트를 쳐버린 노인마저 나올 지경이었다.

"섰다………… 오랫동안 잠들어 있던 내 못난 아들놈이 되살아났어어어어어어어어어!"

"여보…… 꿈이지?!"

"오오오오오오! 섰다! 글라라 할아버지의 가운데가 섰어!"

"진짜?!"

투기장은 난리가 났다.

마왕의 주변은 흥분의 소용돌이가 만들어졌고 렌이 건네는 케이크의 쟁탈전이 벌어졌지만, 마스터가 주는 아이템이 사람들을 웃게 해주는 게 기쁜 건지 렌도 기분이 좋았다.

마왕도 자신이 만들어낸 아이템을 사람들이 칭송하는 게 나쁘지 않았기에 그 광경을 살짝 취한 기분으로 바라보았다.

완전히 무사태평 그 자체라고 할 수 있었으나, 그걸 왕실 전용 귀빈실에서 바라보는 잭에게는 영락없는 영업방해였다.

"키, 킹…… 이 자식…………!"

잭은 분노한 나머지 의자를 주먹으로 내리쳤다.

그 어마어마한 소리에 대신이 펄쩍 뛰어올랐지만 긁어 부스럼을 만들지 않기 위해서인지 새파란 얼굴로 땀을 닦을 뿐이었다.

"저 녀석은 대체 어떤 '마법'을 쓴 거지…………!"

잭이 그렇게 신음하는 것도 무리가 아니었다.

종이에서 다양한 물건을 꺼내더니, 심지어 이공간으로밖에 보이지 않는 장소에서 빛나는 덩어리를 꺼내 그걸 음식으로 바꾸었기 때문이다.

마치 악질적인 마술쇼였다. 킹이 정체를 알 수 없는 마법을 구사한다는 게 잭 안에서 확정된 순간이었다.

그런 사정을 아는지 모르는지.

마왕은 렌이 따라준 와인을 마시며 완전히 관전 모드에 들어갔다. 한편 사회자도 다시 시합에 주목시키고자 힘차게 외쳤다.

《처절한 싸움, 조마조마한 격전만 보면 피곤하다는 거기 당신! 그런 당신을 위해 오늘은 철저히 선발한 녀석들을 모아왔다고!》

그런 사회자의 목소리에 관객들도 큰 소리로 대답했다.

아무래도 이곳의 관객들에게 인기 있는 카드가 시작하는 모양이었다.

《쓰레기와 쓰레기의 충돌, 수준 낮은 개싸움, 그런 걸 안전한 장소에서 바라보는 유열! 세이프티라는 이름의 유열을 오늘 밤도 즐겨보자!》

사회자의 선동에 관객들도 기립하여 호응하자 투기장이 열기로 뒤덮였다.

그리고 잇달아 선수가 입장했다.

《시작부터 큰놈 등장이다아아! 겉만 번지르르한 피라미는 필

요 없다고 파티에서 추방된 남자!》

———레오팔돈 지호!———

"레오팔돈, 갑니다!"

《쓰레기 업계를 대표해서 이 남자가 와 주었다! 파티의 돈을 도박과 풍속에 쏟아붓고 43번이나 추방당한 전설의 한량!》

———렌짱 파파!———

"에헷!"

《노예 하렘이라면 나에게 맡겨라! 거듭되는 치한과 스토커로 파티에서 추방된 쓰레기!》

———나로슈 비 브리노타타키!———

"나로슈가 명한다…… 모든 여자는 대충 나에게 반해라! 성적으로 마구 소비해주겠다!"

등장한 선수들에게 아낌없는 성원이 쏟아졌지만, 와인을 든 마왕은 어안이 벙벙한 표정으로 툭 중얼거렸다.

"이 녀석들 항상 추방당하는군…………."

"잘 이해할 수 없는 세계네요."

《이 패턴이야말로 추방 업계의 꽃! 무능하다고 추방당했지만 매일 동화 한 닢을 줍는다는 진정한 힘에 눈뜬 남자!》

———차랑 포 랑!———

"이제 와서 돌아오라고 해도 이미 늦었어!"

《이 녀석도 파티에서 추방이다아아아아아~! 거만한 소꿉친구에게 복수하고 변경에서 노예와 미소녀에게 사랑받는 슬로우 라이프를 보내고 싶은 인생이었다!》

————나데포 사스고슈!————

"이런, 나는 조용히 살고 싶었던 것뿐인데…………"

잇달아 소개되는 선수들에 마왕은 말문이 막혔고 렌도 살짝 눈썹을 찡그렸다. 대체 뭘로 싸우는 건지도 잘 알 수 없었다.

투기장이라기보다는 쓰레기 올림픽 회장 같았다.

"이 녀석들, 아직도 추방되는 건가…………"

마왕은 멍하니 중얼거렸다. 시합 내용도 참으로 치졸했다. 추방된 자들이 서로 욕하고, 꼴사납게 주먹질하는 게 전부였다.

렌에게서 새 와인을 받은 마왕이 다음 대전 카드로 시선을 주었다.

"다음은 베테랑 간의 전투인가."

숙련된 투사, 실력 좋은 모험가, 유명한 상금 헌터 등이 등장해 치열한 시합을 전개해나간다.

지혜와 용기를 시험하는, 말 그대로 투쟁의 장이었다.

"역시 추방당하지 않은 녀석들답군………… 얼굴부터 달라. 다음은, 음?"

마왕은 작게 중얼거렸으나 다음에 등장하는 선수 명부를 보고 눈을 스윽 가늘게 떴다. 그 반응에 렌도 무언가를 알아차린 건지 조용히 다음 말을 기다렸다.

하지만 마왕의 입에서 나온 건 놀라운 내용이었다.

"————렌, 다음은 불로 승부가 갈릴 거다."

"마스터는 시합을 시작하기도 전에 거기까지…………"

그 단정적인 어조에 렌은 눈을 크게 떴다.

마왕의 손에 들린 대전 카드에 적힌 건 '엔조이 VS 챠카만(일본어로 점화 라이터과 발음이 동일하다.)'이라는 글자였다.

등장한 엔조이는 맨 앞줄에 앉은 마왕을 알아보고는 동요해서 외쳤다.

"어, 어째서 네가 여기 있는 거야?!"

"딱히 타의는 없다. 관객으로 방문했을 뿐."

"흥! 그렇다면 내가 영광과 거금을 손에 넣는 걸 거기서 손가락 빨며 지켜보라고…………!"

엔조이는 그렇게 떠들며 대전상대와 마주 보았다.

마왕은 적당한 예상을 입에 담았을 뿐이었으나 시합은 정말 그대로 진행되었다.

처음엔 엔조이가 유리하게 싸움을 이어갔지만, 후반부터 기력이 다 떨어진 건지 조금씩 밀리기 시작했다.

마지막엔 챠카만이 날린 혼신의 '화속성' 마법으로 엉덩이에 불이 붙자 투기장에 엔조이의 비명이 울려 퍼졌다.

"──앗뜨! 뜨거워어어어! 무우우울!"

무대 위를 뒹구는 엔조이를 보고 관객들은 손뼉을 치며 폭소했다. 치열한 시합이 쭉 이어졌기 때문에 딱 좋은 완급조절이 된 모양이었다.

마왕도 생햄을 입에 넣으며 툭 중얼거렸다.

"이 녀석은 늘 불타는군………….."

"마스터의 예상대로 전개되었군요."

"뭐, 그렇지."

마왕은 와인을 기울이며 바닥을 구르는 엔조이를 흥미롭게 바라보았으나, 그 불이 좀처럼 꺼지지 않은 건지 마지막엔 감시원이 물을 뿌린 후 무대에서 쫓아냈다.

들것에 실려 나가는 엔조이에게 마왕이 말없이 걸어갔다.

그 엉덩이는 새빨갛게 부었으며, 아직 검은 연기가 나고 있었다.

"충격이 큰 나머지 방귀도 나오지 않나보군."

"누가 미쳤다고……! 망할…… 망할…… 웃고 싶으면, 웃든가…………."

"크하하하핫! 음하하하하하하하하하하!"

"…………진짜로 웃는 녀석이 어딨냐!"

"깐깐한 남자로군…………."

엔조이의 분노를 뒤로 마왕은 자리에 돌아온 뒤 다음 대전 카드를 보았다.

다음은 B랭크의 모험가끼리 격돌하는 데스 매치라고 적혀 있었다.

"마스터, 다음 시합은 한 쪽이 죽어야 승패가 갈리는 모양입니다."

"흠."

─────동쪽 코너, 도끼를 사용하는 고르타!─────

동쪽에서 나온 건 근육이 우락부락한 도끼 전사. 마왕이 보았을 때 나름대로 실력자인 것 같았으나, 미캉보다는 아래로 보였다.

―――――서쪽 코너, 검섬의 아르벨드!

사회자의 목소리에 관객들이 커다란 목소리로 양 선수에게 격려를 보냈다.

이 시합에 거금을 건 자들에게는 필사적일 것이다.

"상대는 검사인가."

"자세로 보아 상당히 전투에 익숙한 분인 모양입니다."

두 사람이 중앙에서 충돌하자 검과 도끼가 만들어내는 매서운 쇳소리가 울렸다.

서로 몸이 풀리기 시작한 건지 무기를 휘두르는 속도가 점점 빨라졌다. 한순간도 눈을 뗄 수 없는 공방에 관객들도 무거운 술렁거림을 흘렸다.

단순한 파워로는 도끼 전사가 우세했지만, 속도는 검사가 유리했다.

"렌, 누가 이긴다고 생각하지?"

"둘 다 아직 카드를 남겨두고 있는 것처럼 보입니다."

렌의 그 말을 뒷받침하듯 도끼 전사가 승부를 가르고자 단숨에 움직였다. 그대로 힘에 맡긴 공격을 거듭 가해 검사를 무대 구석까지 튕겨냈다.

"―――――찢어버려라아아아아아아아! 《남충격(스톰 임팩트)》."

고르타라고 불린 남자가 도끼를 들어 올리자 중앙의 마석이 녹색 빛을 흩뿌렸다. 거기에서 풍속성의 상위인 남속성의 제3마법이 휘몰아치며 아르벨드의 몸에 충격파가 직격――한 것처럼 보였다.

휘날리는 모래먼지가 사라진 후, 그곳에 서 있는 건 조금 전과 다름없는 아르벨드의 모습이었다.

"오, 영락없이 근육파인 줄 알았는데 그런 비장의 카드를 가지고 있었다니."

"무슨…………."

그 평탄한 목소리에, 모습에 고르타는 말문이 막혔다. 정확하게 말하자면 마법이 직격한 순간 그의 주위에 하얀 배리어 같은 게 발생해서 마법을 상쇄한 것이었다.

아르벨드를 아르벨드로 만들어준 비장의 마도구였다.

"그럼 끝내도록 할까━━━━!《검섬(劍閃)》"

아르벨드가 어마어마한 속도로 검을 횡일자로 그었다. 그 순간 고르타의 목이 높이 날아가며 그 절단면에서 폭포가 역류하는 듯한 피가 분출되었다.

관객들은 그 신속한 솜씨에 어안이 벙벙했지만, 순식간에 승패를 가른 아르벨드를 칭송하는 목소리가 일제히 터져나왔다.

"아자아아아아아아아! 역시 아르벨드는 기대를 배신하지 않아!"

"아르벨드! 네 덕분에 실컷 벌었다!"

주위의 칭송과는 반대로 마왕은 말없이 아르벨드의 모습을 관찰했다.

그 시선을 누군가가 보았다면 두려움에 떨릴 정도였다. 불행히도 거리가 떨어져 있었기에 아르벨드는 그걸 알아차리지 못했다.

"저 남자, 마법을 막는 무언가를 지니고 있나보군…………."

마왕의 그 목소리에 렌은 재빨리 반응하여 주변 관객에게서 정보를 모았다.

관객들의 대화 내용은 투기장에서 보여준 활약, 악마를 쓰러트렸다는 무용담 같은 것들이 대부분이었지만 개중에는 정보통이 섞여 있어 흥미로운 정보도 포함되어 있었다.

"마스터, 그는 어느 정도 마법을 막는 특수한 마도구를 미궁에서 발굴했다고 합니다."

"그렇군."

"발굴한 장소까지는 모르지만 조사를 더 진행——."

"——장소 같은 건 알 필요 없다."

아무 말도 하지 않아도 알 수 있었다.

그 눈이 '빼앗으면 된다'고 말하고 있었다.

"우선은 우리 쪽에서 산다고 교섭하도록 하지. 그는 분명 말귀를 잘 알아듣는 인물일 테니까. 틀림없이 흔쾌히 허락할 거다. 틀림없이…………"

"네, 마스터의 안전은—— 모든 것에 우선합니다."

두 사람의 눈에서 빛이 사라졌다. 이렇게 아르벨드는 본인이 모르는 사이에 최종 보스 두 명의 타깃이 되었으나, 말 그대로 모르는 게 약이었다.

데스 매치가 끝나고 투기장에서는 사회자가 다음 서프라이즈 시합을 알렸다.

때로는 이렇게 기획된 시합을 투입하여 관객들의 마음을 사로잡는다. 마왕은 코웃음쳤지만 잭 상회의 투기장 운영은 제법 능숙했다.

————서쪽 코너, 낙성(樂聖)의 올리비아!————

그 목소리와 함께 리라를 든 미녀가 나타났다.

저것을 어떻게 무기로 사용하는지 흥미로운 인물이었으나, 다음으로 나온 선수명을 듣자 아무리 마왕이라고 해도 경악하며 숨이 멎을 정도의 충격을 받았다.

————동쪽 코너, 바다 건너편에서 온 전사! 아케치 쥬베에 미츠히데!————

"…………허?"

마왕의 입에서 얼간이 같은 목소리가 새어나갔고 렌도 그 이름에 눈을 가늘게 떴다.

동쪽에서 등장한 사람은 긴 검은 머리카락을 포니테일로 올려묶고 손이나 정강이에 일본식 전통 갑옷을 장착했으며 늠름한 진바오리(전국시대의 무장들이 갑주 위에 걸쳤던 상의.)를 걸친 미소녀였다.

'아케치라니………… 내가 아는 그 전국시대 무장? 아니, 왜 여자인데?!'

마왕이 혼란스러워하거나 말거나 두 선수의 전투가 시작되었다.

한쪽은 리라에 손을 뻗어 현묘한 음색을 연주했다. 그녀가 든 악기는 단순한 악기가 아니라, 적에게 영향을 미치는 마도구다.

더욱이 그녀의 마력이 위력을 한층 높여주었다.

"후후, 내 연주에 취해 춤추도록 해…………."

————낙성의 올리비아.

그녀가 연주하는 음악은 일부 마수급 존재에도 영향을 미치지만, 이번만큼은 상대가 나빴다. 상대에게는 그 소리가 들리지 않기 때문이다.

상대는 양쪽 귀에 귀마개를 끼고 있었다. 전투할 때 스스로 귀를 틀어막는 건 자살행위였으나, 적이 지닌 무기를 예측했다면 이해할 수 있는 선택이었다.

"…………마스터."

"음, 저건 **타네가시마**로군."

마왕은 조총을 옛날 명칭으로 불렀다.

일본에 들어온 최초의 총이자, 이 신병기가 등장한 이후 전장에서 사망자가 폭발적으로 증가했으며 개량된 각종 총기가 전 세계의 전쟁을 과격화시키게 되었다.

참고로 과거 회장에도 《타네가시마》라는 이름으로 이 총이 존재했다.

재장전이 죽어라 느리고 사정거리도 지극히 짧지만, 근거리에서 명중시키면 어마어마한 위력을 발휘한다는 일종의 로망용 무기 취급이었다.

"오른쪽 손등을 노리고 있습니다."

"그런 모양이군."

————탕!————

귀를 찌르는 듯한 총격음이 울리자 렌의 예상대로 올리비아의 오른손이 튀어 올랐다. 보통 사람이었다면 오른손이 통째로 찢어졌을 것이다.

무사는 즉시 허리에 찬 일본도를 **빼** 들고 어마어마한 속도로 올리비아의 목을 향해 휘둘렀다.

둔탁한 타격음이 울리며 올리비아의 몸이 쓰러졌다.

"━━━━칼등으로 쳤소이다."

무사는 그 말을 끝으로 일본도를 수납한 뒤 위풍당당하게 그 자리를 떠났다. 관객들은 그 훌륭한 실력에 박수를 보내며 휘파람을 날렸다.

마왕과 렌도 떠나가는 포니테일에 시선을 주며 박수를 보냈다. 주위에서는 그녀가 쏜 '마법' 이야기가 자자했다.

"지금 그건 풍속성 마법인가?"

"아니…… 내가 보기엔 화속성일세. 순간 불꽃 같은 게 보였다네."

"말도 안 되는 소리. 흙덩어리를 날린 거겠지."

"그나저나 예쁘게 생겼더라…………."

관객들이 지금 시합에 대해 마음대로 떠들며 새 투사의 탄생을 환영했다.

강한데다 아름다운 여성이니 인기가 안 생길 리 없다.

"흥미로운 인물이네요, 마스터."

"…………**대화**를 해야 하는 상대가 늘어난 모양이다."

마왕은 잔을 기울이며 그녀가 떠나간 방향으로 시선을 던졌다. 일본의 무사 같은 복장을 했다는 것만으로도 물어보고 싶은 게 산더미처럼 떠오른 게 **틀림**없었다.

그건 단순히 패션으로 입은 건가?

아니면 이 세계에 일본이 존재하는 건가?

존재한다면 대체 어느 시대인 건가?

'조총을 사용한 걸 보면 시대적으로는 전국시대에 가까운가? 아니, 애초에 내가 아는 '일본'이 이런 세계에 존재할 리 없어.'

있다고 해도 그건 완전히 별개의 나라다. 자칫 혼동해버리는 건 위험하다고 마왕은 판단했으나, 딱 하나 간과할 수 없는 게 있었다.

"————아케치 미츠히데라."

역사에 전혀 관심이 없는 사람이라고 해도 이 이름을 모르는 일본인은 없을 것이다. 그 유명한 '혼노지의 변'을 일으켜 일본 역사상 최대의 쿠데타를 실행한 인물이다.

절묘하게도 그 반란으로 끌어내린 상대는—— '마왕'이라 불리던 남자였다.

'이건 우연인가? 아니면 어떠한 음모?'

이전에 감옥미궁에서 본 풍경이 되살아난 마왕은 잠시 숙고했다.

위대한 빛과 천사, 자신에게 적의를 품는 존재. 이런 이들이 자신에게 보낸 자객 같은 게 아닌지 의심할 수밖에 없었기 때문이다.

아무튼 아케치 미츠히데라는 인물은 역사상에서도 보기 드문——《마왕 살해》를 정말로 성공한 인물이니까.

'진짜 아케치 미츠히데라면 적대해도 위험하고 포섭해도 위험

해⋯⋯⋯⋯.'

마왕을 자칭하는 몸으로서는 그렇게 판단할 수밖에 없었다.

경솔하게 아군으로 끌어들였다가 이 세계에서도 혼노지의 변을 일으킨다면 자신의 발등에 불이 떨어지는 셈이다.

엔조이를 보고 웃을 수 없게 된다.

마왕이 그런 생각을 하고 있을 때, 무대 중앙에서는 팡파르가 울려 퍼지며 마지막 시합이 시작되려 하고 있었다.

《드디어 오늘의 피날레다! 눈물겹기 그지없는 사연! 슬럼에서 기다리는 가족을 위해 싸워온 남자가 오늘 밤 마지막 시합에 도전!》

사회자의 목소리에 관객들도 기립박수로 선수를 맞았다. 무대에 나타난 남자는 체격은 좋지만 만신창이였다.

전신에 생생한 흉터가 남아있고, 얼굴 절반을 덮듯이 낡은 천이 감겨 잇었다.

목으로 내려온 흔적으로 보아 심한 화상을 입은 모양이었다.

《돌아오길 기다리는 아내, 그리고 딸들을 위해! 도전자여, 이 두꺼운 벽을 넘어서라아아아아아! 이 시합에 이기면 차용증은 그 자리에서 파쇄! 단, 상대방에게 이긴다면!》

무대 중앙에 있는 철격자에서 거친 짐승의 숨소리가 울렸다. 그 호흡과 광포한 안광을 보고 관객들은 무심코 비명을 질렀다. 그곳에 있던 건 맹수가 아니라 마수였기 때문이다.

《도전자를 맞이하는 건 파란 벽돌의 처형인이자 피에 굶주린 마수! 머더 브로스다! 과연 도전자는 이 시련을 뛰어넘을 수 잇

을 것인가?!》

나타난 마수는 전신에 새카만 털이 났고 이족보행을 하는 거대한 소라는 느낌이었다.

검은 망토 같은 머리 머리에 뒤집어썼으며 각 손에는 거대한 곤봉을 쥐고 있다.

이 녀석과 미궁에서 마주친다면 어지간한 파티는 괴멸할 것이다. 그렇지 않아도 만신창이인 남자가 이런 괴물에게 이길 리 없다.

관객들은 도전자의 비극을 느끼면서도, 그게 순도 높은 취기와도 이어지는 건지 환호성과 비명이 뒤섞인 듯한 함성을 질렀다. 투기장은 기이한 열기에 뒤덮여갔다.

"마스터, 저 남성은⋯⋯⋯⋯."

"음, 그 자매의 아버지인 모양이군."

이목구비는 이미 흐릿해졌지만, 확실히 초상화에서 본 모습이었다. 이 만신창이인 모습을 보면 자매는 분명 오열할 것이다.

"마스터⋯⋯."

"렌, 괜한 짓은 하지 마."

그 목소리에 렌은 시선을 내렸다. 철격자가 서서히 올라갔다. 자매의 아버지에게는 생명의 모래시계가 점점 떨어지는 셈이었다.

죽음을 앞둔 아버지는 입을 살짝 움직였지만, 이 환호성 속에서는 누구에게도 들리지 않는다.

"돌아갈 거야, 아내에게⋯⋯ 그 아이들에게⋯⋯ 조금만, 더

하면…………."

관객들이 지르는 함성에 투기장이 흔들렸다. 자매의 아버지는 다친 다리를 필사적으로 움직이며 운명에 저항하고자 소리쳤다.

"살아, 살아서………… 살아서 돌아갈 거야아아아아!"

철격자가 완전히 올라간 순간 마수는 전신의 털이 쭈뼛 설 듯한 포효와 함께 돌진했다.

곤봉을 무자비하게 치켜들었을 때 마왕의 손에서 붉은 선이 질주했다.

다음 순간 마수의 몸이 폭발했다. 사방으로 흩어진 파편조차 놓치지 않겠다는 양 검은 불꽃이 모조리 집어삼켰다.

광란의 소란으로 뒤덮여 있던 투기장이 순식간에 고요해지고 사람들의 시선이 일제히 어떤 곳을 향했다.

그곳에는 유유히 잔을 기울이는 마왕이 있었다.

"이런 꼴사나운 고깃덩어리가 마지막 메인 디쉬라니 실망이군. 잭이라는 자는 뭘 모르는 어리석은 자인 모양이야."

"키, 킹…………이 자식, 무슨 생각이냐!"

마침내 인내심의 한계를 맞은 건지 잭이 일어나 노호성을 쳤다.

대중들 앞에서 이렇게까지 망신을 줬으니 더는 가만히 있을 수 없어졌다. 반면 마왕은 다리를 꼰 채 잭으로 추정되는 남자를 향해 절레절레 고개를 내저었다.

"너는 엔터테인먼트라는 걸 아무것도 모른다."

"…………뭐라고?"

"나라면—— 서기 있는 남자와 슬럼에서 기다리는 가족끼리 데스 매치를 벌였을 거다."

"뭣?!"

물론 '과거 회장이었다면'이라는 주석이 붙지만, 듣는 쪽이 그런 걸 알 리가 없었다. 마왕은 서서히 일어나더니 무대 중앙을 향해 가볍게 도약했다.

귀빈실을 올려다보자 그곳에는 얼굴을 시뻘겋게 물들인 거구의 남자가 이쪽을 노려보고 있었다.

'저 남자가 잭인가. 귀찮은 일만 저지르고………. 뭐가 킹이냐고, 빌어먹을 놈!'

마왕은 적반하장을 담아 잭에게 손가락질하여 내려오라는 신호를 보냈다. 여기서 한 번 마음껏 패버리고 끝내고 싶었다.

"관객에게 진정한 오락을 제공하고 싶다면 그런 곳에서 으스대지 말고 여기에 내려오는 게 어떻지?"

"이 자식………."

그 뻔한 도발에 잭은 이를 갈았다. 가능할 리 없다.

이런 대중 앞에서 처음 보는 대마법을 사용해 상회의 보스인 자신이 패배한다면 잭 상회의 지배체제가 붕괴할 것이다.

따라서 잭은 높은 곳에서 그 도발에 응했다.

"아무것도 모르는 건 너다, 킹. 대장은 혼자서 쳐들어온 미치광이 같은 건 상대하지 않아."

그런 두 사람의 대화에 관객들은 소리 없는 목소리를 흘렸다.

일격에 마수를 분쇄하고 난데없이 잭을 도발한 마왕을 보며 깜짝 놀랐지만, 그를 대하는 잭의 반응도 상회의 보스로서 품격이 있었다.

하지만 잭의 불행은—— 이러한 '연기력'이 핵심인 자리에서 이 사악한 남자에게 도전했다는 점이다.

이런 종류의 무대에 서면 마왕은 입담 좋은 기관총으로 변신하기 때문이다.

"그렇단 말이지…………. 그럼 패배를 두려워하며 떠는 겁쟁이 잭 군에게 내가 근사한 제안을 해주마. 싸울 상대는 딱히 내가 아니라 나의 비서여도 전혀 상관없다만?"

그 말을 듣고 렌도 사뿐히 마왕 옆으로 도약했다. 그 외모는 숨을 삼키게 될 정도의 미소녀였으나, 도저히 투기장에서 싸울 수 있을 것처럼 보이지 않았다.

"겁도 많고 무서운 것도 많은 잭 군. 혹여 이런 소녀를 상대로도 겁을 집어먹고 못 싸우겠다고 하는 건 아니겠지? 그렇다면 오늘부터는 치마를 입고 살도록. 아니면 내가 예쁜 치마와 브래지어도 세트로 선물해줄 수도 있다."

"개자식이…………!"

마왕은 해야 할 일이 늘어났으니 여기에서 전부 처리해버리려는 속셈이었다. 그 도발은 참으로 집요하게 신경을 마구 긁어놓았다.

부하인 타하라도 도발에 능숙하지만, 이 남자는 그 타하라를 만들어낸 부모이기도 하니 한층 더 도발에 모든 능력치를 올인한 듯한 스테이터스를 지녔다.

"킹, 목 씻고 기다려라. 고르곤과 함께 지상에서 없애주마."

"아, 그리고 말하는 걸 잊었는데 **그 짐**은 배와 함께 태웠다. 나 원, 너는 나를 얼마나 귀찮게 할 생각인 건가?"

"키………… 키이이이이이이이이이이이이이이이이잉!"

그 말에 잭은 큰 소리로 고함치며 마침내 무대 위로 뛰어내렸다.

자신의 손으로 저 모가지를 찢어버리지 않으면 분이 풀리지 않게 된 모양이었다.

정상결전이냐며 관객들이 일제히 일어나 환호성을 터트렸다. 이런 플라티나 카드는 보고 싶다고 볼 수 있는 게 아니다.

"렌, 저기 있는 그를 가족에게 보내주도록. 그리고 이걸로 치료도 해라."

"네, 마스터."

마왕은 《붕대》를 만들어 렌에게 던졌다. 과거 아츠의 잘려 나간 다리까지 붙여놓은 응급처치 아이템이었다.

렌은 자매의 아버지의 어깨에 손을 놀린 뒤 순식간에 사라졌다. 단순히 자매의 집으로 《전이동》했을 뿐이지만 그걸 본 관객은 한층 더 흥분했다.

"킹, 그렇게 죽고 싶다면 이 자리에서 끝장을 내주마……!"

"끝장낸다고 해놓고 엉덩이에 불이 난 남자가 있는데, 너도 그 부류인가?"

"무슨 헛소리를…………!"

잭은 순식간에 거리를 좁혀 강철 같은 팔을 휘둘렀다.

강인한 마물이라고 해도 제대로 꽂히면 무사할 수 없는 일격이었다. 마왕은 어설트배리어를 끄고 그 주먹을 어렵지 않게 회피했다. 잭은 계속해서 두 주먹을 휘둘렀다. 목이 날아갈 듯한 일격을 마왕은 종이 한 장 차이로 피했다.

"흠, 거들먹거릴 만큼 좋은 움직임이군. 격투 모션 연구에 좋아."

"얕보지 말라고, 용병 주제에…………!"

잭은 크게 숨을 들이마신 후 보유한 스킬을 일제히 발동시켰다. 미지의 마법이 날아오기 전에 단숨에 승패를 정할 생각이었다.

————금강격(金剛擊), 금강체(金剛體), 대가속(大加速), 용고활성(勇鼓活性), 통각둔화————.

잭의 공격력, 방어력, 민첩이 비약적으로 증가했다. 더불어 일정 시간 동안 기력 소모가 가라지고 아픔조차 느끼지 않는 배틀 사이보그가 완성되었다.

전신을 도는 피가 단숨에 뜨거워지자 잭은 입에서 타오르는 듯한 숨을 내뱉었다. 그 육체가 한층 더 크게 부풀어 오르더니 피부마저 무소처럼 딱딱하게 변화했다.

"끝이다, 킹————!"

그 돌진이 너무나도 빨랐기 때문에 잭의 시야에 비치는 풍경이 슬로모션처럼 변화하며 관객의 목소리도 왜곡되어 들렸다.

모든 감각을 뒤에 두고 와버린 듯한 가세로 잭이 파멸적인 일격을 날렸다.

빌을 내딛자 몇 겹으로 보강된 돌로 만든 무대가 부서졌고, 그 단단한 팔은 투기장의 대기를 모조리 휩쓸며 마왕을 향해 날아 갔다.

어마어마한 타격음이 울려 퍼지고 무대는 흙먼지로 뭉게뭉게 뒤덮였다. 잭도 관객도 사지가 터져나간 상대의 환시를 보았다.

하지만 먼지 속에서 나타난 건————.

잭의 주먹을 한쪽 손으로 태연하게 받아낸 마왕의 모습이었다.

"무, 슨…………?"

"좋은 정권 찌르기다만 플레이어 녀석들과 비교하면 파워가 영 떨어지는군. 너는 이런 물렁한 주먹으로 독재자라며 거들먹 거렸던 거냐?"

마왕은 그대로 잭의 몸을 한 손으로 높이 들어 올렸다가 철격 자를 향해 휙 내동댕이쳤다. 귀를 찌르는 듯한 파괴음이 투기장 에 울러 퍼졌고, 그 광경에 관객들도 조용해졌다.

"이제 그만하도록. 앞으로 우리와 엮이지 않겠다면 이쪽에서 도 손을 대지 않겠다."

전투 도중임에도 불구하고 마왕은 유유히 담배에 불을 붙여 정전을 제안했다.

이 남자 입장에선 사소한 착오로 꼬였을 뿐, 잭 상회와 피투성 이의 데스 매치를 할 마음은 전혀 없었다.

하지만 잭은 부서진 철격자를 치우며 느릿느릿 일어났다. 조 금 전까지와는 다르게 그 눈은 차분했다.

분노를 넘어서 냉정해진 모양이었다.

"대단한 녀석이군, 킹. 나의 **진심**을 끌어내다니…………."

"흐음, 지금까지는 장난이었다?"

잭은 그 말엔 대답하지 않고 궐련에 불을 붙였다. 그대로 호랑이 무늬 가운을 벗어 던지고는 전신에 각인한 《주문(呪紋)》을 발동시켰다.

그는 권투사로, 마력이 빈약하기 때문에 육체 그 자체에 마법을 **새겨 넣었다.** 말 그대로 생명을 깎으면서 싸우는 고행이었다.

내일 목숨도 보장할 수 없는 투기장의 전사이기 때문에 사용할 수 있는 전법이라고도 말할 수 있다.

그들은 오늘이라는 날을, 그 자리를 헤쳐 나가야만 한다. 수명을 깎아먹든 이기지 않으면 그 자리에서 죽음을 맞이하기 때문이다.

"칭찬해주마, 킹. 내가 이 스타일을 하게 만든 것을."

"그런가. 그럼 짧게 부탁하지."

"나는 몇십 년이나 이 장소에서 지옥을 봤다고——."

잭의 두 팔에 문양이 두드러지며 《불채찍(파이어 휩)》 주문이 발동했다. 이것은 주먹에 염속성을 부여하여 상대에게 지속적인 대미지를 준다.

"피도 눈물도 없는 썩은 귀족이나 관객에게 야유받고, 때로는 돌을 맞으며, 자기들 마음대로 내 목숨을 판돈으로 바꾸면서——."

다음으로 정강이에서 팔목에 걸쳐 각인된 문양이 두드러지며 《질풍화(하이 스피드)》가 발동했다. 과거 아주르도 부적을 사용해 발동했던 마법으로, 민첩을 비약적으로 상승시키는 효과가 있다.

"매일같이 마물이며 맹수들과 싸우고, 하루하루를 필사적으로 살아남았지——."

이어서 잭의 두꺼운 흉판에 문양이 떠오르며 《활수의 가호(블레스 오브 운디네)》가 발동했다. 이건 기력 감소를 막고 서서히 회복시키는 효과가 있다.

"내가 얼마나 많은 고생을 거듭하며 여기에 서 있는지 너는 모를거다——."

마지막으로 등에 문양이 떠오르며 《돌정령의 벽(타이탄 월)》이 발동했다. 이건 온갖 물리 공격과 마법 공격에 강한 방어 효과를 만들어준다.

여태까지 건 스킬에 더해 잭의 육체에 사대속성이 모두 깃들었다.

그 파멸적인 힘은 투사라는 범주를 넘어 **투신**이라고 부르는 게 적합할 것이다.

잭의 육체에서 몰아치는 흉악한 폭풍이 투기장 전체를 뒤덮자, 시끄러운 관객들도 일제히 입을 다물었다.

"나는 이긴다. 계속 이긴다……! 그리고 내일을 쟁취할 거다!"

워프라고밖에 보이지 않을 만큼 빠른 속도로 달린 잭이 마왕의 안면을 향해 주먹을 꽂았다.

그걸 쳐낸 마왕은 얼굴을 살짝 찡그렸다.

'앗뜨뜨! 뜨거워!'

움직이기 시작한 잭은 멈출 수 없다. 지금의 그는 피로를 모르며, 무호흡인 채 폭풍 같은 연타를 날렸다.

그걸 피하고, 때로는 튕겨내는 마왕의 모습에 관객은 감탄사를 흘렸으나 그 속마음은 비참했다.

'잠깐, 이 녀석…… 진짜 뜨겁다고! 악! 뜨거워! 더는 무리!'

겉으로는 산뜻한 표정이지만 실상은 엔조이를 보며 비웃을 수 없는 꼬락서니였다. 한편 잭도 엔진이 달아오른 건지 단숨에 호흡을 들이마시더니 최대 오의를 날렸다.

"——사자호맹습타(라이거 너클)!"

모든 스킬과 사대속성의 힘을 실은 파멸적인 주먹이 마왕의 흉부에 꽂혔다. 그 육체가 나뭇잎처럼 날아가 투기장 벽에 격돌했다.

그 순간 벽 한 면에 균열이 가며 비참한 소리와 함께 투기장의 일부가 붕괴했다.

말 그대로 투기장의 왕인 잭의 압도적인 일격이었다.

"어느 쪽이 강자인지 확실히 알았겠지? 키——."

여유롭던 표정이 견딜 수 없는 격통에 일그러졌다.

감각을 따라가자 잭의 왼쪽 발에 소돔의 불꽃이 깊이 박혀 있었다.

후방으로 날아갈 때 마왕의 **유유히** 투척한 것이었다. 살을 뚫은 칼날에서 화상 효과를 동반하는 검은 불꽃이 뿜어져 나와 잭의 전신을 집어삼켰다.

"크………… 아아아아아아아아아아아아아아악!"

활활 타는 잭을 보고 마왕은 먼지를 털면서 일어나 담배에 불을 붙였다.

별다른 대미지를 받지 않은 건지 그 얼굴은 태연자약했다. 사실 《불채찍(파이어 휩)》이 너무 뜨거웠던 나머지 일부러 공격을 받아 거리를 벌렸을 뿐이었다.

"네가 자신의 과거를 저주하고 **삐졌다**는 건 알았다만…… 그렇다고 해서 이번엔 타인에게 불행을 퍼트리다니 참으로 도량이 좁군. 네게 일국의 왕은 너무 무겁다. 기껏해야 폭주족 집단의 보스 원숭이 정도가 고작이겠지."

쓰러진 잭에게 막말을 던진 마왕은 투기장을 떠나려고 했다.

하지만 그 등 뒤에서 정체를 알 수 없는 목소리가 울렸다. 그건 잭의 목소리였지만 잭이 아니었다.

《나의 권속이면서 꼴사나운 모습이군.》

"용서해, 주십시오………… 루키, 페르 님…………."

《내 힘을 품어라………… 패배조차 비웃어라! 먹어라! '오만'한 존재가 되어라!》

으스스한 목소리에 호응하듯 잭이 일어났다.

점점 그 몸은 검은 안개에 뒤덮이더니 이형의 모습으로 변모했다. 골격째로 몸뚱이가 변해가는 가운데 잭의 뇌리에 지난날이 되살아났다.

과거 투기장에 나타난 대악마와의 만남을.

누가 소환한 건지, 아니면 **변덕**인 건지, 루키페르라고 이름을 밝힌 사자 머리의 대악마는 투기장에 있던 관객을 개미처럼 밟아 몰살해버렸다.

도망치려고 한 왕족도, 저항하려고 한 투사도 전부 다 내장을 흩뿌리고, 목을 뽑히고, 팔다리가 뜯겨나가 처참하게 죽었다.

그런 일방적인 살육에서 가까스로 살아남은 자들은 대악마로부터 피를 나눠 받았다.

물론 그건 자애도 뭣도 아닌 '유열'을 위해서였다.

대악마의 피를 견딜 수 있는 자는 그리 흔치 않다. 다들 괴로워하며 맹독이라도 마신 것처럼 땅을 구르고 죽어가는 지옥도가 완성되었다.

그 피를 버티고 유일하게 살아남은 게 잭이었다. 이 건은 함구령이 깔려 끔찍한 기억과 함께 투기장 그 자체가 폐쇄되었다.

그때 잭도 노예 투사의 신분에서 처음으로 해방되었다. 권력을 장악하여 투기장을 재개한 건 잭 본인이었다.

자신이 맛보았던 지옥 같은 고통을 다른 사람에게도 나눠주기 위해.

이 땅에 끝없는 불행을 내리기 위해.

"나에게, 패배는 없다………… 이 세상을 전부, 이 손에 넣는다! 명예도, 여자도, 돈도, 영광도, 전부 다, 모든 것이 내 것이다! 이 당에 사는 쓰레기들로부터 전부 빼앗겠다!"

잭의 몸뚱이가 순식간에 거대화하더니 라이거라고 불리는 맹수처럼 변했다.

그는 오르간 같은 마인이 아니라, 강제로 예속되어 변해버린 존재였다. 어떻게든 정의하자면 '반마수인(半魔獸人)'이라고 해야 할까. 분류상 라이거란 아버지가 사자고 어머니가 호랑이인 **잡종**이니 그 모습은 잭의 본질을 드러내고 있다고 할 수 있다.

이형의 존재로 변모해가는 잭의 모습을 본 관객들도 비명을 질렀다.

"어, 어떻게 된 거야 저거!"

"잭은 악마였던 거야?!"

"도, 도망쳐! 여기 있으면 휘말려서 죽어!"

"아니, 난 끝까지 보겠어! 이런 승부는 두 번은 못 봐!"

그런 목소리를 뒤로 마왕도 눈썹을 꿈틀거렸다.

만렙을 찍은 아우라── 레벨 30의 기척을 맡았기 때문이다.

"아무래도 내 앞에 설 자격을 얻은 모양이군."

"멍청한 놈…………. 인간 따위가 일곱 개의 대죄 중 하나, **오만**이 깃든 나를 이길 수 있을 리가."

"대죄? 그거라면 얼마 전에 처리했다만."

"헛소리!"

어마어마한 기세로 날아오는 손톱에 마왕도 소돔의 불꽃으로 영격했다.

둘 다 고속으로 움직이고, 때로는 교차해서 관객의 눈에는 무슨 일이 일어나고 있는지도 알 수 없었다. 그저 공간에 불꽃이 튈 뿐이었다.

몇 번 정도 공격을 넘기고 받아낸 마왕이 고개를 갸웃거렸다.

"묘하군…………. 오르간의 아버지보다 한참 약하잖나. 어떻게 된 거지?"

"입담으로 빠져나가겠다는 꿍꿍이냐? 그렇게는 안 되지."

일국의 독재자인 잭에게는 다양한 정보가 들어온다. 그중에는 당연히 오르간의 아버지에 관한 정보도 있었다.

그 존재가 일곱 개의 대죄 중 하나인 '나태'를 관장하는 대악마라는 것도.

"알짱알짱 도망치는 게 다냐? 킹!"

잭이 으르렁거려도 마왕은 공격을 받아넘기며 중얼거릴 뿐이었다. 전투 도중임에도 무언가를 확인하는 듯한 연구자의 얼굴이었다.

"아마도 악마는 레벨을 올리기 어려운 대신 기본적인 능력이나 상승률이 높은 거겠지. 인간은 레벨을 올리기 쉽지만 기본 능력이 낮고, 상승률도 낮은 건가."

마왕의 그 추측은 대략 정답이었다. 무엇보다 마왕이나 측근들도 레벨업에 천문학적인 경험치가 필요하므로 이런 종류의 시스템은 이해도 빨랐다.

강자에게는 강자 나름의 핸디캡이나 규칙이 필요하다는 사상이다.

잭은 체내의 모든 것을 불태울 기세로 손톱을 휘둘러 마왕을 크게 튕겨냈다.

보통은 지금 공격으로 전신이 갈기갈기 찢어졌을 것이다.

"나는 태어났을 때부터 모든 것을 빼앗겨왔다. 이번에는 내가 쓰레기들에게서 빼앗을 차례야. 킹, 너를 짓밟은 뒤엔 이 나라의 왕도 피칠갑을 해주겠어."

"남의 불행 위에 성립되는 세계는 오래 못 간다. 반드시 뒤집히기 마련이지."

'과거 대제국처럼'이라는 말은 생략했다.

말해봤자 잭은 알아들을 수 없는 이야기였다.

"너와 고르곤을 죽이면 내 천하다. 내가 맛본 지옥을 만인에게 평등하게 나눠주겠어!"

"아까부터 듣자 하니…… 네 불행을 남에게 비비지 말라고, 망할 꼬맹이가."

잭은 이족보행을 멈추고 육식동물 그 자체인 **사족보행**의 자세가 되어 전신에 파멸적인 파워를 축적했다.

관객들도 기이한 힘을 느낀 건지 비명을 지르며 도망쳤다. 맞서 싸우는 마왕도 여러 개의 스킬을 일제히 발동시켰다.

─────《투쟁심》,《위압》,《탈력》,《무쌍》발동!─────

마왕의 몸에서 폭발적인 힘이 휘몰아치며 잭의 맹렬한 기세와 부딪쳤다.

"이 세계의 모든 것은 다 내 거다아아아아아아아아아! 누구도 방해할 수 없어어어어어!"

"…………치졸한 복수밖에 머리에 없는 남자가 잘난 척하며 세계를 입에 담지 마라."

잭이 해방된 맹수처럼 돌진했다. 여기에 직격하면 강력한 악마라고 해도 터져버릴 것이다.

그러나 마왕은 잭의 눈을 정면으로 응시하며 일축하듯 쏘아붙였다.

"애초에 **내가 지배하는 세계**에 너 같은 녀석의 자리는 없다──!"

무대 중앙에서 마왕과 잭이 고속으로 충돌하여 순식간에 교차했다. 충돌할 때의 속도가 범인의 인식을 뛰어넘어, 한발 늦게 공간이 찢어지는 듯한 처참한 소리가 울려 퍼졌다.

"말도, 안…… 내, 가………… 지다니…………."

당연히 무릎을 꿇은 건 잭이었다. 그 몸도 순식간에 줄어들더니 짐승 같은 형태에서 인간의 모습으로 돌아갔다. 균형감각도 잃어버린 듯 잭은 마침내 대자로 쓰러졌다.

그 시선에 비치는 건 오랫동안 보지 않았던 **천장**이었다. 그걸 올려다본다는 건 패배를 의미하며, 내일을 잃어버리는 일이기도 했다.

"지지, 않, 아………… 나는…………."

이대로 방치하면 잭은 숨을 거둘 것이다. 마왕은 담배를 문 채 태연자약한 표정으로 잭을 내려다보았다.

"이 세상이 밉고, 널 비웃은 녀석들을 용서할 수 없다는 마음으로 권력을 잡았다면 네가 행복으로 가득한 나라라도 만들어 주면 좋았을 것을. 그것이야말로 **최고의 복수**가 되었을 거다."

마왕은 페트병에 든 물을 생성해 뚜껑을 비틀었다.

그대로 안에 든 것을 잭의 얼굴을 향해 뿌렸다.

"크헉………… 컥………………."

"너를 무시한 녀석들도, 비웃은 녀석들도, 손가락질한 녀석들도. 그야말로 손바닥을 뒤집듯이 너를 칭송했을 거다. **어른의 복수**란 그런 녀석들조차 복종시키는 것에 있지."

마왕은 거만하게 말한 뒤 그 자리에서 미련 없이 떠나갔다.

회장의 《물》로 인해 잭은 빈사 상태에서 간신히 회복되었으나, 어느 의미로는 죽음보다 비참했을 것이다. 마치 승리자가 소변이라도 뿌린 듯한 모양새였기 때문이다.

걸어가는 마왕 옆에 어느새 렌이 서 있었다.

"마스터, 저 남자를 죽이지 않는 겁니까?"

"이 나라의 뒤처리는 이 나라 사람이 하면 된다."

"잭 상회의 독재는 이것으로 끝을 맞이했군요."

"독재자는 언젠가 쓰러지지. 그 **언젠가**가 **우연히** 오늘이었을 뿐이다."

마왕은 그럴싸한 말을 주워섬겼지만 딱히 의미는 없었다. 불똥이 튄 걸 치우는 김에 열받아서 반사적으로 패버렸을 뿐이다.

소리 없이 떠나는 두 사람을 보고 관객들도 어안이 벙벙해서 대화를 나누었다.

"뭐야………… 이거…………."

"킹이 그 잭을 쓰러트렸어!"

"아, 앞으로 어떻게 되는 거야?"

"그야 킹이 왕도의 보스가 되는 거겠지…………."

"진짜? 야야, 빨리 모두에게 알리고 와!"

하룻밤 만에 왕도의 권력자가 바뀐 순간이었다. 마왕은 적당히 행동했을 뿐이었으나 그게 낳은 결과는 완벽한 **하극상**이었다.

SP 잔량————640P.

나비의 접근

—————황금 카지노, 회의실—————

회의실 안에서는 측근들이 모여 일하고 있었는데, 타하라만은 안색이 썩 좋지 않았다.

때로는 머리를 긁으며 끙끙 앓는 소리를 냈다.

참고로 콘도는 일하는 척하면서 휴대용 게임기를 만지고 있었으나, 타하라도 유우도 콘도에게 사무능력 같은 걸 요구하지 않기 때문에 그를 방치하는 중이다.

"왜 그래? 무슨 문제라도 생겼어?"

"아니, 순조롭긴 한데………… 장관님이 설치하는 에어리어에 따라서는 **전문직**이 부족해진단 말이지. 단순 노동력도."

동쪽 황야는 과소지역이라서 원래 인구가 적다.

몇백 년간 방치되었던 황야를 정비하는 것만으로도 일손이 아주 많이 필요해진다.

하물며 타하라가 현장에 요구하는 정밀도는 몹시 까다로우니, 기중기도 트럭도 없는 이 세계에서는 몇 배나 되는 수고가 들어간다.

"아무리 나라고 해도 갑자기 인간을 늘리거나 기술자를 만들어낼 수는 없어."

"나도 알아."

유우는 어떤 병이든 치료하고, 어떠한 상처라고 해도 고칠 수 있다.

하지만 아무리 그래도 인간 자체를 만들어내는 능력은 없다.

당연히 죽은 자를 소생시키는 힘도.

"인구를 늘리기 위해서도 내가 장관님의 아이를 낳————."

"어, 진심으로 응원하마."

타하라는 '그 말 할 줄 알았지.'라는 듯 흘려넘긴 뒤 천장을 올려다보았다. 천재라고 설정된 그라고 해도 사람을 척척 만들어낼 수는 없다.

하지만 마왕이 술을 잔뜩 마시고 침대에서 쿨쿨 자는 사이에 렌이 보낸 《통신》 덕분에 사태에 변화가 찾아왔다.

《오랜만입니다, 타하라 씨.》

《……어, 렌이야? 네가 오는 걸 계~~속 기다렸다고!》

《현황 파악을 위해 정보교환을 제안합니다.》

《그래그래, 말해봐!》

서로 정보를 조합하고 여태까지 일어난 일을 전달했다. 말수는 적지만 둘 다 능력이 지극히 뛰어나기 때문에 상황 파악에 그렇게까지 긴 시간은 필요하지 않았다.

참고로 'INFINITY GAME'의 설정으로는, 쿠나이나 측근들은 회장에 관한 것이라면 거의 자유라고 해도 될 정도로 대량의 재량권을 부여받았다.

하지만 회장 밖에 관한 건 그렇지 않아서 대제국의 상층부, 그 다양한 파벌과 수면 아래에서 싸우는 나날이었다.

아무런 세재도 받지 않고 자신들끼리 전략을 짜며 정치적인 활동도 할 수 있다는 건 무척이나 의미가 크고 마음이 들뜨는 일이었다. 두 사람의 통신 내용은 필요한 정보를 교환하는 무기질적인 내용이었으나 어쩐지 즐거워 보였다.

《이 슬럼에는 2천 명에 가까운 사람들이 굶주림에 시달리고 있습니다.》

렌은 일손에 관한 정보를 전달했다. 이건 독단적 판단이 아니라 마왕의 손을 귀찮게 하지 않고 세부적인 업무는 자신들끼리 처리한다는 사고방식이었다.

그녀의 마스터는 눈앞에 있는 한 명만 구해도 의미가 없다고 호언하며 아득히 높은 시점(?)에서 만사를 보고 있으니까.

《장관님이 밖에서 끌어온다고 했는데 그거였구나! 이쪽에 전부 보내줘! 알았지? 당장이야. 삼시세끼 **쌀밥**을 먹여주겠다거나 그런 식으로~!》

《⋯⋯⋯⋯타하라 씨, 비유가 촌스럽습니다.》

《시끄러워!》

렌과는 다르게 타하라는 그 마왕이 남을 돕기 위해 움직인다는 생각은 꿈에도 없었다. 당연히 그것도 부족한 일손을 보충하는 수단 중 하나라고 받아들였다.

그 후 잭 상회와의 분쟁으로 이야기가 넘어가자 타하라의 몸이 부들부들 떨리더니 총신을 마친 후에는 큰 소리로 웃어 젖혔다.

"크하하! 장관님은 여전히 악랄하다니까!"

"⋯⋯⋯⋯여전히 멍청한 얼굴. 뭐 즐거운 일이라도 있었어?"

폭소하는 타하라를 보고 유우는 기가 막힌다는 듯한 시선을 보냈다.

하지만 그 입에서 나온 말은 뜻밖의 내용이었다.

"장관님의 **흉악함**에 질렸다고 해야 하나. 저쪽에 도착하자마자 **이호경식지계**를 써먹은 모양이야."

타하라가 전해주는 이야기에 유우도 드물게 소리 내어 조소했다.

그것은 참으로 그녀 취향의 내용이었기 때문이다. 자신의 손은 더럽히지 않고 불쌍한 모르모트나 하등생물끼리 싸우게 하다니, 유우에게는 참으로 유쾌한 방식이었다.

"푸흡………… 동화 한 닢으로 쓰레기들끼리 서로 잡아먹게 하다니."

마침내 견디지 못한 건지 유우는 입과 배를 손으로 짚으며 고개를 숙였다.

그 광경을 상상한 건지 유우의 어깨가 살짝 떨렸다.

콘도는 그걸 보고 다른 의미로 떨었지만, 진심으로 엮이고 싶지 않았던 건지 슬그머니 눈을 굴려 게임기 화면으로 시선을 돌렸다.

"참 나, 비용도 안 들이고 용케 저런다니까. 입이 떡 벌어져서 안 다물릴 정도야. 이쪽도 서두르지 않으면 장관님이 북쪽 땅을 다 밀어버리겠어."

"그러게. 장관님께서 유리티아스를 침식하는 사이에 이쪽도 반대세력이 도나에게 집결하도록 유도해야지."

"어. 싹싹 긁어모아서 냉큼 끝내버리자고."

타하라와 유우는 《정보 조작》이라는 무시무시한 스킬을 지니고 있다.

과거 회장에서는 자신의 각종 정보를 숨기는 일종의 호신용 스킬이었으나, 이 세계에서의 용도는 상당히 넓다. 풍문이나 소문의 효과를 향상시켜 자신에게 유리한 상태를 만들어내는 데 유용한 효과를 겸비하고 있다.

그런 흉악한 스킬을 지닌 사람이 두 명—— 웃을 수 없는 규모다.

일국을 혼란에 빠트리기에는 충분하다.

"여태까지 《정보 조작》은 자중하고 있었지만, **이 건에 관해서는** 전력으로 써먹어야지."

"그래, 맞아."

"그리고 또 한 명의 '나비'가 이쪽으로 오고 있다던데."

"어머, 마침내 마무리 작업이구나."

두 명의 머릿속에 떠오른 건 예술파의 정점에 선 여왕—— 마담의 동생이었다.

그녀를 이쪽 진영에 끌어들였을 때 **완성된다.**

아츠가 이끄는 무관파도 마담의 지원 물자를 기반으로 군비를 갖춰나가고 있었다. 마왕이 북쪽 땅에서 렌과 러브코미디를 펼치는 동안에도 측근들은 쉬지 않고 일하는 중이다.

타하라와 유우가 성광국 내에 퍼트린 소문 내용인 다음과 같다.

"아츠가 도나를 치기 위해 일어났다."

"무관파와 사교파가 동맹을 맺고 병력을 집결시키고 있다."

"스 네오의 거대 자본이 두 세력을 후원하고 있다."

"도나가 성녀 루나를 암살하려고 자객을 보냈다."

마담이 귀족들에게 퍼트리는 소문에 더해 타하라는 노동자에게, 유우는 환자에게 소문을 흘린다.

제 몸을 건사하는 일에는 극도로 민감한 귀족들은 큰 혼란에 빠질 것이다.

본래의 세력 구도에서 본다면 귀족파에 붙는 게 당연한 흐름이지만, 스 네오의 자본까지 움직이고 있다면 사정이 확 달라진다.

나라를 둘로 갈라놓는 대규모 내전에서 중립 같은 게 인정될 리 없다. 이번 같은 상황에서는 줄을 잘못 타면 확실하게 집안이 망한다.

"어디~ 이번엔 스 네오에게 힘 좀 내보라고 할까."

"귀족파는 외부 세력을 상당히 끌어들인 모양이야. 제법 규모가 커지겠지."

당연히 도나도 소문을 듣고 서둘러 세력을 강화했다. 그리고 모여든 대규모 병력을 보며 점점 배짱이 두둑해질 게 틀림없다.

"대충 **역적**이 탄생하겠군."

이 두 사람에겐 마치 3분 쿠킹 같은 셈이었다.

요리당하는 쪽에서 보면 참으로 끔찍한 일이지만, 타하라와 유우에게 **적**으로 인식된 이상 생존 같은 건 헛된 꿈이다.

"그 도나라는 남자를 어떤 식으로 가지고 놀까. 내가 기르는 아귀 반딧불에게 다리부터 조금씩 먹이는 건 어때?"

"뭐야, 그 영문을 알 수 없는 벌레 같은 이름…………."

"인육을 주면 예쁘게 빛나거든. 요일에 따라서 색도 바뀌는 귀여운 아이지."

"여전히 괴상한 펫을 기르는구나…… 평생 보고 싶지 않아."

타하라는 메마른 목소리로 웃으며 시선을 돌렸다.

물론 도나라는 남자를 동정한 건 아니다.

타하라에게 적이란 죽여야 하는 대상에 불과하다. 어중간하게 봐줬다간 다음에 발목을 잡히는 건 자신이라는 사고방식을 지녔다.

"그나저나 장관님은 지금 렌과 같이 있는 거구나…………."

"응? 그렇지."

"여전히 착하게 말을 잘 들어서 귀여움받고 있겠지."

"…………글쎄다."

타하라가 아는 **장관님**은 렌을 기능으로 보고 있었을 뿐, 그 이상의 감정은 조금도 없었다고 인식한다.

우수한 인물이 지닌 '능력'을 원했던 것에 불과하다. 바꿔 말하자면 그건 자신들에게도 해당되는 점이었다.

예외적으로 아카네나 카토같이 특출난 수준으로 무모하거나 뻔뻔하거나 무차별한 인간을 재미있다고 느끼는 구석도 있었지만, 그건 특이한 동물을 보며 즐기는 시선이지 귀여워한다는 것과는 또 종류가 다르다.

따라서 타하라는 루나를 대하는 태도도 그와 흡사한 감정일 것이라 생각하고 있었다.

"어쨌거나 지금의 장관님이 더 승산이 있다고 보는데."

"…………무슨 뜻이야?"

"지금의 장관님도 무섭긴 하지만………… 여기에 온 뒤로는 조금 둥글어졌다고 해야 하나, 여유가 있다고 할까."

"그렇네. 대제국이라는 누름돌이 사라진 게 크다고 봐."

과거 불야성에는 대제국 내에서도 특히 우수한 인재가 모여있었지만, 그래도 종합적 세력으로 보면 미미한 수준이었다.

쿠나이 하쿠토를 정점으로 8명의 측근들이 수호한다.

불야성의 수비에는 자동기계병 5천 명의 육군 병력과 플레이어에게 위압감을 주는 오브제로 함선도 어느 정도 갖추고 있었으나, 전 세계의 6할을 지배하는 대제국에는 저항할 수가 없었다.

늘 자신들을 감시하고 제재를 가하는 초대국이 연기처럼 사라져버렸으니 측근들의 해방감은 차마 다 묘사하지도 못할 정도다.

"장관님이 없었다면 진작에 전부 목이 매달렸겠지."

타하라의 말에 유우도 말없이 고개를 끄덕였다

측근들이 그 지위를 계속 유지할 수 있었던 건 적을 무자비하게 매장해온 악랄함의 극치인 쿠나이 하쿠토의 지략 덕분이었다.

"정적을 족족 실각시키고, 때로는 지뢰를 밟게 만드는 모습은 통쾌했었지…………. 당신 기억해? 우리 자리를 집요하게 노리던 야마토의 당주가 실각당한 끝에 플레이어로서 참가하게 되었던 날을. 그 꼴사납게 우는 얼굴이란…………!"

"아, 그래그래! 콧물을 줄줄 흘리면서 울부짖었던가? 플레이어들에게 포격을 20발 정도 먹고 산산조각이 나서 성불했었지!"

"푸흐흡………… 쓰레기에게 잘 어울리는 말로였어."

콘도는 두 사람의 대화에 끼고 싶지 않은 건지, 듣고 싶지 않은 건지 핀을 뽑아 이상한 아저씨를 정원에서 탈주하게 하는 게임에 몰두하고 있었다.

한 소리 들은 건지 소리만은 음소거로 해두었다.

"―――이봐, 유우. 너는 '옛날 일'을 얼마나 기억해?"

"뭐? 당신, 그 나이에 치매라도 걸렸어?"

"아니거든."

타하라의 기억은 때때로 지독히 애매모호했다. 매주같이 속국에서 끌어모은 플레이어. 그곳에는 범죄자도 있고, 때로는 신민도 섞여 있었고, 자원해서 참가한 자도 있었다.

그건 순연한 살육의 기억이다. 그리고 몇몇 잊기 어려운 강렬한 에피소드들, 동생과 함께 보낸 먼 과거.

하지만 그 외의 기억은 때로 애매모호해서 하얀 연기에 감싸이기라도 한 듯한 감각이 든다.

개중에는 시간 감각조차 불분명한 것도 있다.

그걸 유우에게 설명하자 그녀도 비슷한 감각이라고 했다.

"이거 그건가? 이 세계에 온 영향으로?"

"완전히 다른 세상에 온 걸 고려하면…… 부정할 수 없지."

"야, 콘도. 너는 어때?"

"네……? 저, 저는 게임을 한 기억밖에 없는데요…………."

"너에게 물어본 내가 멍청했지."

측근들은 그 후로도 온갖 이야기를 하면서 일을 처리했지만, 유리의 보스까지 하룻밤만에 '실각'시켰다는 걸 알게 되는 건 조금 더 시간이 지난 뒤였다.

―――――성광국, 동부로 가는 가도―――――

'어리석은 언니. 언제까지 꿈을 좇는 건지…………'

거대한 고급마차가 황야를 달렸다. 그 주위를 어마어마한 호위가 에워싸고 있었다. 안에 어지간히 귀한 사람이 타고 있으리라는 걸 짐작하게 하는 광경이었다.

마차에 걸린 깃발에는 눈을 아주 선명한 '노란색 나비'가 그려져 있었다.

아는 사람이 그 깃발을 본다면 경악할 것이다.

귀족 중의 귀족――이라고까지 불리는 예술파의 정점, 카키프라이 버터플라이를 가리키는 문양이기 때문이다. 그 언니인 마담의 권세도 생각하면 말 그대로 우는 아이도 그치게 만드는 깃발이었다.

'후후, 꼴 좋지. 누가 그쪽의 '적선' 같은 걸 받을까 보냐……'

카키프라이가 뻔뻔하게 웃으며 중후한 육신을 흔들었다.

그 손에 들린 건 '온천여관 1박 초대권'이었다. 그녀는 한 번 마담에게서 온천여관에 초대받은 적이 있었으나 거절했다.

오랫동안 얼굴도 보기 싫다며 험악한 사이로 지냈던 언니가 베푸는 것 따위는 필요 없다는 반발심이 부글부글 치솟았기 때문이다.

하지만 시간이 지날수록, 온천여관이 평판이 쭉쭉 올라갈수록. 점점 그녀의 심경에도 변화가 찾아왔다.

귀족에게 '유행'에서 멀어지는 건 때로는 치명상이 될 수 있다. 특히 카키프라이처럼 파벌의 정점에 선 몸으로서는 구심력 저하로도 이어진다.

'어리석은 언니. 언제까지 어른이 되지 못하는 언니. 이번에는 어떤 난리를 쳐서 불쌍한 자신을 위로하고 있는지…………'

두 사람이 갈라서게 된 이유는 오직 하나, 아름다움 추구였다.

먼 선조에게서 내려온 저주로 인해 자매는 어릴 때부터 지방이 풍부했고, 그 몸은 순식간에 거체가 되어버렸다.

그건 화려한 사교계에서는 웃음거리가 되었다. 카키프라이는 점점 타인과의 접촉을 거부하게 되었다. 자연스럽게 그녀는 집에 틀어박히곤 했다.

반면 언니는 지고 싶지 않은 마음이 강한 건지 아무리 비웃음을 사든 사교계에 계속 드나들었고, 날씬한 몸을 꿈꾸며 불쌍해질 정도로 노력을 거듭했다.

'바보 같은 언니…………. 언니의 노력 같은 건 아무것도 만들지 못했잖아.'

카키프라이는 차라리 비웃고 싶은 기분이었다.

꼴사납게 발버둥 치고, 사교계에서 매일같이 소란을 피우고. 그래서 무엇을 남겼는지.

반면 그녀는 어느새 예술을 만나── 그 아름다움에 깊이 심

취했다.

자신이 아름다워질 수 없다면 주변에 아름다운 것을 모으면 된다.

그녀는 그것만으로는 부족해서 자신의 손으로 '아름다움'을 만들어내려고 했다. 형태는 다르지만 그녀도 아름다움을 추구하는 사람이었다.

언니는 그걸 '도망친 패배견'이라며 매도했고, 동생은 동생대로 '언제까지나 이뤄지지 않는 꿈을 추구하는 어린애'라며 맹렬하게 반발했다.

끝내 멱살까지 잡는 큰 싸움을 벌인 두 사람은 방 하나와 값비싼 미술품을 깡그리 파괴한 후 길을 갈라서가 되었다.

그 후로 제대로 대화도 하지 않은 채 긴 세월이 흘렀다.

이따금 다양한 파티장에서 그 모습을 발견할 때도 이었지만, 서로 시선을 나누지도 않고 여전히 얼음처럼 싸늘한 사이였다.

'그나저나…… 요즘 몸이 가볍단 말이지…………'

카키프라이는 몸이 크기 때문에 뼈와 관절에 부담이 많이 가서 각종 고통을 안고 있었다.

그림을 그릴 때는 당연히 오랫동안 앉아있어야 하니 어깨나 허리에 부담도 크다. 예술이란 본래 섬세한 것. 극도의 비만인 카키프라이에게는 크나큰 고생을 동반하는 작업이었다.

"마담, 슬슬 라비 마을에 도착합니다."

마부의 목소리에 카키프라이가 고개를 들었다. 창밖으로 보이는 풍경은 동쪽 황야에 걸맞은 메마른 대지 그 자체였다.

중앙에서 보면 미개한 땅에 불과한 이런 장소에, 그 화려한 걸 좋아하는 언니가 요양이라는 명목으로 틀어박혀 있다니 상상조차 할 수 없는 일이다.

'게다가 그 야만인 집단인 무관파와 손을 잡다니…………'

점차 카키프라이의 눈에 연민이 깃들었다.

나라 전체를 끌어들인 어리석은 언니의 **마지막 발악**──.

그것이 그녀의 거짓 없는 심경이었다. 그 뒤에서 언니의 비통한 비명이 들리는 것 같아, 카키프라이의 얼굴이 어느새 일그러졌다.

'……바보 같은 언니. 언니는 언제쯤 꿈에서 깨려는 거야.'

허탈한 기분으로 창밖에 보이는 풍경으로 시선을 준 카키프라이가 '앗' 하고 소리쳤다. 황당하게도 이 미개척지에 숲 같은 게 보였기 때문이다.

그녀는 곧바로 마부에게 말을 걸어 급히 마차를 세웠다. 주위에서 모래폭풍이 불어 시야는 최악이었으나, 아무리 봐도 숲으로밖에 보이지 않는 그림자가 보였다.

"왜 저런 곳에 숲이…………. 아니, 저건………… 뭔가 평범한 숲과는 달라."

카키프라이는 부리나케 마차에서 내려 스케치북에 급히 붓을 놀렸다.

저 숲에서 무언가 신성한 것을 엿보았다. 여태까지 본 숲에는 없는, 투명한 힘이라고 말해야 할까?

그녀처럼 탁월한 감수성을 지닌 사람에게는 장엄한 폭포를 보는 듯한, 가슴을 두드리는 것이 느껴졌다.

"설마 아무것도 없는 땅이라고…… 언니는 숲까지 만든 거야?"

그 황당한 낭비에 카키프라이도 그만 푸념이 튀어나왔다.

정작 그녀도 예술이나 미술 방면으로는 터무니없이 돈을 낭비하고 있으니, 도저히 남 말할 처지가 아니었지만.

카키프라이가 가벼운 뎃생을 마쳤을 때, 그 귀에 특징적인 목소리가 들렸다.

"저건 《치유의 숲》이라고 불리는 것입니다. 마음에 드셨습니까——?"

언제부터 그곳에 있었던 걸까? 눈앞에는 도시국가에서 본 적이 있는 의상을 입은 남자가 조용히 서 있었다. 물론 턱시도를 입은 타하라였다.

갑자기 나타난 남자를 보고 호위들이 시끌시끌해졌으나 카키프라이가 손을 들자 일제히 목소리가 멎었다.

"…………멋진 숲이야. 도저히 언니가 만든 것 같지 않아."

"실례지만 저 숲은 제 주인인 쿠나이 하쿠토가 설치한 것입니다. 마을 안에는 당신의 시선을 빼앗을 만큼 역사가 느껴지는 샘도 있습니다."

"샘이라니…… 농담하지 말아줄래?"

카키프라이가 건조한 목소리로 웃었다.

나무라면 억지로 심을 수도 있을 것이다.

막대한 돈을 사용한다는 전제가 붙지만. 그러나 동쪽 황야에 샘이 솟이나는 건 천지가 뒤집혀도 불가능한 일이다.

"제 주인이 원하는 것은 바로 **현실**이 됩니다——."

남자가 한 순간 보인 푸른 안광에 카키프라이의 심장이 욱신욱신 소리를 냈다.

처음부터 멋진 남자라고는 생각했으나, 그 지독하게 차가운 눈빛에 오래전에 잊어버렸던 '여자'가 무언가를 소리친 것이다.

"아쉽게도 주인은 부재중이지만, 충분히 접대하라는 분부를 받았습니다."

——제 주인의 세계에 잘 오셨습니다, 마담의 동생분——.

타하라가 내미는 손에 카키프라이가 조심조심 손바닥을 올린 순간 저도 모르게 체온이 올라갔다.

그것은 그녀가 오랫동안 잊어가고 있던, 이성을 향한 두근거림이었을지도 모른다.

그 손이 이끄는 곳에 있는 건 마왕이라고 불리는 남자가 만들어낸, 그만이 가질 수 있는 세계. 또 한 명의 화려한 나비가 마침내 그 세계에 발을 들여놓을 때가 왔다.

많은 착각이 뒤섞인 북쪽 지방의 소란은 멈출 줄 모르고, 동시에 라비 마을에서도 싸움이 일어나려 하고 있었다.

서방에서는 야심에 불타는 귀족파가 병력을 집결시키고 있다. 성광국을 덮은 혼란은 정점에 달하려 하고 있었다.

수많은 혼돈과 파멸은—— 마침내 '기적'으로 가는 길을 개척하리라.

추억편 붉은 세계

————2007년, 모일————

개발팀 면면은 떨떠름한 기색이긴 하나 아키라가 제작한 게임을 플레이하고 있었다.

무작위로 선정된 플레이어가 회장에 모여 마지막 한 명이 될 때까지 싸운다는 콘셉트의 게임이었다.

소위 배틀로얄 형식의 게임으로, 현대에는 온라인 게임, 소셜 게임을 불문하고 넘쳐나는 방식이지만 이때는 아직 햇빛을 보기 전인 레어한 장르였다.

그런데다 아키라의 게임은 일주일이면 종료된다. 레벨이나 스테이터스, 아이템, 소지금까지 전부 리셋된다는 낯선 내용이었다.

그걸 보완하기 위해서인지 회장에는 낚시, 카지노, 거점을 만들어 식량이나 땔감 모으기 등 서바이벌 요소도 포함되어 있었다.

"그래픽은 아무래도 촌스러워…………. 뭐, 이건 쉽게 개선할 수 있지만…………."

남자는 아프로 헤어를 흔들며 스타트 지점의 주위를 탐색했다.

그가 떨어진 곳은 삼림지대인 모양이었다.

"우선 탐색부터. 어디 보자, '? 를 주웠습니다'라고…………?"

설명서에서 조사하자 습득한 아이템은 일일이 감정해야만 한다는 모양이다.

그것도 SP를 소모하는 구조였다.

"퍽! 귀찮기는…… 어, 돌멩이라고? 조사하지 않아도 보면 알잖아!"

──제이스의 데이터베이스에 돌멩이가 등록되었습니다──

갑자기 시스템 화면에 표시된 메시지를 본 아프로의 눈이 휘둥그레졌다.

그는 랜덤으로 뽑은 도끼를 장비한 뒤 근처에 있는 나무로 휘둘렀다. 떨어진 나무조각을 줍자 역시나 《?》라는 아이템이었다.

"그래, 그렇단 말이지………… 감정."

──제이스의 데이터베이스에 목탄이 등록되었습니다──

그 화면을 보고 아프로가 흔들렸다.

다양한 게임 개발에 관여했던 만큼 시스템의 근간을 알아차린 것이다.

"수치는 리셋되지만 경험이나 지식은 **누적**된다는 거구나……."

아프로는 여기저기를 돌아다니며 지도 커맨드를 열었다.

화면은 새까맸지만, 자신이 걸어온 지점은 표시되고 있었다.

────삼림지대 답파율 0.1%────

────스킬 습득률 1%────

────아이템 발견률 0.1%────

────메달 교환 달성률 0%────

각 커맨드를 열 때마다 그런 화면이 표시되었다. 아프로는 고개를 끄덕였다.

역시 자신의 추측은 옳았다.

동시에 인간의 욕망을 직접적으로 찌른다며 감탄했다.

이런 걸 보여주면 모든 수치를 100%로 달성하고 싶어지고, 데이터베이스를 더 채워서 다른 사람보다 풍부하게 만들고 싶어지는 법이다.

"전투 말고 콜렉터 요소를 자극하는 거군. 확실히 이건…… 아니, 뭐야?!"

화면이 새빨갛게 물들어 맹렬하게 흔들리고 있었다. 서둘러 돌아보자 뜬금없는 비키니 차림의 여자가 라이플을 이쪽에 들이대고 있었다.

"제니! 지금은 테스트 플레이 중이잖아!"

아프로는 무심코 헤드폰 마이크에 대고 소리쳤다.

하지만 상대에게선 귀에 서글리는 웃음소리가 돌아왔다.

"HAHAHA! 약한 자는 사냥당한다! 이것이 숲의 법칙! 저스티스!"

"진짜 그만해! 죽는다고, 진짜로 죽어!"

아프로는 허둥지둥 도망쳤지만 붉게 물들어서 흔들리는 화면 때문에 뜻대로 조작할 수 없었다. 심지어 같은 곳을 빙글빙글 도는 등, 문외한의 눈으로 봐도 악수만 취했다.

인간은 조급해지면 냉정한 판단이나 행동을 할 수 없게 되는 법이다. 조작도 마찬가지였다.

"진짜 너………… 회, 회복, 회복!"

"HAHAHA! 놓치지 않아, 보이. 늑대는 살고 아프로와 돼지는 죽어라!"

"그만……! 앗………… 아아아아아아아아아아아아아아아!"

아프로의 화면이 새카맣게 바뀌면서 게임 오버 글자가 나타났다.

─────당신은 제니의 총에 맞아 죽었습니다─────

─────다음 회장 개최까지 X일 XX시간 XX분─────

─────살해자의 메시지를 받아주세요─────

담담히 나타나는 화면을 보고 아프로의 몸이 부들부들 떨렸지만, 이어서 나온 문장이 눈에 들어오자 의자에서 맹렬하게 일어났다.

─────너는 일본 애니 캐릭터인 보보보보 보보보를 닮았어☆─────

"빌어먹을! 너 진짜로 죽여버릴 거야!"

아프로가 방에서 뛰쳐나와 장외난투가 시작되었다. 이렇게 개발팀은 떠들썩하게, 아니, 때로는 살벌하게 회장에 들어오게 되었다.

다들 능력은 좋지만 문제아도 많은 팀. 프로젝트의 앞날은 다난해 보였다.

"미키, 있어?"

임원실의 문을 거칠게 두드린 아오키는 상대방의 대답도 듣기 전에 안으로 들어갔다.

그곳에는 한눈에 봐도 간부의 방이라는 분위기가 물씬 풍기는 사무실이 펼쳐져 있었다.

42-OMG의 임원은 각자 사무실이 주어지는데 실내엔 간이

부엌이며 샤워실까지 완비하고 있다.

책상에는 고풍스러운 시대의 영국 신사라는 인상을 주는 남성이 앉아 있었다.

"오, 아오키 상무. 건강해 보여서 다행입니다."

"그런 인사는 됐고. 나는 언제까지 그 애송이의 **보모** 노릇을 해야 하는데?"

"지금 일에 불만이라도?"

"……당연하지 않냐. 뭐가 슬퍼서 그런 애송이의 뒤치다꺼리를 해야 하는데."

"이것도 사장님의………… 저런, 이 방은 금연입니다."

"내 알 바 아니야. 어차피 금방 본국으로 돌아갈 거면서……. 안 쓰는 방을 두고 궁시렁거리지 마."

아오키는 짜증이 난 표정으로 궐련에 불을 붙인 뒤 소파에 털썩 앉았다.

기품이 넘치는 영국 신사와 야만적인 산적.

이런 인물이 같은 방에 있다는 것만으로도 웃기는 그림이었다.

"언제까지냐고 말씀하셨는데…… 당연히 이 프로젝트가 끝날 때까지입니다."

"잠깐, 무슨 헛소리야? 그 외에도 봐야 하는 기획이 산더미——."

"사장님에게서 전부 다른 사람에게 맡기라는 지시가 내려왔습니다."

"망할…………! 대체 무슨 생각이야…………."

아오키는 못마땅한 듯 거칠게 콧김을 날리더니 등받이에 몸을 기댔다. 왜 그 프로젝트를 최우선으로 진행하는 건지 전혀 이해할 수 없었기 때문이다.

"확실히 그 애송이는 대단해. 재능도 센스도 있어. 어쩌면 천재일지도 몰라. 하지만 그게 어떻다고? 세계를 둘러보면 재능 같은 건 얼마든지 굴러다니잖아."

어느 분야에서도 세계 수준에서 보면 천재라고 불릴 인물은 나름대로 존재한다. 아오키의 시각에선 아키라의 게임을 최우선으로 할 이유가 없었다.

"VR 기술 개발이야말로 우리 회사의 급선무이죠."

"그건 알아. 그걸 애송이의 게임으로 하는 이유는?"

"저도 그건 잘. 전부 사장님의 판단입니다."

미키는 온화한 미소를 지으며 홍차가 든 컵을 입으로 가져갔다. 그런 일상 동작마저 세련된 기품이 느껴지는 모습이었다.

"의료현장에도 사용한다고 했었지……. **돈**이 되는 거야? 그거."

"허허, 아무렴요."

VR 기술을 이용해 환부나 장기, 때로는 인체 그 자체를 입체화하거나 VR를 활용한 수술 시뮬레이션, 수술을 집도하는 의사와 같은 시점으로 보는 VR 체험.

PTSD 개선, 보행이 어려운 환자의 재활 운동, 뇌졸중 환자의 기능회복 콘텐츠.

꼽으면 끝이 없지만, 엔터테인먼트 분야만이 아니라 앞으로는 VR기술을 사용한 콘텐츠가 온갖 장르에서 상식이 된다는 게 회사의 방침이었다.

"앞으로는 각종 실험이나 개발을 진행하게 될 텐데, 이번 프로젝트도 그 일환이라는 걸 이해해주시면 됩니다."

그 말을 듣고 아오키는 대답하지 않고 일어났다.

그대로 방을 나가려고 했으나 그 등에 경쾌한 목소리가 날아왔다.

"사장님은 이 프로젝트의 결과에 따라 당신을 **전무로** 승진시킬 생각이십니다."

아오키는 깜짝 놀란 표정으로 돌아보았다.

기쁨보다도 경계심이 더 앞섰기 때문이다. 실제로 오싹한 감각이 전신을 훑고 지나가 등에 식은땀이 흘렀다.

"사장님도 너도 무슨 생각인 거야…………?"

"당연히 이 프로젝트의 성공입니다."

"이 프로젝트는………… 그 애송이는 뭔데?"

"저 같은 명색뿐인 간부는 아무것도……. 조만간 사장님이 일본에 오신다고 하니 그때 직접 물어보시죠."

생글생글 웃는 영국 신사를 보고 아오키는 얼굴을 찡그린 채방을 뒤로했다.

뭘 물어봐도 계산으로 바위를 치는 듯한 느낌이었다. 미키모토는 그대로 영국으로 돌아갔고, 눈 깜짝할 사이에 시간이 흘러갔다.

그로부터 한 달————.

아오키는 아키라의 사무실에 노크도 없이 벌컥 문을 열었다.

그곳에는 몇 대나 되는 디스플레이가 벽 하나를 채우듯이 가득 놓여있었다. 각각 모니터에는 복잡한 프로그램, 3D 이미지, 인체의 파츠를 모니터한 것 등이 떠 있었다.

"여전히 집에 안 갔냐."

"통근 시간이 아까워서."

아키라는 뒤도 돌아보지 않고 믿기 어려운 속도로 키보드를 두드렸다. 몸의 방향을 바꾸며 여러 개의 키보드를 조작하고 모니터를 확인했다.

참으로 바쁜 것이 보는 사람마저 조마조마하게 만드는 듯한 광경이었다. 가득 쌓인 모니터를 보고 아오키는 기가 막힌다는 듯 말했다.

"마치 악의 비밀결사 같은 방이구만. 그 왜, 전대물 적 중에 이런 기지가 있었잖아?"

"언제 적 이야기야. 타이쇼 시대의 추억 같은 건 모른다고."

"멍청아! 나는 쇼와 출생이야!"

"뭐든 상관없지만, 작업 중이니까 나중에 해. 이 부분은 그림자 방향을…………."

아키라는 풀이 흔들리는 모션이나 태양의 방향을 계산해 그림자를 집어넣는 등 쓸데없이 손이 많이 가는 작업을 하는 모양이었다.

이런 세밀한 부분까지 손을 대야만 하는 성격인 듯했다.

"오오노, 밖으로 저녁 먹으러 가자. 작업은 일단 스톱하고."

"나중에. 애초에 사원식당에서 먹으면 되잖아. 시간도 적게 들고."

"빨리 준비해. 나는 배고파."

"저기 수조에 거북이 먹이 있지? 마음껏 먹어. 앗, 아야!"

아오키는 말없이 꿀밤을 날려 강제로 작업을 멈추게 했다. 겉으로 보이는 인상 그대로 아오키는 힘이 아주 강하며 각종 격투기까지 배운 사람이다.

"사줄 테니까 궁시렁거리지 말고 와."

"나 참, 뭐냐고⋯⋯⋯⋯. 무지막지 비싼 걸 주문할 거야. 제비집이라거나 송이버섯이라거나 나체 초밥이나 나체 초밥이나 나체 초밥 같은 거."

"시끄러워! 빨리 와!"

주차장으로 내려가자 그곳에는 아오키의 애차인 벤틀리가 세워져 있었다. 차의 가격만으로도 집 하나는 거뜬히 지을 수 있는 영국의 고급차이다.

아키라는 낯선 고급차에 시선을 주며 머리를 긁적였다.

"너⋯⋯⋯ 탈세했지⋯⋯⋯?"

"헛소리 말고. 빨리 타."

벤틀리가 밤의 거리를 달렸다. 길을 오가는 사람들 중에는 발을 멈추고 차를 손가락질하거나 응시하는 남녀가 많았다.

아키라도 시트에 몸을 파묻고 즐겁다는 듯 말했다.

"하하. 다들 이 차 보고 있잖아."

달리기만 해도 시선을 끌어모은다는 건 어쩐지 기분이 좋았다. 그 말에 아오키는 퉁명스럽게 대꾸했다.

"일을 잘하면 좋은 차를 탈 수 있어. 좋은 여자도."

"뭐야, 그거. 섹드립이랍시고 한 거야?"

"남자는 돈을 잘 버는 게 최고란 소리다. 너처럼 이상을 추구하는 동안은 아직 어린애인 거고."

아키라는 '흥' 하고 코웃음을 친 뒤 창문 밖으로 흘러가는 밤의 길거리로 시선을 주었다. 한동안 바깥 풍경을 보지 않았다는 생각을 하면서.

이윽고 차가 커다란 교차로에 접어들었다. 근처에 있던 주차장에 정차했다.

"좋아, 가자."

"무슨 가게인지 모르지만 내 시간을 빼앗았으니 그만한 건 먹여줘야겠어."

"오냐, 얼마든지 주문해."

아오키는 그렇게 말하며 커다란 인도에 세워놓은 라멘 포장마차로 향했다. 포장마차 옆에는 큼직한 테이블과 의자가 여럿 놓여있었는데, 상당히 번성한 가게인 듯했다.

"주인장, 늘 먹던 거."

이곳의 단골인 건지 아오키는 '예약석'이라고 적힌 가장 큰 테이블석에 앉더니 궐련에 불을 붙였다. 아키라도 무뚝뚝한 표정으로 의자에 앉아 마찬가지로 담배에 불을 붙였다.

"그래서, 여기가 나체 초밥을 파는 가게야? 나한테는 라멘 포장마차로 보이는데."

"라멘집이 아니면 뭐겠냐."

포장마차의 주인이 말없이 병맥주와 컵을 두고 갔다. 아키라는 불만을 토하고 싶었으나 오랜만에 본 술에 침을 꿀꺽 삼켰다.

게임 재개발에 들어간 뒤로 술을 끊었기 때문이다.

"아무리 산적이지만 음주운전은 위험하잖아……. 그 차를 팔아서 경찰을 매수하기라도 할 거야?"

"미쳤냐, 돌아갈 때는 대리기사 부를 거야."

이런 경우 부하가 상사에게 술을 따라주는 법이지만 아오키는 그런 건 무시하고 아키라의 컵에 맥주를 따랐다.

황금색으로 찰랑이는 액체를 보고 아키라는 잠시 고뇌했으나, 아오키는 아랑곳하지 않고 병을 기울여 그대로 목을 꿀꺽꿀꺽 울리며 비워버렸다.

"후우………… 맛 좋다…………."

"젠장…… 금주하고 있는데 눈앞에서 맛있게 마시지 말라고……."

"금주? 하이고. 그런 짓을 해서 뭐가 되는데? 찌질한 멍청이가 하는 짓이지."

아오키가 병을 비우는 걸 기다렸다는 듯 이번에는 젊은 점원이 병맥주를 가져왔다.

반다나를 머리에 감고 앞치마를 두른 모습은 한눈에 봐도 활발해 보이는 여성이었다.

"아오키 씨, 오랜만이에요!"

"어, 오늘도 신세 진다."

"이 분은 부하인가요? 누군가를 데려오는 건 처음이죠?"

"지금까지 만난 녀석 중에 제일 손이 많이 가는 애송이야."

"아오키 씨도 참. 느긋하게 있다 가세요!"

"오냐."

아오키는 그렇게 말하며 또다시 병을 잡고 목구멍에 맥주를 콸콸 들이부었다. 아키라의 눈도 이리저리 흔들리더니 마침내 컵을 잡았다.

그렇게 된 뒤로는 참으로 싱거웠다.

"뭐, 뭐어, 상사가 권하는 거면 거절할 수 없지…… 아니, 회사원의 비극이라니까. 응!"

"…………그렇게까지 싫은 거면 안 마셔도 되는데."

"시끄러워! 당연히 마셔야지. 크으으으!"

빽 소리친 아키라는 오랜만에 마시는 맥주에 환호성을 터트렸다. 술을 끊었던 기간이 길었기에 각별한 맛이었던 게 틀림없다.

"기다리셨습니다! 저희 가게의 명물인 꼬치구이입니다♪"

그때 숯으로 정성껏 구운 꼬치가 테이블 위에 놓였다. 닭고기 사이에 파를 끼운 네기마와 얇은 혓바닥 세 개를 꿴 두 종류의 꼬치였다.

냄새에서 이미 맛있다는 걸 알 수 있을 만큼 꼬치가 빛을 받아 번들거렸다.

"여기는 라멘하고 꼬치 두 종류밖에 안 팔지만, 맛은 보장하마."

아오키는 그렇게 말하며 꼬치를 베어 물었고, 아키라도 네기

마를 입 안에 넣었다. 깊이 스며든 소스와 닭고기의 부드러운 맛이 입 안에서 춤을 추자 무심코 신음이 나왔다.

"…………맛있어. 뭐야 이거. 무지막지 맛있잖아!"

아키라가 네기마를 먹어 치우는 사이에 다음은 맥주잔이 놓였다. 아키라는 맥주잔을 잡고는 꼬치와 맥주를 번갈아 음미했다.

"미쳤네. 이 소금 혓바닥도 맛있어…………! 거기 점원 누나, 하나 더 줄래?!"

"네, 바로 가져다드릴게요!"

"그리고 맥주잔도! 꿀꺽꿀꺽꿀꺽!"

단숨에 맥주를 비우는 아키라를 보며 점원도 재미있다는 듯 웃었다.

이 아이의 미소만으로도 이 가게에 또 오고 싶다는 생각이 들 정도로 꽃 같은 미소였다.

테이블 위에 꼬치와 맥주가 나오면 터무니없는 속도로 사라졌다. 다른 테이블에서도 비슷한 감상이 들렸다. 길거리 위이면서도 마치 천국에 온 것 같았다.

"좋은 애지? 밝고 씩씩하고."

"응? 그러게………… 어, 잠깐만. 설마 저 사람 노리고 다니는 거야?"

"미쳤냐! 나이를 생각해야지."

"그럼 원조교제? 이 더러운 수염이…… 냉큼 자수…… 으악!"

"참 나, 무슨 교육을 받으면 이렇게 입이 더러운 멍청이가 되는 건지…………."

아오키가 소주로 술을 바꾼 뒤 메인인 라멘이 나왔다. 간장을 베이스로 한 기본적인 맛이지만 살짝 마늘 냄새가 섞여 있었다.

냄새를 맡기만 해도 배 속에서 꼬르륵 소리가 날 것 같은 요리였다. 아키라는 숟가락으로 국물을 떠넣어 혀 위에서 충분히 음미한 후에 천천히 목구멍 속으로 흘려보냈다.

"맛있어……. 아니, 아까부터 맛있단 말밖에 안 하네……."

"흥, 미각은 멀쩡한 모양이네."

아오키는 거만해하는 것도 아니고 당연하다는 표정으로 담담하게 고개를 끄덕였다. 살짝 분했던 건지 아키라는 비아냥거리는 어조로 대꾸했다.

"아까는 돈을 잘 버는 게 최고라고 했잖아. 그래 놓고 라멘이야?"

"이래 봬도 전 세계의 맛있는 걸 먹어봤어. 한 상에 몇백만은 나가는 카이세키 요리도, 스테이크도, 환상이라고 불리는 재료도 만든 것도. 하지만………… 어째서인지 결국은 여기로 돌아오더라고."

조용히 소주를 들이켜는 아오키를 보고 아키라도 침묵했다. 전 세계를 돌며 활약한 직장인인 아오키와 자신은 걸어온 인생이 너무 달랐다.

"내일 사장님이 일본에 와————."

"어?"

"너도 불러내겠지."

아오키는 그 말을 끝으로 소주를 새로 주문한 뒤 궐련을 피웠다. 그걸 알려주고 싶었던 걸까. 아키라는 목을 움츠렸다.

"회사에서 말하면 되잖아. 뭐, 맛있었으니까 괜찮지만."

"미키도 사장님도 뭔가를 꾸미고 있단 말이지."

짙은 담배 연기를 뿌리며 아오키가 툭 중얼거렸다.

그 말을 들은 아키라는 당연하다는 듯 고개를 갸웃거렸다.

"꾸민다니, 뭘…………?"

"나도 몰라. 다만 방심하진 마라……. 미키도 본사 녀석들도 극동의 일본지사 같은 건 티끌보다 못한 존재일 테니까."

이제 막 입사했을 뿐인 아키라는 본사와 지사의 관계 같은 건 모른다. 새로운 세계를 개발할 수 있다면 다른 건 사소한 일이 었다.

"그러고 보면 전의 그 빌딩. 파편 철거가 끝났다더라. 그 자리 에 위령비를 세운다더라고."

"…………응? 빌딩?"

"너는 상당히 착란을 일으켰던가…………. 개가 어떻다는 둥, 지옥이 어떻다는 둥."

폭파사건 후, 주변에 있던 사람들은 경찰에게서 당시 상황에 대한 질문을 받았다. 언론에서도 대사건이라며 연속 특집을 만 들어 보도했다.

아키라는 공허한 표정으로 '머리가 셋 달린 커다란 개를 봤다' 고 말할 뿐이었다. 경찰도 충격이 크다고 판단하여 바로 병원에 보냈다.

"뭐, 떠올리고 싶지도 않겠지…………. 잊어줘. 그보다 내일이 중요해."

아오키는 라멘의 국물을 비운 후 대리기사 회사에 연락했다. 아키라도 말없이 라멘을 먹고 남은 맥주를 목에 흘려보냈다.

그 후 사무실로 돌아온 아키라는 그대로 소파에 누워 눈을 감았다.

오랜만에 느끼는 취기와 아오키의 말이 머릿속을 빙글빙글 돌아 사고회로가 두서없이 변해갔다.

'본사 녀석들이라⋯⋯⋯⋯. 잘 모르겠지만 나는 내 세계를 완성시킬 뿐이야.'

아키라는 졸음에 몸을 맡기고 점점 생각하는 걸 포기했다.

이후 눈을 떴을 때, 시각은 이미 저녁이었다. 전화가 끊임없이 울렸다.

"여보세요⋯⋯⋯⋯."

"언제까지 잘 거야! 사장님 곧 도착하니까 준비해!"

전화 너머로 들리는 아오키의 목소리에 아키라도 허둥지둥 일어나 샤워실로 향했다.

몸단장을 마치자 한 번 더 사무실의 전화가 울렸다.

"오오노, 사장님이 옥상에서 기다려. 무례를 저지르지 않게 조심하고."

"⋯⋯⋯⋯옥상? 왜 그런 곳에 있는 건데?"

"내가 어떻게 아냐? 거듭 말하지만 예의 잘 지켜라. 내가 책임지게 될 수도 있으니까."

전화를 끊은 아키라는 고개를 절레절레 저으며 사무실을 뒤로

했다.

엘리베이터는 옥상까지 이어져 있지 않아 계단으로 올라가야
만 한다.

"왜, 옥상, 에…… 있는 거야…………!"

아키라는 숨을 헐떡이며 계단을 올라가 옥상의 문을 열었다.

그곳에는 시야 가득 '붉은색'이 펼쳐져 있었다.

저녁놀이 하늘을 감싸 아래로 보이는 거리도, 대지도, 눈에는
보이지 않는 공기조차 붉은색으로 물들인 듯한, 그런 신기한 기
분이 밀려들었다.

옥상 펜스 앞에는 소녀가 한 명 서 있었다. 바람에 스커트가
펄럭거렸다.

시야 가득 펼쳐진 새빨간 풍경 속에서 아키라는 기묘한 감각
에 사로잡혔다.

'어라? 뭔가 이 광경을…… 본 적이 있는 것 같은데…………?'

붉은색 속에 소녀가 섞여 있는 건지, 이 소녀야말로 붉은색을
만들어내는 건지. 시간이 멈춘 듯한 공간 속에서 드디어 소녀가
돌아보았다.

"…………오오노………… 아키라………… ."

다른 색은 섞이지 않은 순수한 금발, 트윈테일, 파란 루비 같
은 눈동자. 호리호리한 체형에 키는 그리 크지 않다. 사장이라
기보다는 자존심이 강한 소녀라는 모습이었다.

한 치의 빈틈도 없이 완성된 아름다움이 그곳에 있었다.

아키라는 저도 모르게 넋을 잃고 굳어버렸다가 당황하며 소녀

에게 걸어갔다.

"…………사장님, 처음——."

"스톱————."

무슨 생각인지 소녀는 아키라에게 손가락질하며 인사를 가로막았다. 난처해하는 아키라를 뒤로 소녀는 말없이 다가오더니 파란 눈동자를 굴려 아래에서 들여다보는 듯한 시선을 보냈다.

"그대로, 움직이지 마."

"…………아, 네."

소녀는 아키라의 주변을 돌면서 신기한 곤충이라도 관찰하는 듯한 눈빛을 보냈다.

아키라로서는 그저 당혹스러울 뿐이었다.

"오오노, 손 내밀어."

"어, 이러면………… 되는 건가요?"

"착하네."

소녀는 아키라의 손바닥에 부드럽게 손을 올린 후 무언가를 그리워하는 듯한 표정을 지었다. 하지만 곧바로 날카롭게 노려보는 듯한 시선을 던지는 등의 변화구가 날아오자 아키라는 조마조마했다.

이렇게 영문을 알 수 없는 첫 만남은 아키라도 처음이었다.

'이거 영국 특유의 문화 같은 거야?! 아니면 대기업 사장쯤 되면 보기만 해도 뭔가를 알 수 있다거나? 손금보기? 아니, 애초에 정말로 이 애가 사장이야?!'

아키라의 눈에 비친 소녀는 기껏해야 중학교 3학년 정도였다.

도저히 세계적인 대기업의 수장으로 보이지 않았다.

"오오노, 손을 뻗어."

"네…………."

"조금 더 높이, 더 오른쪽, 살짝 왼쪽으로 되돌려. 거기서 멈춰."

'뭐, 뭐야 이거…………. 팔 저리기 시작했는데?!'

아키라는 크레인 게임기와 혼연일체라도 된 듯 어색하게 손을 움직였다.

어느새 아키라의 손바닥이 소녀의 머리 위에 놓여있었다.

"…………앗, 죄송합니다! 이, 이런 무례를!"

아키라는 허둥지둥 손을 거두고 쩔쩔매면서 허리를 숙였다.

소녀는 잠시 아키라에게 살의가 담긴 시선을 보냈으나, 포기한 듯 한숨을 쉬었다.

'큰일 났네. 초장부터 사고 쳤어……. 나중에 수염에게 맞을지도…… 아니, 하지만 얘가 계속 이해할 수 없는 소릴 하니까……!'

아키라는 한 걸음 뒤로 물러나 민망한 듯 시선을 돌렸다.

외국에는 머리를 함부로 만지면 안 되는 나라도 많기에 간담이 서늘했다.

"됐어. 가 봐."

"네, 넵!"

"당신에겐 기대하고 있어."

"………………가, 감사합니다."

무례를 사죄하듯 아키라는 머리를 숙인 후 옥상을 뒤로했다.

아키라가 옥상에서 떠나자 소녀는 하늘을 감싸는 붉은색으로 녹아들듯 손을 뻗었다.

그 푸른 눈동자에는 무엇이 비치고 있을까.

소녀는 잠시 그대로 미동도 하지 않고 있었으나, 이윽고 작게 중얼거렸다.

"몇만 년 만의 재회일까. 이제 놓지 않을 거야—— **나의 루시퍼.**"

후기

7권을 구매해주셔서 대단히 감사합니다.

작가인 칸자키 쿠로네라고 합니다.

6권은 소비세 증세의 영향으로 페이지 제한 내에서 어떻게든 꽉꽉 눌러 담아 봤는데, 이번에는 그걸 무시하고 빵빵하게 묶어 봤습니다.

책이 나오면 둔기처럼 두툼해지겠죠.

네? 페이지를 더 늘려달라고요? 아하하, 농담도 참…… 손님…….

그런 고로 7권째를 맞은 이 작품, 어떠셨나요?

여태까지 일어난 일의 전말과 신천지에서 일어난 전투, 시시각각 다가오는 대규모 내전, 과거에서 현재에 이르는 에피소드까지 파고든 책이 되었습니다.

새로 소환된 렌도 다양한 의미에서 폭주해주었죠.

얼핏 보면 모범생처럼 보이지만, 자칫 가장 악질인 건지도 모른다는 생각이 절절히 들더라고요. 히로인 경쟁(?) 속에서 그녀가 어떻게 움직이고 그 마왕이 어떻게 대응하는지, 앞으로 볼만하겠네요.

그리고 이번 7권의 보스로 등장한 잭.

악당은 악당이지만 저는 차마 완전히 미워할 수 없는 캐릭터였습니다. 지옥 같은 인생을 보내면서 복수를 양분 삼아 정상까지.

어쩌면 주인공이 될 수도 있었던 캐릭터란 말이죠.

적이면서도 컬러 일러스트에서 마왕과 격돌한다는 큰 역할을 맡아주었습니다.

다섯 개의 별의 멤버들도 제법 개성적이라 어딘가에서 또 재등장시키고 싶습니다. 그때쯤이면 독기도 싹 빠져있겠죠.

그리고 등장할 때마다 매번 화제를 휩쓸어가는 마담의 긴 싸움도 드디어 끝을 맞이했습니다. 고대 악마와 맞짱을 떠서 승리를 움켜쥔 인간은 그녀와 루나 정도일 거예요.

다양한 의미로 마왕의 향후가 걱정되네요⋯⋯⋯⋯. 아니, 딱히 그렇진 않다. (웃음)

그런 고로 앞으로는 정치, 전쟁 양쪽으로 커다란 싸움이 이어질 겁니다.

계속해서 마왕님의 분투를 지켜봐 주신다면 좋겠습니다.

마지막으로, 이 7권이 발매될 무렵이면 트위터에서 소설과 만화의 종합 계정이 만들어졌을 겁니다.

각종 이벤트도 계획하고 있으니 꼭 팔로해주세요.

그럼 2021년도 건강하게, 즐겁게 보냅시다!

MAOUSAMA RETRY-vol.7

[마왕님, 리트라이!] 7

2024년 4월 15일 1판 1쇄 발행

저　　　자 칸자키 쿠로네
일 러 스 트 이이노 마코토
옮 긴 이 현노을
발 행 인 유재옥
담 당 편 집 정영길

이　　　사 조병권
출판본부장 박광운
편 집 1 팀 최서영
편 집 2 팀 정영길 박치우 정지원 조찬희
편 집 3 팀 오준영 권진영 이소의
디자인랩팀 김보라 박민솔
디지털사업팀 박상섭 김지연 윤희진
라이츠사업팀 김정미 맹미영 이윤서
영업마케팅팀 최원석 박수진 이다은
물 류 팀 허석용 백철기
경영지원팀 최정연
인쇄제작처 ㈜코리아피엔피
발 행 처 ㈜소미미디어
등　　　록 제2015-000008호
주　　　소 서울시 마포구 토정로222, 403호 (신수동, 한국출판콘텐츠센터)
판매 및 마케팅 (070) 8822-2301

ISBN 979-11-384-2598-8 (04830)
ISBN 979-11-6389-652-4 (세트)